Agnes Hammer · Herz, klopf!

Agnes Hammer

# HERZ, KLOPF!

Thriller

script5

Meinem Papa
(1932–1991)

FSC
Mix
Produktgruppe aus vorbildlich
bewirtschafteten Wäldern und
anderen kontrollierten Herkünften

Zert.-Nr. SGS-COC-1940
www.fsc.org


ISBN 978-3-8390-0104-2
1. Auflage 2009

script5 ist ein Imprint
der Loewe Verlag GmbH, Bindlach
Umschlaggestaltung: Christian Keller
Printed in Germany (007)

www.script5.de

Wenn du dich nach Menschen sehnst, die dein Interesse an ihnen nicht erwidern, dann mache dir bewusst, dass deine Sehnsucht nach ihnen vermutlich das Wertvollste an ihnen ist.

*(Joyce Carol Oates, An einen jungen Schriftsteller)*

# Dienstag

Eines Tages werden wir alle tot und begraben sein. Wir werden im Dunkeln sein. Unsere Särge sind zerbrochen und unsere Asche verstreut. Unsere Namen vergessen, unsere Schrift nicht mehr entzifferbar, unsere Sprache nicht zu übersetzen. Die Atome, die wir einst waren, werden von den Blumen und Bäumen aufgenommen sein und verwandelt werden. Unsere Nachkommen werden uns aus der Luft atmen, auf dem Boden gehen, der einst wir waren, und sie werden nichts mehr von uns wissen.

Doch jetzt sind wir hier und deshalb will ich von uns erzählen.

Es war kalt, sogar zu kalt, als dass es schneien könnte, aber es roch nach Schnee. Auf dem Teer der Straßen hatte sich in der Nacht Reif gebildet, der in der Mittagszeit von darübergerollten Autoreifen gemustert war.

Unter den Sohlen der Schuhe, die Lissy und Milena trugen, fühlte sich der Straßenbelag rutschig an. Sie waren unterwegs zum Mäuerchen. So nannten sie die Stelle, an der sie sich immer trafen. Eigentlich waren es nur ein paar Bruchsteine, die von der Stadtbefestigung übrig geblieben waren, hoch genug, um darauf zu sitzen, die Beine locker schwingen zu lassen und aus ihren von schwarzem Kajal umrandeten Augen die Vorbeigehenden zu mustern.

Ihre Namen hatten sie mit dickem Edding auf die Granitabdeckung der alten Steine gemalt, genau wie alle, die sich hier immer trafen, und dazu »G-Home«, für Gerresheim, ihren Stadtteil.

Beide trugen dicke Jacken und Jeans, die so eng waren, dass sie sie auf dem Bett liegend und den Bauch einziehend zumachen mussten. Dazu trugen sie dünne Turnschuhe, strahlend rot und mit glitzernden Pailletten bestickt. Sie hatten sie gemeinsam ausgesucht und gekauft.

Sie kamen am Kasten mit der *Bild-Zeitung* vorbei, der an der Haltestelle angebracht war. Rot eingerahmt konnten sie die Schlagzeile erkennen und daneben das Foto eines Mädchens, dessen Züge durch die Schwarz-Weiß-Reproduktion unnatürlich deutlich abgebildet waren.

»Scheiße!«, sagte Lissy.

»Die ganze Stadt sucht nach Jessica«, las Milena vor.

Lissy beugte sich vor, um den ersten Absatz laut zu lesen: »Jessica, sechzehn Jahre alt, wird seit Freitagnachmittag vermisst …«

»Kennst du sie?«, fragte Milena.

»Nee, keine Ahnung.« Lissy steckte ihre Hände in die Taschen ihrer dick gefütterten Jacke.

»Ich glaube, ich habe sie schon mal gesehen«, meinte Milena nachdenklich.

Lissy verdrehte die Augen nach oben. Milena war so etwas wie ihre beste Freundin, sie machten viel zusammen, denn sie wohnten nur ein paar Straßen voneinander entfernt. Aber obwohl sie seit dem Herbst die gleichen Schuhe trugen und sich kannten, seit sie denken konnte, fehlte manchmal etwas zwischen ihnen. Lissy vermisste immer, wenn sie Milena auf eine bestimmte Weise ansah und Milena diesen Blick nicht erwiderte, ihre alte Freundin Tamara. Auch jetzt zum Beispiel. Tamara hätte nie so einen Unsinn gesagt.

»Ja, klar!«, schnappte Lissy.

Milena behauptete oft, dass sie dabei gewesen war, oder zumindest jemanden kannte, der dabei gewesen war, wenn etwas wirklich Schlimmes geschah.

Im vorigen Jahr wollte sie gesehen haben, wie auf der großen Rheinkirmes eine Gondel des Riesenrads abstürzte. Und im letzten Sommer hatte sie die Geschichte mit ihrem Cousin erzählt, dessen bester Freund von einer Straßenbahn überfahren worden war, während er, der Cousin, danebenstand. Lissy wusste, dass Milena diese Geschichten erfand.

Milena riss den *Bild*-Kasten auf und nahm sich eine Zeitung.

Lissy spähte über die Schulter der Freundin mit hinein.

Jessica L. war am Freitagnachmittag zum letzten Mal an der Haltestelle Jägerstraße gesehen worden.

»Das ist in Eller«, sagte Milena. »Daher kenne ich sie auch. Früher habe ich dort doch immer rumgehangen.«

Lissy betrachtete die Fotos mit den Sachen des vermissten Mädchens. Eins zeigte, auf weißem Grund, genau die gleichen nachgemachten Converse-Turnschuhe, die sie selbst trug. Sie waren sogar mit Pailletten bestickt. Lissy krümmte ihre kalten Zehen.

»Was glaubst du, wo sie jetzt ist?«, fragte Milena.

Lissy zuckte mit den Schultern.

»Vielleicht ist sie auch einfach nur abgehauen. Ich meine, sie hat ihr Handy dabei, oder?«

»Ja, kann sein«, sagte Lissy.

Sie sah sich die Leute an der Haltestelle an.

Milena las weiter.

»Die Polizei sucht mit Spürhunden nach ihr. Das würden die aber niemals tun, wenn sie …«

»Vielleicht doch«, sagte Lissy. »Schau dir lieber mal da drüben die an!«

»Lissy, komm, du hast genug Ärger«, meinte Milena.

»Dann soll die da nicht so glotzen!«

An der Haltestelle von Bus und Bahn gegenüber stand ein hübsches Ausländermädchen, Türkin wahrscheinlich, und sie schien zu ihnen herüberzublicken. Das Mädchen war schlank und hatte lange weiche Haarwellen und Augen, blank und braun wie reife Kastanien, die im Herbst aus ihren Schalen springen. Dazu eine feine Nase und einen schönen Mund. Ihre Klamotten sahen teuer aus. Sie starrte durch sie hindurch, als würde sie träumen.

Langsam löste sich Lissy vom Mäuerchen, an dem sie gelehnt hatte. Sie spürte mehr, als dass sie es sah, wie sich auch Milena in Bewegung setzte, und gleichzeitig veränderte sich etwas im träumenden Starren des Mädchens, so als sei ein Schatten auf sie gefallen.

»Gib mal dein Handy!«, sagte Lissy zu ihr, als sie dicht bei ihr waren. »Wir machen ein Foto von uns, dann hast du immer was zu gucken.«

Das Ausländermädchen tat so, als hätte sie nicht verstanden, und verharrte in ihrer träumerischen Selbstvergessenheit.

Lissy drehte sich halb weg. Da waren noch andere an der Haltestelle, eine Mutter mit einem Kinderwagen, ein Alter mit Gehgestell, der ungeschickt mit seinem Portemonnaie fummelte, und zwei jüngere Mädchen, beide als Marienkäfer verkleidet, die wahrscheinlich zu einem Kinderkarneval wollten. Sie warteten hier auf die Bahn.

»Oder gib mal Geld!«, schlug Lissy vor, mit einem schnellen Seitenblick die Leute ringsum kontrollierend.

Die kleine Türkin guckte jetzt ganz starr auf Lissy. Ihre schönen Lippen legten sich fest aufeinander.

Lissy schubste sie, nicht fest, nur damit sie wissen sollte, woran sie war. Lissy meinte es ernst. Sie wusste manchmal nicht, was mit ihr los war. Manchmal wohnte ein Tier in ihr, wütend und behaart wie ein Wildschwein. Es warf sich gegen ihren Brustkorb, es wollte raus.

»Lass sie doch«, sagte Milena und legte ihre Hand auf Lissys Oberarm.

Die anderen standen da, sie sahen, was die beiden machen würden, aber keiner von denen traute sich dazwischenzugehen.

Lissy schubste das Mädchen noch mal und hielt sie gleichzeitig an den Haaren fest, drehte ihren Kopf, damit sie sie weiter ansehen musste. Ihre Haare fühlten sich ganz weich an, wie warmes Badewasser.

Die Augenlider schlossen sich über den blanken Kastanien. Ihre Schminke war schwarz und sorgfältig aufgetragen. Lissy sah einen Moment auf dieses geschlossene Gesicht, das schon den ersten Schlag erwartete, dann schlug sie den Kopf fest gegen die Scheibe des Wartehäuschens. Es war ein dumpfes Geräusch. Das musste wehtun. Das Wildschwein wuchs. Es bekam lange gelbe Hauer.

»Brauchst du noch mehr?«, fragte Lissy.

»Noch mehr?«, echote Milena.

Das Mädchen stand vor ihr, die Augen fest zugekniffen, der ganze Körper versteift.

Mit einem Seitenblick sah Lissy, wie die Frau mit dem Kinderwagen das Haltestellenhäuschen verließ, so als wolle sie Platz machen.

Die Bahn kam und öffnete ihre Türen. Lissy drehte sich so, dass das Türkenmädchen kaum von den Ankommenden zu sehen war.

So standen sie und warteten. Lissy konnte den schnellen Atem ihres Opfers hören. In der Kälte ließ er die Scheibe beschlagen.

Die Leute stiegen ein und aus, die Bahn fiepte, und dann fuhr sie los.

Die Augen des Mädchens waren immer noch geschlossen. Das gefiel Lissy irgendwie.

»Gib mir dein Geld!«, sagte Lissy noch mal, leiser jetzt und nahe an ihrem Gesicht. Ihr Gaumen war trocken und das Ausländermädchen musste ihren Mundgeruch mitbekommen.

Da endlich bewegte das Mädchen sich. Sie suchte erst in ihrer Hosentasche vorn, dann fummelte sie an ihrem Hintern. Es waren fünfzig Euro, ein schöner Schein, mehr, als die beiden gehofft hatten.

Lissy lockerte ihren Griff, aber als die Augenlider des Mädchens sich bewegten, packte sie wieder fester zu und schlug den Kopf noch mal gegen die Scheibe.

»Na also, geht doch«, sagte Milena.

Lissys Wildschwein stand am Zaun und ließ sich füttern.

Jetzt kam auf der anderen Seite die Bahn. Lissy schubste das Mädchen von sich und rannte hinüber, Milena ihr nach. Sie fuhren in die Innenstadt. Viele Leute waren in dem Wagen, die sie anstarrten, jedenfalls dachte Lissy das.

Milena war dick, aber dick waren viele. Und Milena hatte rote Haare und dazu diese Hasenzähne, für die sie eigentlich eine Klammer brauchte.

Lissy sah ganz normal aus, sogar hübsch, fand sie selbst.

Graue Augen, dunkle lange Locken und dazu die neue dicke Jacke von ZARA. Sie sah gut aus, was starrte die Frau dahinten sie so an?

Lissy war bereit für den nächsten Kampf. Sie musste nur aufspringen und um sich schlagen. Dazu fühlte sie Milenas Gewicht neben sich, massiv und bedrohlich, und das gab ihr Kraft. Sie suchte den Blick der Frau und fixierte ihn, ohne die Lider zu bewegen. Aber die Frau, die die beiden gemustert hatte, stieg eine Haltestelle später aus.

Die Bahn war voller Februargestalten, die aneinander vorbeischauten, blasse Winterhaut, hässliche Jacken und Schals, verfrorene rote Hände.

»Hier, bei C&A«, schlug Lissy vor. Sie war froh, als sie aussteigen konnten.

»Das hättest du nicht machen sollen, vorhin«, meinte Milena halbherzig. »Wann hast du Verhandlung?«

»Nächste Woche Mittwoch«, sagte Lissy knapp. »Und du hast ja wohl mitgemacht.«

Im Kaufhaus war die Luft schwer, so als sei die Heizung zu hoch eingestellt, und es roch schlecht. Sie nahmen die Rolltreppe in den zweiten Stock und standen vor der Abteilung mit den Karnevalsartikeln. Die Schunkelmusik kam laut und blechern aus den Lautsprechern. Es war einer der Karnevalshits aus dem letzten Jahr.

»Die sind süß!«, meinte Milena.

Sie hielt ein Paar große Schmetterlingsflügel in der Hand. Sie waren rosa, ein durchsichtiger Stoff mit goldenen Punkten.

»Dazu das Krönchen hier.«

»Sieht gut aus«, sagte Lissy.

»Echt?« Milena drehte zweifelnd die kleine Krone in ihren Händen.

»Klar, du siehst süß aus«, meinte Lissy. »Das passt zu deinen Haaren.«

»Und du nimmst auch Flügel.«

Lissy nahm welche aus echten Federn, die blendend weiß gefärbt waren, und streifte sich die Gummihalterungen über die Jacke. Passend dazu entdeckte sie einen Heiligenschein. Sie steckte ihn vor einem Spiegel in ihre langen dunklen Locken. Dann zupfte sie ihr Haar – das Schönste an ihr, wie sie fand – zurecht.

»Der schwebt richtig über deinem Kopf«, meinte Milena.

»Ich schwebe. Ich schwebe …« Lissy machte ein paar Sprünge

und rempelte dabei eine Frau an, die zwischen den bunt gefärbten Federboas herumkramte.

»Hey!«, machte die Frau.

»Selber hey!«, sagte Lissy. Das war doch nicht mit Absicht. Die blöde Kuh.

Lissy machte einen Kussmund vor dem Spiegel, die Frau mit der Boa immer noch hinter ihr. Ihre Blicke trafen sich im Spiegel.

»Ist noch was?«, fragte Lissy.

Die Frau schaute weg, so als wäre ihr plötzlich etwas Wichtiges eingefallen. Lissy beobachtete im Spiegel, wie sie rückwärtsging, den Blick über einen Warentisch mit grell eingefärbten Federn, Spitzenhandschuhen und anderem glitzernden Zeug schweifen ließ und schließlich ein Päckchen mit strassbesetzten Haarnadeln auswählte, als hätte sie genau danach gesucht.

»Lass uns was essen gehen«, sagte Lissy zu Milena, als sie bezahlt hatten. »Ich will noch nicht nach Hause.«

Sie aßen Cheeseburger, jede zwei, und dann war ihr Geld alle.

Er konnte nicht anders. Er beobachtete sie. Obwohl sie ihn abstießen. Sie sind hässlich, dachte er, genau das sind sie. Sie führen sich auf wie Prinzessinnen und sind weniger wert als der feuchte Dreck, der unter ihren Schuhsohlen klebt.

Sie sind hässlich, dachte er noch mal, aber innerlich hässlich. Verfault, verdorben. Er tastete sich, wie es seine Gewohnheit war, an das richtige deutsche Wort heran, so als könne er von seinen Beobachtungen lassen, sobald er nur den richtigen Begriff für die beiden Mädchen gefunden hatte.

So lange folgte er den beiden Mädchen. Sie saßen bei McDonald's und futterten billige Cheeseburger. Futtern war ein gutes

Wort, besonders für die mit den roten Haaren, dachte er zufrieden, und er merkte, wie die Anspannung nachließ, die ihn immer gefangen hielt, solange er nicht das richtige Wort fand.

Verdorben, verbraucht, verloren, zählte er auf, während er an den Scheiben des Schnellrestaurants vorbeiging. Verloren, genau, verloren für alles, was ein Mensch schaffen kann. Und verbraucht, noch bevor sie anfangen konnten zu leben. Einfach nur böse. Böse. Waren diese Mädchen böse?

Ja, dachte er. Aber es war nicht das Wort, das er suchte. Sie sind billig, dachte er probeweise, und grob. Grobe, billige Schlampen.

Er spürte, wie sich seine Mundwinkel nach oben bewegten. Genau das war es. Sie verfraßen ihr Geld, vermutlich war es gestohlen, und fühlten sich gut dabei, aber in Wirklichkeit waren es grobe, billige Schlampen.

Der Druck, den er oft in der Schläfengegend fühlte, ließ allmählich nach, während er die Straße überquerte.

Er dachte an den heutigen Abend, an die Nachricht, die hoffentlich in seinem Postfach sein würde. Sein Schritt wurde schneller. Seine Hände lösten sich aus den engen Manteltaschen und er ging beschwingt durch den kalten, klaren Tag.

Hässliche, billige Schlampen, dachte er noch einmal. Es fehlte nicht viel und er hätte laut aufgelacht vor Freude.

Denn die, mit der er sich seit ein paar Wochen schrieb, war anders. Sie war die Einzige. Und auch wenn sie aus dem gleichen Mist gekrochen war wie diese beiden, die ihn in der letzten halben Stunde in Atem gehalten hatten, sie war nicht verloren, nicht verdorben, nicht grob. Er dachte an die Worte, die er für sie gesucht hatte. Zart war sie, dachte er, und sein Schritt wurde langsamer, feinfühlig. Und voller Sehnsucht.

Er hatte heute nichts mehr zu tun, warum nicht in der Stadt herumschlendern und an sie denken? Die, an die er schrieb. So sah er sich am liebsten, als Flaneur, als jemand, der die Welt mit ihren Wundern und Schrecken betrachtete und nicht eingriff.

Aber er würde bald eingreifen müssen. Feinfühlig und voll Sehnsucht, dachte er noch einmal. Er blieb stehen, so als würde er die Warenauslage mustern. Zart, und sie sollte auch so bleiben.

Lissy schloss die Tür auf. Im Hausflur lagen die Anzeigenblätter von letzter Woche, die kostenlos verteilt wurden, verstreut und zertreten. Irgendeinem war die Mülltüte geplatzt und Kaffeesatz verteilte sich auf den Stufen. Ein kaputter Schirm lag auf dem ersten Treppenabsatz.

Oben in der Wohnung roch es nach den Fischstäbchen von gestern. Lissys Mutter war nicht da. Sie machte unterschiedliche Kurierjobs und kam oft spät.

Im Wohnzimmer hatte sie, wie immer, bevor sie zur Arbeit ging, das Schlafsofa zusammengeschoben und das Bettzeug im großen Korb verstaut.

Auf dem Tisch standen neben einer Glasschale und einem Trockengesteck die Tabakdose und das Zigarettenstopfgerät. Lissy sah sich weiter um. Es war nichts Auffälliges da. Erst als sie im Weidenkorb unter dem Bettzeug nachschaute, fand sie das Paket.

Es enthielt zwei Pullover, die beide über fünfzig Euro kosteten, und einen rot bestickten Lappen, der auf der Rechnung als Tischläufer bezeichnet wurde. Der Rechnungsbetrag war insgesamt 127 Euro. Lissy steckte den Umschlag zurück ins Paket und sah sich die Pullover an. Sie fand beide hässlich. Sie würde das Paket später zur Post zurückbringen.

In ihrem Zimmer lag ihr Handy in der Halterung, einem winzigen Strandstuhl, den sie extra dafür gekauft hatte. Sie sah sofort, dass kein Anruf darauf war.

Lissy schaute trotzdem nach, nichts, gar nichts. Dann hätte sie das Handy auch mitnehmen können. Sie wollte Can eigentlich ein bisschen zappeln lassen. Das ging natürlich nur, wenn er auch anrief.

Im Handyprotokoll waren nur Mitteilungen an Can. Sie zählte die SMS-Ausgänge an ihren Freund und kam auf zwölf.

Sie wusste ja, dass Can es oft nicht mit ihr aushielt. Sie waren zu verschieden, dachte sie. Er war so nett. Zum Beispiel kümmerte er sich um seine Eltern, wenn sie aufs Amt mussten. Dann ging er mit und übersetzte. Beim Fußball war er einer von denen, die immer den Ball abgaben, und er war sogar Trainer der U10-Jugend. Zweimal in der Woche trainierte er mit zwanzig kleinen Jungs, die über ihre zu großen Trikots und ihre eigenen Füße stolperten. Das machte ihm wirklich Spaß. Seine kleinen Jungs verehrten ihn.

Er war der beste Junge, mit dem Lissy jemals zusammen war. Okay, er war ziemlich eifersüchtig. Und manchmal, aber wirklich nur, wenn es gar nicht anders ging, schlug er mal zu. Aber nur, um sich zu verteidigen. Und er war fromm. Er fastete im Ramadan!

Als Lissy Can kennen lernte, hatte sie ihn erst für einen Langweiler gehalten. Nun ja, er hatte schöne Augen und war charmant, aber sonst?

Und jetzt wartete sie hier, auf seinen verdammten Anruf. Lissy legte das Handy zurück und machte den Kleiderschrank auf. Eigentlich hatte sie nur Schrott.

Sie probierte die weiße Hose, die sie letzten Sommer viel getragen hatte. Die hatte zwar ein paar Flecken, die nicht mehr rausgingen, aber sie sah trotzdem gut aus. Dazu ein Top, weit ausgeschnitten und mit silbernem Aufdruck.

Auf dem Handy immer noch nichts, sie kontrollierte jetzt im Minutentakt, während sie sich neu schminkte und den Heiligenschein ins Haar steckte. Obwohl sie natürlich hören würde, wenn Can sich meldete.

Sie zog die Flügel an und ging ins Bad, um sich im großen Spiegel zu sehen. Das Handy schwieg weiter.

Die Hose saß richtig gut, wie Lissy mit einem Blick über die Schulter kontrollierte. Sie formte ihre tiefrot geschminkten Lippen zu einem Kussmund und klapperte mit den Lidern. Dann riss sie die Augen und den Mund weit auf, so wie es die Stars im Fernsehen immer machten. Mit beiden Händen griff sie in ihre dicken Locken und türmte sie sich auf den Hinterkopf. Der Heiligenschein störte dabei, deshalb setzte sie ihn wieder ab. Sie sah ihr Profil von allen Seiten an und beschloss, dass sie sehr gut aussah.

Im Treppenhaus waren Stimmen zu hören. Lissy zwinkerte ihrem Spiegelbild zu und kontrollierte ihr Handy.

Die verschiedenen Stimmen draußen wurden lauter, jetzt waren sie vor der Wohnungstür.

Eine davon erkannte Lissy. Sie gehörte ihrem Vater. Jemand hatte ihn ins Treppenhaus gelassen. Er wohnte schon seit Jahren nicht mehr bei ihnen.

Er wohnte nirgendwo, er war obdachlos und meistens betrunken. Mit seinen Kumpels hing er am Alten Markt oder an der Bushaltestelle beim Rathaus herum. Wenn Lissy ihn da sah, tat sie manchmal so, als würde sie ihn nicht kennen. Aber dann brüllte er hinter ihr her. Manchmal weinte er auch, wenn sie sich von ihm losmachte und ihn anschrie, und manchmal war er zu betrunken, um Lissy überhaupt zu erkennen.

Jetzt war er vor der Wohnungstür, in der Saufphase, in der ihm alles möglich erschien, und er klingelte ununterbrochen.

Lissy versuchte sich taub zu stellen. Sie tippte eine SMS an

Can, dass sie ihn liebte und vermisste, obwohl sie diesen Text nicht unbedingt abschicken wollte. Sie musste noch genauer darüber nachdenken, was sie ihm schreiben würde.

Im Treppenhaus gingen jetzt Türen auf. Die Nachbarn schrien auf ihren Vater ein.

»Ich hab doch nur den Schlüssel vergessen!«, brüllte er zurück.

Lissy musste an die Tür, sonst würde gleich wieder die Polizei da sein. Die Frau, die über ihnen wohnte und den ganzen Tag in ihrer Wohnung herumpolterte – niemand wusste, was sie dort tat –, hatte sie schon mehrmals bei ähnlichen Gelegenheiten geholt.

Lissy öffnete, die Kette eingehängt. Ihr Vater sah sie aus rot geäderten Augen an.

»Lass mich rein!«, flehte er.

»Papa, du wohnst nicht mehr hier.« Manchmal war er irgendwie aus der Gegenwart gestolpert und musste einfach nur erinnert werden.

»Lissy, Kleines, lass mich bitte rein!«

Sie hielt das Handy noch in der Hand und sah darauf, als könne sie dadurch ihren Vater wegzaubern.

Er machte sich an der Kette zu schaffen.

»Ich mach die Tür zu!«, drohte sie. »Bitte, Papa, verpiss dich!«

Sein Mund wurde von dem konzentrierten Herumfummeln ganz dünn.

»Ich schreie!«, drohte er zurück. Und das tat er auch, während er weiter versuchte, die Kette aus dem Schiebeteil zu lösen.

Lissy presste sich gegen die Tür und quetschte ihm dadurch die Finger ein. Erneut schrie er los. Lissy starrte auf die zuckenden Fingerglieder ihres Vaters. Sie gab nach und dadurch löste sich die Kette.

Mit einem Schwung war er in der Wohnung. Er überrannte sie einfach. Dabei wurde sie gegen die Wand geworfen, nicht schlimm, aber sie verlor das Gleichgewicht. Einer ihrer Flügel knickte ein. Der Heiligenschein, den sie auf die kleine Kommode gelegt hatte, rutschte auf den Boden.

Ihr Vater trat darauf.

»Scheiße, pass doch auf!«

Aber er war schon vorbei. Er riss den Kühlschrank auf und fand dort eine halb volle Flasche Eierlikör. Die steckte er sich in die Jackentasche.

Lissy hob den Heiligenschein auf, aber es war nichts zu machen. Er war an einer Stelle gebrochen.

Ihr Vater blickte sich weiter um, aber in ihrer Wohnung war kaum etwas, was er schnell zu Geld machen konnte. Außer dem Fernseher, aber dann hätte Lissys Mutter ihn umgebracht.

So weit ging er nicht. In ihrem Zimmer hatte er noch nie etwas angerührt. Sie hoffte jetzt nur, dass er bald wieder ging.

»Sie sind hinter mir her. Ich muss mich verstecken.« Seine Augen blickten ein bisschen irre. »Die beiden, die unser Flaschenrevier wollen.«

»Aber nicht hier«, sagte Lissy sofort. Was war das denn für ein doofer Trick?

»Du glaubst mir nicht.«

Sie verzog das Gesicht.

Ihr Vater zog die Flasche mit dem Eierlikör aus der Tasche. Er hielt sie prüfend gegen das Licht, dann schraubte er sie auf und roch daran.

Sie beobachtete, wie sein Adamsapfel in seiner gedehnten Kehle auf- und abhüpfte, während er schluckte. Dann folgte sie ihm weiter durch die Wohnung.

Er hatte sich schon wieder abgewandt und schaute im Badezimmer nach, ob inzwischen ein Mann bei ihnen wohnte.

»Seit neun Jahren versteckt sie ihn nun schon vor dir«, sagte Lissy böse.

Er grunzte etwas und untersuchte dabei eine Wimpernzange.

»Wofür soll das gut sein?«, fragte er und klapperte damit.

Lissy beobachtete ihn. Da fiel ihr plötzlich etwas ein. Ihr Vater war oft am Mäuerchen in Gerresheim. In der Innenstadt hatte er fast überall Platzverbot.

»Sag mal, hast du Can heute gesehen?«, fragte sie.

Can war so gut erzogen, dass er sogar mit ihrem Vater sprach. Einfach, weil es Lissys Vater war.

Er musterte seine Tochter im Spiegel. »Wie siehst du überhaupt aus?«

»Damit biegt man sich die Wimpern in Form.« Lissy nahm ihm die Zange ab.

»Und jetzt verschwinde, bevor Mama kommt!«

Er war ganz friedlich, als sie ihn zur Tür hinausschob. Nur den Eierlikör hielt er fest.

Lissy sah ihm nach. Sie konnte sich genau daran erinnern, als ihr Vater wirklich mal ihr Vater gewesen war. Einmal hatte er in der Kneipe – er wohnte damals noch mit ihr und ihrer Mutter zusammen und ging abends was trinken – einen Ponybesitzer kennen gelernt. Und er hatte den Mann gefragt, ob er mal mit seiner Tochter vorbeikommen könne. Das Wichtige war jedoch, dass er sich am nächsten Tag noch daran erinnerte und Lissy davon erzählte.

Sie fuhren also ein paar Tage später tatsächlich zu dem Mann, der die Ponys hatte. Der wohnte in Mettmann, nicht weit von ihnen.

Lissy wurde auf eines der Tiere gesetzt, es war ein rotbraunes mit blonder Mähne. Papa führte es. Sie erinnerte sich an den schweißigen Geruch des Ponys, an die borstige Mähne, an der sie sich festgehalten hatte, an das merkwürdige Schaukeln unter ihr, an Papas Rücken, links neben dem Ponykopf. Sonst wusste sie nichts mehr von diesem Nachmittag. Lissy war damals nicht mal zehn Jahre alt gewesen.

In den nächsten Wochen fragte sie immer wieder nach, aber trotzdem sind sie nie wieder zu den Ponys gefahren. Die ganze Sache verlief im Sand. Ihr Vater war wieder, wie er immer war. Und es wurde immer schlimmer mit ihm.

Irgendwann bekam ihre Mutter diese schreckliche Falte auf der Stirn und klagte ständig über Kopfschmerzen. Und dann ging alles sehr schnell. Eines Tages packte sie alle Sachen von Lissys Vater zusammen, sogar seine schmutzige Wäsche, die sich im Korb im Badezimmer befand, und zwang Lissy, ihr beim Beladen des Kurierfahrzeugs zu helfen. Sie fuhren nach Unterrath, in eine kleine Wohnung, die die Mutter fürs Erste gemietet hatte. Eine Matratze lag auf dem Teppichboden, der voller Brandlöcher war.

»So«, hatte ihre Mutter nur gesagt und die Falte auf der Stirn hatte sich vertieft. »Hier muss er jetzt bleiben.«

Auf die Arbeitsplatte der Küchenzeile stellte sie noch ein paar Dosen Ravioli. Lissy brachte den letzten Karton in das Schlafzimmer.

Ihre Mutter wollte natürlich nie, dass er auf der Straße lebte, aber die kleine Wohnung behielt er nicht lange. Lissy wusste nicht genau, warum. Und eigentlich, wenn sie es genau bedachte, war es ihr inzwischen auch egal.

Noch immer hatte sie ihr Handy in der Hand. Als sie die Tür endlich zumachte, stellte sie fest, dass sie auf »Senden« gedrückt hatte, wahrscheinlich, als sie ihrem Vater die Hand einquetschte.

Sie stöhnte, aber dann dachte sie, dass es eigentlich auf eine SMS mehr auch nicht mehr ankäme. Lissy war inzwischen nichts mehr peinlich, nicht mal, dass sie verrückt nach Can war. Sie wollte nur noch, dass er sich meldete, egal wie. Das Tier, das in ihr wohnte, wurde ganz harmlos und wund, wenn es um Can ging. Es tat weh. So als hätte es viele winzige spitze Zähne bekommen, die sie von innen her auffraßen.

Lissy nahm das Paket aus dem Wäschekorb und füllte den Retourschein aus. Die Unterschrift ihrer Mutter fälschte sie.

Dann nahm sie das Paket unter den Arm und fuhr mit dem Bus zur großen Post am Hauptbahnhof. Dort wechselte das Personal häufiger. In der kleinen Post in Gerresheim hatte sie im Sommer der Mann hinterm Schalter angesprochen.

»Was bestellt ihr denn immer, wenn ihr es doch zurückgehen lasst?«, hatte er gefragt.

Es war ein kleines Päckchen gewesen, mit zwei Paar Ohrringen und einem wunderschönen Bergkristallanhänger. Lissy hatte mit den Schultern gezuckt. Wie sollte sie es erklären? Beim nächsten Mal war sie zur Post in Eller gefahren, und nach Flingern, bis auch dort eine Frau am Schalter gefragt hatte: »Porto vom Empfänger, wie immer?«

Lissy war rot geworden.

»Nein, diesmal nicht«, hatte sie gesagt und mit dem Fünfeuroschein, den sie in der Tasche hatte, das Päckchen bezahlt.

Seitdem ging sie zur großen Post am Bahnhof. Dort erkannte sie niemand.

Ihre Mutter kam nach Hause, als Lissy den zerbrochenen Flügel flickte.

»Ist das immer eine Schlepperei!«, rief sie aus und war ganz außer Atem. Sie trug große Taschen mit Einkäufen, und Lissy spürte, wie sich alles in ihr zusammenballte. Sie betrachtete die roten Einschnitte, die die Plastikhenkel der Taschen an den Handgelenken ihrer Mutter hinterließen.

»Papa war hier«, sagte Lissy und bemühte sich, von den Handgelenken wegzusehen.

Aber ihre Mutter hörte gar nicht zu, sondern begann, das Eingekaufte auszupacken.

»Birgit und Franka kommen heute Abend«, sagte sie in den Kühlschrank, weil sie dort gerade die Eier unterbrachte. Birgit war die beste Freundin von ihrer Mutter – sie hatten zusammen beim Kurierdienst gearbeitet, bis Birgit entlassen wurde, und Franka war Birgits Tochter. Sie wohnten ein Haus weiter.

»Papa hat den Eierlikör mitgenommen.«

»Jetzt hör mal mit deinem Vater auf.«

Ihre Mutter schloss die Kühlschranktür und wandte sich den restlichen Einkäufen zu. »Birgit hat endlich einen neuen Job. Ganztags!«

Sie hatte Bier und Wein gekauft und kramte aus einer Tüte von einem Billigmarkt um die Ecke einen Teelichthalter.

»Sieh mal, ist der nicht hübsch?«

Lissy antwortete nicht. Sie hielt das Flügelpaar an den Gummibändern hoch und ließ die Flügel rauf- und runterschwingen. Es sah aus wie ein körperloser Vogel.

»Dass das mit der Arbeit noch mal klappt. Sie hat echt Glück gehabt.« Ihre Mutter platzierte den Teelichthalter auf dem Tisch.

»Sieht hübsch aus, findest du nicht?«, fragte sie noch mal.

Lissy brummte etwas.

Dann rief ihre Mutter Fredi an, um ihn für diesen Abend einzuladen. Immer wenn sie mit ihrem neuen Freund telefonierte, schraubte sich Mamas Stimme in eine höhere Tonlage. Sie kicherte viel und warf kontrollierende Blicke auf ihre gegelten Nägel, die sie dabei abspreizte.

Nach dem Telefonat fischte sie einen großen Beutel Backofenpommes aus dem Tiefkühlfach und schnitt eine Packung mit marinierten Schweineschnitzeln auf, die sie in der Pfanne anbriet.

Lissy deckte den Tisch und stellte Ketchup und Mayonnaise bereit.

Fredi war eine halbe Stunde später da, frisch geduscht und mit Gel im Haar. Am Hinterkopf bekam er eine Glatze, und sein Bauch – er trank schon mal gern ein Bier zu viel – schob sich über seine Jeans.

Lissy tätschelte er den Kopf, als wäre sie fünf. Ihre Mutter küsste er auf den Mund.

»Hallo, Sonja!«, sagte er. Das war der Vorname ihrer Mutter.

Dann erzählte er – wie immer – von seinen Baustellen. Er war Dachdecker.

Die beiden hatten sich kennen gelernt, weil ihre Mutter mit dem Kurierwagen das Heck von Fredis Kastenwagen mitgenommen hatte. Es war nur ein Blechschaden, hätte sie aber den Job kosten können.

Fredi hatte anscheinend sofort seine Chance gesehen und ihr angeboten, es einfach selbst zu reparieren. Am gleichen Tag waren sie zu einem Schrottplatz gefahren und hatten einen neuen Kotflügel und eine neue Heckklappe gekauft. Die waren zwar rot und nicht weiß wie der Rest von Fredis Wagen, aber er sagte, das mache ihm nichts aus.

Es klingelte. Jetzt kam Birgit. Franka war drei Jahre jünger als Lissy und nutzte jede Gelegenheit, sie zu besuchen.

Eigentlich besuchte sie aber Lissys Computer. Seit Birgits Freund ausgezogen war und den Rechner mitgenommen hatte, war Franka fast jeden Tag hier bei Lissy. In Gedanken nannte Lissy sie oft Qualle. Franka war klein, mit dünnen blonden Haaren und einer hellen Haut, die auch im Sommer nicht braun wurde. Nur ihre Augen wirkten dunkel, weil sie braune Iriskränze hatten.

Lissy schenkte dem jüngeren Mädchen ein schiefes Grinsen.

»Hey, geht's gut?«, fragte sie.

Franka zuckte mit den Schultern.

»Gibt schon wieder Ärger in der Schule«, sagte Frankas Mutter. »Im Bus haben sie ihr die Haare angeflämmt! Mit einem Feuerzeug.«

»Wer?«, fragte Lissy. Sie musterte Frankas Haare. An der Seite waren ein paar Strähnen zu kurz für den Rest der Frisur.

»Ach, ist egal«, erwiderte Franka leise. »Kennst du doch sowieso nicht.«

Ihre Mutter presste die Lippen zusammen und schüttelte den Kopf. Birgit wirkte älter, als sie war. Ihr Haar wurde schon grau und sie hatte dicke Tränensäcke unter den Augen.

»Natürlich kenne ich die!«, sagte Lissy empört.

»Die sind doch nur neidisch«, sagte Frankas Mutter. »Franka schreibt eine Eins nach der anderen. Das können die nicht verknusen.«

Das macht ihre Tochter wirklich nicht unbedingt sympathischer, dachte Lissy.

»Dann lernst du bestimmt viel?«, fragte ihre Mutter, die nett sein wollte.

Franka schaute auf den Teller und schob eine Pommes hin und her.

»Sie liest viel. Immer ein Buch vor der Nase«, sagte Birgit.

»Na, vielleicht kannst du meiner Lissy ein bisschen was abgeben«, sagte Lissys Mutter und lächelte Franka an.

»Mama, bitte!«, sagte Lissy.

»Du bist doch nicht dumm. Du müsstest dich nur mal auf den Hintern setzen, anstatt den ganzen Tag …«

Lissy schob ihren Teller beiseite. Sie konnte sowieso nichts essen. Ihr Bauch tat ihr weh. So war das immer, wenn Can nicht anrief.

»Ich geh in mein Zimmer«, sagte sie.
»Kann ich mitkommen?« Frankas Stimme war leise.
»Meinetwegen.«
Lissys Zimmer war klein und die Wände waren in einem hellen Pfirsichton tapeziert, der den Raum wohnlicher machen sollte. Auf dem ungemachten Bett lagen getragene Kleidung, der Föhn und ein paar Schminksachen. Am Schreibtisch war die Front einer Schublade ausgerissen und lehnte aufrecht daran. Vor der Tastatur des PCs standen zwei abgegessene Teller, der Schminkspiegel mit einer Pinzette und eine Tasse, auf deren weißem Rand Kaffeereste trockneten. Der Teppich mit seinem orangefarbenen und blauen Muster war von Krümeln übersät. Lissy schämte sich ein bisschen.
»Kann ich mal meine Mails lesen?«, fragte Franka.
»Klar.«
Lissy war großzügig gewesen und hatte Franka eine eigene Oberfläche auf dem Rechner eingerichtet.
Das Deckenlicht war ausgeknipst und Frankas spitzes Kinn wurde grünlich vom Bildschirm angestrahlt. Sie sah glücklich aus, während sie sich durch ihre Mails klickte, die Augen fest auf den Schirm gerichtet. Manchmal lächelte sie. Sie schien mindestens tausend Leute zu kennen.
Lissy warf ihre Klamotten vom Bett und rollte die widerspenstige Schnur des Föhns zusammen.
Franka war immer noch in die grün strahlende Welt des Bildschirms abgetaucht.
Lissy sammelte derweil ihre Schminkstifte und -tuben ein. Sie dachte an gar nichts. Sie versuchte es zumindest.
Plötzlich klingelte das Handy. Ihr war es, als boxe der Ton sie fest in den Magen. Endlich. Aber es war nur Milena.
»Kommst du noch raus?«, fragte sie. Sie war bestimmt am Mäuerchen.

»Ist Can auch da?«, fragte Lissy zurück.

»Nur Fatih und Sebastian. Tamara will auch noch kommen.«

»Frag Fatih mal, ob er weiß, wo Can ist.«

Kurze Pause, dann war Fatih am Telefon.

»Komm doch noch ein bisschen raus.«

Fatih ist ein elender Schleimer, dachte Lissy. Seine Stimme war quäkend und angefüllt mit seiner unechten Bewunderung. Seit sie mit Can zusammen war, lief er hinter ihr her, machte ihr überschwängliche Komplimente und versuchte, sie wie zufällig zu berühren.

»Wo ist Can?«

»Das darf ich nicht verraten.« Dazu kicherte er blöd.

»Okay, bis gleich!«

Lissy warf einen Blick auf ihren Gast. Franka hatte ihr kleines Gesicht ganz nah an den Monitor geschoben. Ihre schmalen Schultern schienen den Text, den sie schrieb, abschirmen zu wollen.

Lissy verdrehte sie Augen. Sie mochte Frankas Dichtereien nicht besonders. Meistens ging es darin um Sehnsucht oder Tod oder Schmerz und diesen ganzen Mist.

Wenn sie den Idioten, die ihr das Feuerzeug an die Haare gehalten hatten, eins auf die Fresse gegeben hätte, müsste sie jetzt nicht eines ihrer bescheuerten Gedichte schreiben, um sich zu trösten, dachte Lissy.

»Ich geh mal kurz zum Mäuerchen. Du willst doch bestimmt hierbleiben, oder?«, fragte Lissy.

Franka nickte, ohne den Blick vom Bildschirm zu nehmen, und Lissy verschwand leise aus der Wohnung.

Am Mäuerchen warteten Milena, Sebastian und Fatih auf sie. Tamara hatte wahrscheinlich mit ihrem Baby zu tun.

Lissy begann sofort, Fatih nach Can auszuquetschen.

Er machte Andeutungen.

»Boah, jetzt mach schon! Was ist denn dabei, wenn du's mir sagst?«, fuhr Lissy ihn an.

»Familiensache unter Türken, du weißt schon.« Fatih grinste blöd.

Lissy wusste gar nichts. Sie hätte ihn gern geschlagen. Aber das hätte auch nichts genützt. Sie ließ ihn einfach stehen, noch während er einen weiteren gelogenen Satz hervorpresste, und ging über das von Reif überzogene Kopfsteinpflaster davon, wieder nach Hause. Sie hatte ihre Handschuhe vergessen und ihre Fingerspitzen waren blau, als sie leise die Wohnungstür aufschloss.

Franka saß immer noch vor dem Computer. Als sie Lissy hörte, warf sie einen letzten Blick auf den Bildschirm und klickte schnell eine neue Seite auf.

Lissy ging hinüber in die Küche. Der Fernseher lief, und ihre Mutter und Birgit tranken Bier und stopften sich Zigarettenvorräte für die nächsten Tage. Die ganze Küche war vollgequalmt.

»Ist Fredi schon weg?«, fragte Lissy, um irgendetwas zu sagen.

»Ja«, erwiderte ihre Mutter. Plötzlich fiel Lissy das Paket ein, das sie zurückgebracht hatte. Anscheinend vermisste ihre Mutter es noch nicht.

»Wir müssen auch gleich gehen. Nur noch diese eine Zigarette«, sagte Birgit. Sie verteilte Tabak in der Zigarettenmaschine.

»Sag Franka Bescheid.«

Franka fuhr brav den Computer herunter, als Lissy ihr ausrichtete, dass für heute Schluss sei. Sie sagte Danke und Tschüss und bald darauf waren Lissy und ihre Mutter allein.

Lissy ging ins Bad. Sie wusste, dass ihre Mutter jetzt die Wohnung lüftete und ihr Bett machte. Sie putzte sich die Zähne, kontrollierte, ob sie Mitesser auf der Stirn hatte – und da wurde auch schon die Tür aufgerissen.

»Du kleines verlogenes Biest! Was hast du mit dem Paket gemacht?«

»Mama!« Lissy spürte den Schlag auf den Hinterkopf kaum. »Wir haben kein Geld! Wir können uns …«

»Wo ist das Paket?«, schrie ihre Mutter. Sie begann, Lissy mit kleinen festen Schlägen zu traktieren. Lissy bückte sich und nahm den Kopf zwischen die Hände. Die Schläge taten ihr nicht besonders weh. Sie fühlte, wie sie nicht mehr so schnell kamen und auch nicht mehr so fest. So ähnlich, wie es war, wenn es aufhörte zu regnen.

»Lass das doch endlich sein mit diesen Päckchen«, sagte Lissy bittend, als es vorbei war.

Aber ihre Mutter erwiderte nichts. Sie ging in die Küche und Lissy hörte das ratschende Geräusch des Feuerzeugs.

Lissy hielt sich das Gesicht unter fließendes Wasser.

Später, als die Wohnung dunkel war, konnte sie nicht schlafen. Irgendwann zeigte das Handy zwei Uhr dreißig an.

Sie lag auf dem Rücken und versuchte etwas zu zählen, die Autos, die durch die Straße fuhren und deren Scheinwerferlicht über ihre Zimmerdecke strich, die vereinzelten Schritte von hohen Absätzen, die auf dem Pflaster zu hören waren, sogar ihre eigenen Atemzüge.

Lissy dachte an Can. Sie strich über ihre Kieferknochen, nur mit den Zeigefingern, so wie es Can immer machte, bevor er sie küsste. Sie berührte ihre Schultern, ihre Oberarme und stellte sich vor, es seien Cans Hände. Aber es machte sie traurig. Sie hielt sich ja nur selbst im Arm.

Es war kurz nach drei, als sie das Handy zum letzten Mal kontrollierte. Noch immer keine Nachricht.

# Mittwoch

Eines Tages werden wir sehen. So wie wir jetzt blind sind. Wir werden weinen und lachen über das, was uns jetzt noch verborgen ist. Wir werden uns an den Händen halten und lachen. Aber nicht jetzt.

Das Tier in Lissy wuchs in der Nacht, und früh am Morgen, während ihre Mutter begann, sich anzuziehen, um dann Kaffee zu kochen, und etwas vom Rauch der ersten Zigarette, die sie sich ansteckte, in Lissys Zimmer kroch, brüllte es vor Hunger. Und es ließ ihr keine Ruhe, bis sie zur Haltestelle ging.

Es war kurz nach sieben. Überall standen Kinder und Jugendliche, die in die Schule wollten. Lissy betrachtete sie. Manche hatten nagelneue Tornister, andere alte, halb zerfetzte und bekritzelte Taschen. Embleme und Anstecker waren daran befestigt, je nachdem, zu welcher Gruppe sie gehörten oder welchen Trend sie gerade gut fanden.

Lissy entdeckte Franka. Die Jüngere hielt sich abseits, ihr dünnes blondes Haar stand frisch gewaschen und elektrisch in der eisigen Luft. Die durchscheinende Haut unter den Augen war von der Kälte rot gefleckt. Die Fäuste hatte sie in die Ärmel ihrer Jacke geschoben; sie zitterte.

Als sie Lissy entdeckte, lächelte sie. Lissy kam zu ihr und brummte etwas zur Begrüßung.

Dann beobachtete sie weiter die Schüler. Alles, was sie trugen, und alles, was sie taten, war wichtig. Sie redeten nur mit bestimmten Leuten, mit anderen nicht, und vor allem ging es immer nur darum, irgendwie irgendwo dazuzugehören.

Lissy fand sie alle zum Kotzen.

»Kommst du heute mit in die Schule?«, fragte Franka.

»Bestimmt nicht.« Lissys Bauch schmerzte.

Sie standen eine Weile stumm nebeneinander und schauten in die Richtung, aus der der Bus kommen musste.

»Und heute Nachmittag? Hast du da Zeit?«

»Weiß nicht.«

»Dann klingle ich einfach.«

»Mal sehen«, sagte Lissy. Sie bewegte ihre schmerzenden Zehen in den Turnschuhen und schaute an Franka vorbei.

»Kannst du mich denn wenigstens bis zur ...«

»Klar, ich bring dich hin.« Den Bruchteil einer Sekunde später ärgerte sich Lissy über sich selbst, und das blieb auch die Fahrt über so.

Kurz vor Weihnachten war sie zum letzten Mal in der Schule gewesen, gezwungenermaßen, weil die Polizei sie zu Hause abgeholt und hingebracht hatte. In der großen Pause war sie wieder abgehauen.

»Aber nur bis zum Tor«, schränkte Lissy ein, als sie ausstiegen und auf das Schulgebäude zuliefen.

Lissy ging ein paar Schritte hinter Franka. Sie sah ihre Jacke, rosa und altmodisch, die Hose um den Hintern zu weit und ihre Schultasche ein Witz. Lissy legte ihr die Hand auf die Schulter.

»Mach dir keine Sorgen wegen der Feuerzeugtypen. Hast du dein Handy mit?«

Frankas Augen blinzelten in der Beleuchtung des dunklen Schulhofs. Ihre Lippen wölbten sich kurz nach innen, als wären in ihrem Mund zu viele Worte, die sie zurückhalten musste. Dann kramte sie zwischen ihren Büchern.

»Ich glaube schon.« Sie hielt ihr Nokia in die Höhe. Ein alberner Anhänger, ein Herzchen, baumelte daran.

»Kannst du mich abholen?«, fragte Franka leise. Sie sah Lissy bittend an.

»Klar«, sagte Lissy. Ihre Hand verharrte einen Moment in der Luft über Frankas Schulter, dann drehte sie sich um und ging die paar Meter an der Düssel entlang zur Haltestelle Bertastraße.

Das Tier schrie und riss Stücke aus ihrem Bauch, jedenfalls fühlte es sich so an. Sie nahm den nächsten Bus. Die Straßen, durch die sie fuhr, waren von Kleingärten und Einfamilienhäusern gesäumt. Aufgeräumte Gärten, Schneeglöckchen, die im Dämmerlicht weiß strahlten.

Die Gartentörchen waren alle ordentlich geschlossen. Hier gab es hohe Hecken, Platz für Carports, dazu hohe Bäume, die ihre Zweige bis über die Gehwege streckten.

Dann verließ der Bus die Gegend, man merkte wieder, dass man in der Stadt war, Häuser, die wie graue Betonwürfel aussahen, traurige Büsche, Abfall im matschigen Gras, das vielleicht einmal ein Vorgarten werden sollte, Eckkneipen, die für den Karneval dekoriert hatten, ein Jägerzaun, dem Latten fehlten, nasse Knallerbsenbüsche. An der Haltestelle Schlesische Straße stieg sie aus. Gegenüber wohnte Can.

Brauner Putz, unten drin war ein Friseursalon, dessen Schaufenster mit venezianischen Masken und schwarzer Gaze gestaltet war. Winzige rote Glühlämpchen leuchteten warm und geheimnisvoll hinter dem durchsichtigen Stoff.

Von der Kälte taten Lissy die Oberschenkel in ihren engen Jeans weh. Die Füße spürte sie nicht mehr. In der Wohnung, in der Cans Familie wohnte, brannte kein Licht. Sie war nie dort drin gewesen. Cans Vater war sehr streng. Freitags musste Can sogar mit in die Moschee und er würde sich nie vor seinem Vater eine Zigarette anstecken. Lissy wartete.

Autos fuhren an ihr vorbei, mit Fahrern, denen die Müdigkeit die Augen klein drückte, und mit pendelnden Duftbäumchen an ihren Frontscheiben. Ein Bus kam, Leute stiegen aus und fröstelten in der nassen Kälte.

Ein parkender Audi neben ihr hatte ein Plüschherz auf der Ablage. Daneben lagen eine Perücke für ein Tanzmariechen und ihr silberner Stock.

Lissy konnte die feuchte Stadt riechen, die Autos, das Aftershave des Mannes, der auf den nächsten Bus wartete, die Zigaretten zweier Jungs in weißer Malerkleidung, die eisige Nässe auf dem Teer.

Es gab nichts zu sehen hinter den Fenstern von Cans Wohnung, nichts.

Trotzdem musste sie dorthin starren, sich ausmalen, wie Can zusammengerollt in seinem Bett lag, die Augen geschlossen, den Mund entspannt und die dicken schwarzen Haare, in denen sich noch das Gel befand, das sich beim abendlichen Duschen nicht ganz herauswaschen ließ, vom Kopf abstehend.

Sie dachte an seinen Geruch von Baumwolle und zertretenem Gras nach dem Training, an den Geruch nach einem bestimmten Rasierwasser, wenn er sich abends mit ihr traf, an den Geruch, wenn sie sich küssten. Warum meldete er sich nur nicht? Was meinte Fatih mit »Familiensache«? Wusste Can überhaupt, wie weh er ihr tat?

Sie fror. Als es dämmerte, ging sie langsam zur U-Bahn. Can sollte sie nicht sehen. Es wäre zu peinlich.

In der ersten Zeit, als Papa keine Wohnung mehr hatte, hatte sie oft nach ihm gesucht. Eigentlich immer, wenn er nicht am Alten Markt von Gerresheim oder an der Haltestelle Rathaus, also am Mäuerchen, war.

Kreuz und quer war sie durch Düsseldorf gefahren und hatte nachgeschaut, ob er aus der Notschlafstelle herauskam oder am Hauptbahnhof abhing. Aber Penner hatten fast überall in der

Innenstadt Platzverbot und es war oft schwierig, sie zu finden. Es war Herbst damals, nasses Wetter wie jetzt, und Lissy wollte bloß sehen, wo er war. Sie war beruhigt, vielleicht für ein paar Stunden, wenn sie ihn auf dem Bahnsteig gegenüber gesehen hatte. Sie stieg dann nicht aus, sondern fuhr bis zur nächsten Station. Einmal war er zwei Tage verschwunden. Dann tauchte er plötzlich wieder auf. Sie fragte ihn nicht, denn er hatte eine große schwarz genähte Platzwunde über dem Ohr.

Zuerst bemerkte Lissy an dem Tag nicht, dass sie nicht die Einzige war, die ihrem Vater folgte. Da gab es noch eine andere, eine Frau mit Beinen wie Stöckchen in engen Stretchhosen und einer schmutzigen Jacke. Sie stand oft auf dem Bahnsteig, auf dem ihr Vater sich aufhielt, scheinbar wartend, aber ihn immer aus den Augenwinkeln beobachtend.

Als Lissy diese merkwürdige Frau das nächste Mal in der Nähe ihres Vaters sah, stieg sie aus. Sie schlenderte an ihr vorbei und warf einen kurzen Blick in das Gesicht der Unbekannten. Sie erschrak. Die Frau hatte nur ein Auge. Unter den langen struppigen Stirnfransen, die sie sich ins Gesicht gezogen hatte, war eine leere Augenhöhle verborgen.

Sie fragte Hulle, mit dem ihr Vater oft herumzog, nach der seltsamen Frau.

»Ach, das ist die Scheele Christiane. Die bildet sich ein, dass dein Papa in sie verliebt ist.«

»Und, ist er das?«, fragte Lissy mit angehaltenem Atem.

»Nein, glaube ich nicht«, sagte Hulle. »Er hat wohl mal bei ihr übernachtet.«

Danach suchte sie seltener in der Stadt nach ihm.

Lissy bekam natürlich auch immer mit, wie die Leute ihn ansahen. Wie er besoffen mit einem Weintetrapack von Aldi nach ihnen warf. Und dann, anscheinend tat es ihm leid um den Wein, auf die Straße sprang, zwischen die Autos, schreiend, lallend, schwankend, bis Hulle ihn wieder zurückzog. Aber daran wollte Lissy nicht denken.

Als sie den Hauptbahnhof erreichte, war es hell. Die ersten Penner standen an der Ecke, an der die Busse abfuhren, aber Papa war nicht dabei.

Die Bücher, die er zur Stadtbücherei bringen wollte, hielt er wie einen Schild vor sich. Da saßen diese Penner und streckten ihre Gesichter, die zerbrochen wirkten, der milchigen Sonne entgegen. Er musste sie anstarren.

Mussten sie denn überall sein, die ganze Stadt verschandeln? War »zerbrochen« das richtige Wort für sie? Nein, dachte er angewidert. Sie wollen nur dasitzen und trinken. Sie sind nicht zerbrochen. Sie sind Matsch, Schmutz, der letzte Dreck. Sie sind Abfall. Das war das richtige Wort. Anders als sonst, wenn er endlich das Wort gefunden hatte, ließ der Druck in seinen Schläfen nicht nach.

Er kniff kurz die Augen zusammen und presste die Bücher gegen seine Brust. Das sollte es eigentlich gar nicht geben, dachte er. So etwas. Er grinste bitter. Das waren doch gar keine Menschen mehr. Aber das durfte man ja nicht laut sagen.

Da kam auch noch eine von diesen billigen Schlampen, der er gestern gefolgt war, aus dem Hauptbahnhof. Typisch, dachte er, als das Mädchen einem von den Pennern zunickte. Pack, dachte er angewidert. Elendes Pack. Die Kopfschmerzen legten sich wie ein bleierner Helm um seinen Kopf. Vom Schmerz angetrieben wurden seine Schritte schneller.

Als Lissy den Hauptbahnhof erreichte, war es fast hell.

Sie sah Lumpi, der auch manchmal in Gerresheim war, aber sie wollte nicht mit ihm reden. Lumpi hatte nichts als Sex im Kopf. Lissy glaubte, das sei eine Störung, so wie andere Leute mit den Augen zuckten oder Diabetiker waren.

Als Penner kann man sich seine Freunde nicht unbedingt aussuchen. Außer mit Lumpi zog ihr Vater noch oft mit zwei anderen herum. Ihre Namen waren Zwei-Neunzehn und Hulle.

Zwei-Neunzehn war ein ganz Lieber, aber er hatte ernsthafte Probleme. Angeblich war er aus der Psychiatrie in Grafenberg ausgebrochen und versteckte sich seit Jahren. Er stotterte und hatte Angst vor allem. Seine Haare trug er als lange graue Matte, meistens waren sie fettig und ständig sabberte er.

Hulle war der Netteste, fand Lissy. Er könnte prima, wenn er nicht ganz so gelbe Augäpfel hätte, ein rotes Kostüm anziehen und als Weihnachtsmann arbeiten. Er lachte viel, passte auf die anderen auf, und wenn sie Streit hatten, irgendein Palaver, wie sie es nannten, dann ging er dazwischen.

Früher war Hulle Mathelehrer gewesen. Er hatte Zwei-Neunzehn auch diesen merkwürdigen Namen gegeben. Es hatte irgendwas mit Zahlen zu tun, die befreundet waren.

Also eigentlich waren wohl die 284 und die 220 befreundet, so hatte er es Lissy erklärt. Hulle war die 284, wegen irgendeiner Hausnummer, genau hatte Lissy das nie rausgekriegt. Aber weil Zwei-Neunzehn für Hulle nicht ganz der Freund war, den er sich wünschte, hieß er eben nicht Zwei-Zwanzig.

»Ich muss Platz nach oben lassen«, hatte Hulle dazu gemeint und gelacht.

Lissy hätte Hulle gern getroffen und ein bisschen mit ihm geredet, einfach nur so, aber sie konnte ihn hier am Hauptbahnhof nicht finden.

Lissy fuhr zum McDonald's in die Altstadt. Durch die großen

Scheiben beobachtete Lissy hier die Leute, die mit eingezogenen Köpfen, vor sich Tabletts mit zerknülltem Papier, ihre Hände an Pappbechern wärmten. Die meisten waren allein, so wie sie, und schienen viel Zeit zu haben.

Lissy beschattete mit den Händen die Seiten ihres Gesichts, um das Hintere des Schnellrestaurants erkennen zu können, und für einen Moment sah sie sich selbst wie im Spiegel, ihre müden Augen und eine steile Falte auf ihrer Stirn.

Can hatte ihr mal gesagt, dass er sie immer lieben würde. Aber dann würde er sich doch melden. Wenigstens eine SMS. Der Schmerz in ihrem Inneren wurde ganz schlimm, so als zerrte etwas hinter den Rippen, als würde das haarlose Tier faustgroße Bissen aus ihr herausbeißen.

»Da bist du ja endlich!«

Lissy hatte gewartet. Sie stand an den Maschendrahtzaun gelehnt, halb von den Büschen verdeckt, hinter denen die Schüler in den Pausen rauchten, damit kein Lehrer sie sah.

Franka lächelte ihr zu.

»Die neue Deutschlehrerin ist super! Sie macht Lyrik mit uns.« Franka holte Luft. »Und sie will ein Gedicht von mir veröffentlichen.«

Sie kramte in ihrer vollgestopften Büchertasche, während der Bus anhielt.

»Hör zu, das hier!«

Drinnen dann fing sie an, laut vorzulesen.

»Franka, hier kennen uns alle«, sagte Lissy warnend. Kein Wunder, dass man ihr die Haare abflämmte.

Frankas Stimme wurde leiser. Lissy musste sich zu ihr hinbeugen, um sie zu verstehen. Die Worte kamen ganz langsam aus ihrem Mund, so als hätte sie lange über jedes einzelne nachgedacht.

Es ging um Blindsein und Sehen, genau verstand Lissy es nicht.

Sie endete flüsternd und hob ihr Gesicht zu Lissy.

»Das reimt sich ja gar nicht«, meinte Lissy.

Frankas dunkle Pupillen schauten verletzt zwischen den blonden kurzen Wimpern hervor.

»'tschuldige!«

Franka sagte nichts.

»Nee, echt, das hat mir schon gefallen. Ich dachte nur, dass ein Gedicht sich reimen muss.«

Franka lächelte wieder, aber es war ein scheues Lächeln, und ihre Augen suchten nach etwas in Lissys Gesicht.

»Pass auf, dieses wirst du mögen.«

Sie las lauter, rhythmisch und mit exakten Betonungen, so als würde sie es auswendig kennen. Der Inhalt kam Lissy etwas seltsam vor.

Ein Mann stand auf einem Berg und sah zu, wie Leute ganz alltägliche Dinge taten. Der Fluss rollte ruhig dahin, Jungen angelten, Mägde blichen die Wäsche auf den Flussauen. Lissy merkte, dass diese Menschen vor hundert Jahren gelebt haben mussten.

Hier machte Franka eine Pause und sah Lissy ernst an. Lissy erwiderte ihren Blick, ruhig, ohne einen Einsprengsel von Spott. Franka räusperte sich und las weiter.

Der Mann in dem Gedicht beobachtete nun einen Wächter und sein Gewehr, und obwohl alles ganz idyllisch war, wünschte er sich, dass der mit dem Gewehr ihn erschösse.

Lissy musste schlucken. Sie sahen beide auf die Lehne vor ihnen, auf die albernes Zeug gekritzelt war, kaum noch lesbar.

»Das ist gut. Hast du das geschrieben?«, fragte Lissy.

Franka sah Lissy an, die Augen untertassengroß.

»Natürlich nicht! Das ist Heine!«

»Und dieser merkwürdige Schluss?«, forschte Lissy weiter. »Ich meine, willst du sterben oder so?«

»Quatsch, es geht doch darum, dass überall Menschen alltägliche Dinge machen. Aber wenn du ein trauriges Herz hast, ist dir das alles ganz egal.«

Lissy brummte etwas. Sie wollte der Jüngeren nicht zeigen, wie sehr sie berührt war. Auf dem Weg nach Hause schwiegen sie. Der Rhythmus des Gedichts pulsierte in Lissys Ohr wie eine Melodie, die man von ganz fern hört und erkennt.

Da ist diese hässliche Schlampe schon wieder, dachte er.

Ein anderes Mädchen stieg hinter ihr in den Bus, ein jüngeres. Er beobachtete das Mädchen aus den Augenwinkeln.

Ihre feinen blonden Haare strich sie hinter ihr kleines Ohr. Sie war anders. Seine Zungenspitze tastete suchend über die Innenseite seiner Schneidezähne. Ihm fiel kein Wort ein, um diese Bewegung zu beschreiben.

Er musste aufpassen, dass sein Gesicht die Aufregung nicht spiegelte, dass er nicht einfach lächelte. Er schob sich näher an sie heran. Die hässliche Schlampe, über die er sich eben noch aufgeregt hatte, verblasste zu einem Schatten.

Die Jüngere holte etwas aus ihrer Tasche und da war sie wieder, diese noch unbenannte Bewegung, mit der sie sich eine blonde Strähne aus dem Gesicht strich. Er behielt die zarte Rundung ihres Ohrs im Blick. Fleischfarben, dachte er, aber darum ging es überhaupt nicht. Alle Wörter in meinem Kopf, dachte er, können diese Rundung nicht beschreiben. Seine Zunge presste sich schmerzhaft gegen seine Zähne.

Sie klappte ein Buch auf und begann laut zu lesen. Er stand auf, tat so, als müsse er an der nächsten Station aussteigen, und drängelte sich durch die Schulkinder. Er stand nun dicht vor ihrem Sitzplatz und konnte jedes Wort hören. Er erkannte das Gedicht sofort. Heimkehr, Todessehnsucht, die Worte von Heinrich Heine, der Wohlklang ihrer Stimme, der die Worte von Heine zu ihm trug, ließ ihn erzittern.

Mein Herz, mein Herz ist traurig, dachte er. Die erste Zeile seines Lieblingsgedichts. Das war zu viel. Er schwankte, als der Bus plötzlich hielt. Er biss sich auf die Zunge. Er würde sich setzen müssen, sonst würde er hinfallen. Doch der Bus fuhr wieder an. Er verlor das Gleichgewicht und wurde gegen ein Gestänge geworfen.

Sie sprach jetzt mit diesem dreckigen Stück neben sich, und da erkannte er sie. Es war nicht eine, irgendeine, die nur ein schönes Ohr hatte und Heine las. Sie selbst war es, seine Seelenfreundin, seine Muse, seine Bekanntschaft aus den Weiten des Netzes. Er dachte Tag und Nacht an sie, stellte sie sich weit weg von ihm, an einer Tastatur sitzend vor. Ihm wurde schwindelig.

Dann ging alles so schnell. Sie drückte sich an ihm vorbei, ihre Schulter streifte seinen Brustkorb und schien sein laut pochendes Herz anzustoßen. Er konnte spüren, wie es holperte. Dann waren sie draußen, alle beide. Er schob sich auf die Sitzbank, auf der sie eben noch gesessen hatte. Seine Zunge bewegte sich aufgeregt im Mund hin und her. Er saß auf etwas Hartem, und als er es unter sich hervorzog, sah er, dass es ihr braun eingebundenes Buch war. Er musste es ihr bringen, sofort. Sie konnte nicht ohne das Buch leben. Und er konnte sie noch einmal sehen, sogar mit ihr reden. Was für ein Zufall! Was für ein Glück! Wenn er sie ansah, wich der grausame Druck in seinem Kopf sofort zurück. Er würde ihr nachgehen. Die Kühnheit seiner Idee erschreckte ihn selbst.

Aber er würde es tun. Er musste sie noch mal sehen, jetzt, sofort, heute noch. War sie es wirklich? War das möglich?

Im letzten Augenblick sprang er aus dem Bus und wartete, bis die Mädchen über die Ampel gegangen waren. Dann bewegte er sich langsam hinterher. Seine Kopfschmerzen waren weg.

In einem Hauseingang wagte er es, die braune Kladde zu öffnen. Er las einzelne Gedichte an. Es stimmte wirklich. Sie war es! Mit zittrigen Fingern strich er über die regelmäßigen Bogen ihrer Schrift. Konnte er diese Seiten nicht einfach behalten? Er betrachtete die vielen Streichungen und Überschreibungen. Sie war wie er, eine Wortsucherin, eine Tasterin zwischen den Sätzen.

Er spähte an der Backsteinwand entlang. Er musste sehen, in welches Haus sie gingen. Sie brauchte ihre gefundenen Worte zurück. Sein Wunsch, ihre Worte behalten zu wollen, beschämte ihn. Das durfte sie nicht erfahren.

»Willst du was mitessen?«, fragte Lissy, als sie fast vor ihrer Tür standen.

»Äh … Hunger hätte ich schon.«

»Dann geh schon mal vor. Ich muss noch schnell zu Kaiser's.« Lissy gab Franka ihren Haustürschlüssel. Sie wollte sie jetzt nicht dabeihaben.

Um die Mittagszeit war im Supermarkt nicht viel los. Lissy ging an den Regalen entlang und wartete.

Endlich stand die Chefin allein. Sie war eine dicke Frau, blondiert, bestimmt Mitte fünfzig, so eine, die an der Kasse jeden mit Namen grüßte und immer fragte, ob man Treueherzchen sammelte.

Lissy lächelte sie an, von unten herauf. Das Tier machte sich bemerkbar und winselte. Es war nackt und fror.

Die Chefin grinste zurück, ihr breites Kinn bettete sich dabei auf ihren Hals und drückte ihn in Falten. Sie deutete mit dem Kopf in Richtung Lager. Lissy ging hinter ihr her, langsam, so als würden sie zufällig den gleichen Weg an den Fertiggerichten vorbei nehmen.

Das Lager war hell erleuchtet und voll hoher schmaler Wagen mit Schachteln und Dosen, die nach einem für Lissy undurchschaubaren System sortiert waren. Es roch nach Desinfektionsmitteln und Metall und nach Erde.

»Hier.«

Sie gab Lissy einen Beutel Kartoffeln, der schon aufgerissen war.

»Willst du auch Joghurt? Wir haben welche, die laufen heute ab.«

»Nein, nein, danke.«

Lissy musste schnell raus. Die Schnecken in ihrem Hals waren fett und schleimig. Sie hasste die Bettelei am Monatsende.

»Danke noch mal.«

Als Lissy die Pfanne auf den Herd stellte, klingelte es.

»Scheiße, das ist mein Vater«, sagte sie. »Am besten machen wir nicht auf.«

Franka sah sie an. Lissy fiel wieder auf, was für dunkle Pupillen sie hatte.

»Er ist bestimmt besoffen.«

Wenigstens war er in der kalten Nacht nicht erfroren, aber das sagte Lissy nicht. Sie schämte sich nicht dafür, dass ihr Vater so viel trank, aber dass er ein Penner war und Leute um Geld und Zigaretten anbettelte, war für sie noch mal etwas ganz anderes. Und für die meisten anderen auch.

Es klingelte nochmals, aber nicht so, wie ihr Vater klingeln würde, sondern so, als ob jemand nur kurz und fragend auf den Knopf drückte. Außerdem musste er unten stehen. Ihr Vater hätte längst laut gegen die Wohnungstür gebollert.

Lissy drückte also auf und stellte sich in den Türrahmen. Vielleicht … nein, es war natürlich nicht Can.

Fremde Schritte hallten im Treppenhaus. Dann erschien ein sommersprossiges Gesicht mit dicken dunklen Locken. Der Mann war etwa fünfunddreißig, dunkel gekleidet und sah insgesamt nicht aus wie jemand, der in diesem Haus wohnte.

»Ich hoffe, ich bin hier richtig.« Er wich Lissys Blick aus.

»Hm.« Hoffentlich war er niemand von einem Inkassobüro, dachte Lissy. Aber dann fiel ihr ein, dass sie ihn schon öfter gesehen hatte. Er wohnte um die Ecke, soweit sie wusste, und fuhr manchmal mit dem Bus. Deshalb lächelte sie ein bisschen.

»Ihr habt etwas im Bus vergessen. Hier«, sagte er fast barsch.

Er schwenkte die braune Kladde, in der Franka ihre Gedichte schrieb.

»Franka!«, rief Lissy in die Wohnung hinein.

Franka stand schon neben ihr. Sie sah auf ihre Kladde, dann in das lächelnde Gesicht des fremden Mannes. Sie wurde richtig rot.

»Ich musste noch zum Bäcker, deshalb komme ich erst jetzt.« Er reichte Franka die braune Kladde.

Franka nahm sie und drückte sie mit beiden Armen an die Brust. »Danke«, sagte sie. »Vielen, vielen Dank!«

»Ach, nichts zu danken«, meinte der Mann und schenkte Franka ein halbes Lächeln.

»Aber … für mich ist das …«, setzte Franka an, doch sie verstummte, bevor sie den Satz zu Ende gesprochen hatte.

»Na dann … bis irgendwann mal.« Der Mann zuckte mit den Schultern und wandte sich zum Gehen.

»Der war ja nett«, meinte Franka, als Lissy die Wohnungstür schloss.

»Jeder normale Mensch hätte das Buch doch dem Busfahrer gegeben«, sagte Lissy. Auch sie war erstaunt. »Oder einfach liegen lassen«, setzte sie hinzu.

Die Kartoffeln waren halb verbrannt und halb roh und sie mussten viel Ketchup darüberkippen, um sie überhaupt essen zu können.

Franka setzte sich mit einem Stapel Bücher vor ihren Teller. In jedem Buch steckte mindestens ein Lesezeichen.

»Warum sind das denn so viele?«, fragte Lissy.

Franka blätterte im obersten und schien sich gar nicht für das Essen zu interessieren.

»Wir besprechen die im Internet, wie echte Kritiker.«

»Aha.«

Franka machte ein ernstes Gesicht. »Und andere habe ich dabei, um daraus zu lernen.«

»Das sind aber keine Schulbücher«, meinte Lissy.

Für einen Moment sah Franka ganz erwachsen aus.

»Ich lerne, besser zu schreiben. Die Schule ist mir egal.«

»Also, du schreibst auch Geschichten?«

»Eher Gedichte. Ich habe schon zwei Preise gewonnen, das weißt du doch. Und mehrere meiner Sachen wurden auch abgedruckt.«

Lissy nahm noch was von den Kartoffeln mit Ketchup.

Franka sah wieder in ihr Buch. Ihr gescheiteltes Haar ließ die Kopfhaut durchschimmern. Sie schien wirklich zu wissen, was sie tat.

Lissy dachte über die Bemerkungen von Fatih – »Familiensache unter Türken« – nach und überlegte, wo Can nur sein könnte. Zu Besuch bei einer befreundeten Familie, die in einem Funkloch wohnte? Das war lächerlich. Sie kam an kein Ende.

»Ich werde Dichterin. Es ist mir egal, ob ich damit viel Geld verdiene oder was die anderen dazu sagen. Ich werde das.«

»Du hast Ketchup an der Backe«, sagte Lissy zu ihr. Sie hatte nicht zugehört.

Da klingelte Lissys Handy. Verdammt, das Handy, dachte sie. Sie spürte einen großen Schmerz im Brustkorb und gleichzeitig war ihr, als übergösse sie jemand mit eiskaltem Wasser.

Sie klappte das Display auf, bereit, das Bild von Can und seine Nummer zu sehen, seine Stimme zu hören, sich vorzustellen, wie sein Mund ganz nah an ihrem Ohr sprach, aber es war nur Milena.

»Sie haben ihre Jacke gefunden!«

»Hm?« Lissy spürte, wie ihr Herz langsamer schlug und die normale schmerzliche Sehnsucht in ihrem Bauch Platz nahm.

»Die Jacke! Ich habe es gerade gelesen.«

Das Mädchen aus Eller, darum ging es.

Milena raschelte mit der Zeitung. Sie las den ganzen Text vor. Inzwischen ging die Polizei von einem Gewaltverbrechen aus.

»Wir kommen vorbei«, sagte Milena abschließend. »Tamara auch.«

Milena saß innerhalb von fünf Minuten in Lissys Küche. Tamara hatte Baby Jane dabei.

Früher war Tamara Lissys beste Freundin gewesen. Sie waren sich unglaublich ähnlich. Wenn sie sich anguckten, wusste jede, was die andere dachte. Sie zogen zusammen durch die Stadt und keiner konnte ihnen was. Ja, und dann bekam Tamara Baby

Jane. Also nicht, dass Lissy was gegen das Baby hatte. Aber es war so anstrengend. Baby Jane brüllte und musste gefüttert, gewickelt oder geschaukelt werden. Es fehlte ihr Schnuller oder ihr Beißring. Deshalb hing Lissy jetzt mehr mit Milena rum.

Außer der *Bild* hatte Milena eine zweite zerknitterte Tageszeitung dabei, die sie jetzt glatt strich. Sie las vor: »... nach Angaben der Polizei wurden im Stadtteil Eller sämtliche Keller und Dachböden durchsucht. Mit Hunden wurde der Eller Forst durchkämmt. Bereits am Freitag hatte die Wasserschutzpolizei den Unterbacher See abgesucht. Aus der Bevölkerung gingen über hundert Hinweise ein, die jedoch nichts über den Verbleib der Sechzehnjährigen ...«

Milena unterbrach sich. Sie sah auf.

»Vielleicht sollten wir mal nach Eller fahren.«

Tamaras Körper schwang mit Baby Jane hin und her. Das Baby gluckste und beobachtete das Licht, das sich in den schmutzigen Gläsern auf der Spüle fing.

»Was willst du denn da?«, fragte Tamara. Sie hatte wenig Lust, mit Baby Jane durch die Stadt zu fahren.

Auch Franka studierte die Seiten der Tageszeitung.

»Sie ist ziemlich hübsch, oder?«, meinte sie, als sie das Bild des Mädchens betrachtete. Es war ein neues Foto und viel detaillierter gerastert.

Die verschwundene Jessica hatte ein kleines Gesicht mit Grübchen in beiden Backen. Ihre Haare waren blond und geglättet. Das Bild war im Sommer aufgenommen worden, denn sie trug nur ein Top mit Spaghettiträgern. Sie schien neben jemandem zu stehen und sich an ihn anzulehnen. Im Hintergrund konnte man die grobe Struktur einer Hauswand erkennen.

»Vielleicht ist sie tot. Sie ist bestimmt tot«, meinte Milena.

Lissy wurde leicht übel. Aber wenn sie ganz ehrlich war, sie fand es auch spannend. Sie kannte diese Jessica ja nicht.

»Hier steht, dass sie Kinderpflegerin werden will. Vielleicht finden wir etwas über USE«, schlug Franka vor.

»An welchen Schulen kann man denn Kinderpflegerin werden?«

Sie hatten natürlich alle eine eigene Seite auf USE, Unsere Seite Eins. Sie stellten dort Fotos von sich ein und chatteten darüber miteinander, aber sie wären nicht auf die Idee gekommen, dieses Mädchen dort zu suchen.

Baby Jane hielt sich an Tamaras Haaren fest. Tamara verzog das Gesicht. Es musste ziemlich wehtun.

»Keine Ahnung«, meinte Lissy.

»Na, dann machen wir es eben anders.«

Franka suchte die Schulen raus, innerhalb von fünf Minuten, und dann loggte sie sich in USE ein.

Sie fühlten sich wie in einem Detektivspiel.

Jessica hatte Hunderte von Fotos eingestellt, Partys, Abende in der Altstadt, Bilder von ihrem Freund.

Aber am schlimmsten war ihr Gästebuch. Es hatte knapp tausend Einträge. »Komm nach Hause! Wir vermissen dich!«, »Ich weiß, dass du noch lebst!« Dann lange Einträge, in denen von Jessica die Rede war. Wie schön sie war, wie freundlich. Einträge von Leuten, die Jessica nur einmal gesehen und nicht mal mit ihr gesprochen hatten und die sich trotzdem wünschten, dass sie nach Hause kam.

Sie hingen zu fünft am Computer, Franka hatte die Maus in der Hand und scrollte langsam nach unten. Baby Jane konnte das natürlich nicht lesen, aber sie mochte es, wenn es blinkte und funkelte. Mit ihren kleinen Händchen winkte sie dem Bildschirm zu.

»Schlimm«, sagte Franka einmal leise.

Lissy hatte einen Kloß im Hals.

»Sollen wir auch etwas schreiben?«, fragte Milena.

»Du kennst sie doch gar nicht«, meinte Lissy. »Das ist doch irgendwie …« Sie wusste nicht recht. Es war, als würden sie sich etwas Unanständiges ansehen, schlimmer noch als irgendwelche Pornos.

»Komm, Franka, du kannst so was doch«, sagte Milena.

»Nein«, erwiderte Franka. »Ich habe kein gutes Gefühl dabei.« Ihre dunklen Augen blickten starr auf den Bildschirm.

»Wahrscheinlich habt ihr recht«, sagte Milena nach einer Weile.

Später, als ihre Freundinnen gegangen waren, untersuchte Lissy die Post. Pakete gab es keine, aber unter einem Stapel von Werbeprospekten fand sie den Brief eines Inkassounternehmens. Sie wog ihn in der flachen Hand. Dann nahm sie ein kleines Messer und fuhr unter den festgeklebten Rand. Es war eine Mahnung über achtzig Euro und Lissy konnte nicht einmal erkennen, wofür. Sie setzte sich auf einen Küchenstuhl, den Brief in der Hand, und dachte nach. Gab es etwas Neues, das ihre Mutter vor ein paar Monaten gekauft hatte? Hatte sie irgendetwas übersehen? Sie konnte sich nicht erinnern.

Das Tier in ihr spähte durch die Wohnung, riss die Küchenschränke auf, sah im Wohnzimmer und im Bad nach. Da fand sie, hinter dem Kloreiniger versteckt, noch in Originalverpackung, eine Pflegeserie für reife Haut. Lissy fluchte laut.

Sie nahm die in Folie eingeschweißten Päckchen und stellte sie auf den Küchentisch. Darauf legte sie die Rechnung. Dann stellte sie den Fernseher an und wartete.

Ihre Mutter kam spät an diesem Abend. Der Schlüssel drehte sich langsam im Schloss, so als sei sie sehr müde. Sie trug ihre alte Steppjacke und die Handschuhe mit den abgeschnittenen

Fingern. Um den Hals hatte sie einen Schal geschlungen, der auch ihr Kinn verdeckte. Lissy musterte sie mit schmalen Augen.

Ihre Mutter warf nur einen kurzen Blick auf die Päckchen, die wie eine Anklage auf dem Küchentisch lagen.

»Haben wir dafür Geld?«, fauchte Lissy, weil ihre Mutter nichts sagte. Sie löste den Schal und zog die Handschuhe aus.

»Immer noch besser, als zu klauen«, sagte ihre Mutter leise.

Lissy spürte, wie ihr die Wärme ins Gesicht stieg. Hatte irgendjemand ihrer Mutter von dem Türkenmädchen erzählt?

»Oder hinter mir herzuschnüffeln.« Sie zog die Jacke aus, steckte den Schal in einen Ärmel und hängte sie an die Garderobe. Lissy musterte sie.

»Was glotzt du so?«, sagte sie scharf. »Ab in dein Zimmer, bevor ich richtig böse werde!«

Wortlos zog Lissy sich ihre Jacke an. Sie ging zum Mäuerchen, obwohl sie nicht glaubte, dass sie dort jemanden treffen würde. Es war zu nass und zu kalt und es wurde dunkel.

Es war alles wie erwartet: Niemand war da und auch niemand im Anmarsch. Lissy blickte auf die Granitabdeckung und auf den Schriftzug von Can und ihr und fühlte die kühle Feuchtigkeit. Sie wollte die Augen schließen, sich an den Tag erinnern, als sie den goldfarbenen Edding geklaut hatten, um diese großen Buchstaben und das Herz drum herum zu malen.

Gerade wollte sie wieder gehen, da polterte eine Stimme im Dunkeln.

»Lissy!« Es war ihr Vater.

Er war frisch geduscht und das zitronige Duschgel biss sich mit seinem üblichen Geruch. Lissy wollte sich in seine Arme flüchten, sich an ihm festhalten und sich wärmen, doch das alkoholische Aroma, das unter dem Zitronengeruch aufblitzte wie ein spitzes Messer, hielt sie zurück.

Er schien in einer friedlichen Stimmung zu sein, lächelnd, zufrieden mit sich.

»Ich will dir was geben«, sagte er und kramte umständlich in seinen Taschen. Dann hielt er Lissy seine geschlossene Faust hin, den Handrücken nach oben.

Sie hielt ihre Handfläche darunter, vorsichtig, wie früher auf dem Kinderspielplatz, wenn sie nicht wusste, ob sie ein Bonbon oder einen ertrunkenen Wurm von ihren Spielkameraden bekam. Auch ihr Vater konnte alles Mögliche verschenken wollen.

Es klingelte dumpf. Es waren Münzen.

»Aber Papa!«

»Doch, morgen ist Altweiber.«

Dann nickte er und sagte noch mal: »Altweiber.«

Lissy musste lächeln. Morgen würde die Stadt toben.

Er wollte über den Fußweg verschwinden, der neben den Schienen herlief. Lissy meinte, im Dunkeln die Scheele Christiane auszumachen, die auf ihren Stöckchenbeinen balancierte.

»Papa, warte!«

An der Laterne holte sie ihn ein. Seine Augen schimmerten gerührt und seine Haut, die vom Winter draußen ganz schuppig und rau war, zog sich unter den Augen in Fältchen.

Das Duschgel, oder vielleicht auch irgendein penetrantes Deo, stieg ihr so in die Nase, dass sie niesen musste. Sie putzte sich die Hand an der Hose ab.

»Wo schläfst du heute Nacht?«

Er grinste blöde.

»Ist ein Geheimnis.« Er musste kichern, so sehr freute ihn das. »Mit den anderen. Ein Geheimnis.«

»Warum gehst du denn nicht in die Notschlafstelle? Da ist es doch wenigstens warm.«

»Zu teuer. Das, was wir jetzt haben, ist warm genug.«

Er wandte sich zum Gehen.

»Ist Christiane auch da?«, rief Lissy hinter ihm her.

Ihr Vater drehte sich noch mal um.

»Nein, nur die anderen Jungs. Wirklich.«

Er hatte eine Verabredung. Er starrte auf den Bildschirm im Internetcafé und konnte es kaum glauben.

Sie würden zusammen sein. Er würde ihr alles erklären und sie würde alles verstehen.

Er konnte sie nicht in diesem Schmutz lassen. Ihr sollte nicht das Gleiche wie ihm passieren. Er wollte nicht daran denken. Für jedes Wort, das er gelernt hatte, hatte er mit seinem eigenen Fleisch bezahlen müssen. Für jeden neuen Satz war er tiefer in den Schlamm gedrückt worden. Für jede gute Note hatte er eine suchende Hand auf seinem Körper ertragen müssen. Die Kopfschmerzen kamen zurück, wenn er daran dachte.

Er war damals wie dieses Mädchen gewesen. Franka, dachte er. Rein, wie es nur Kinder sein können, und begabt.

Und dann war dieser böse Engel gekommen, diese Frau. Sie hatte ihn mit falschen Versprechungen und mit Lügen gelockt. Mit Geld. Er war darauf hereingefallen. Er war ein dummes Kind gewesen und geblendet von ihren Büchern, ihrem Wissen und ihrer Musik. Er schauderte, als ihm die gemeinsamen Nachmittage einfielen, die er in ihrem Musikzimmer verbracht hatte. Sie spielte auf dem Klavier und er sang dazu. Schubert, dachte er traurig. Er hatte so gern Schubert gesungen. Und eines Tages, er war zwölf gewesen, hatte sie ihn mit in ihr Schlafzimmer genommen.

Er lächelte bitter. Er war ihr nie wirklich entkommen.

# Donnerstag – Weiberfastnacht

Eines Tages werden wir nackt sein. Wir werden ausgeliefert sein. Wir werden uns krümmen vor Angst und Scham. Der Schmerz und wir, wir werden den gleichen Namen haben. Unsere Knochen werden brechen und unser Rufen wird uns zurück in unsere Kehlen geschleudert werden. Wir werden weglaufen wollen und wir werden es nicht können.

Schweiß lief ihm über den Rücken. Er konnte ihn riechen. Es ging viel mühsamer, als er gedacht hatte. Trotzdem, gerade in der Schwere dieser Arbeit meinte er zu erkennen, dass er das Richtige tat. Er hackte weiter auf den gefrorenen Boden ein. Mit jedem Hieb dachte er an sie, Franka. Bald, dachte er im Rhythmus seiner Schläge. Sehr bald.

Ihm fiel ein, dass der mittelalterliche Begriff »Arbeit« mit Mühsal übersetzt wurde. Als berühmtes Beispiel natürlich im Nibelungenlied.

Er richtete sich auf und lächelte. Bald schon würde er das alles teilen können, sein ganzes Wissen um die Wörter und ihre Bedeutungen. Er würde sogar den Weg dorthin teilen können, sie würde ihn mit ihm gehen.

Er dachte weiter über das Nibelungenlied nach. Verrat, dachte er, und Niedertracht, und er freute sich über das altertümliche Wort. Davon handelte der große deutsche Mythos. Gegen seinen Willen kamen wieder Gedanken an seine Lehrerin, die sogenannte Lehrerin, verbesserte er sich sofort in Gedanken. Ein niederträchtiges Weibsstück.

Trotzdem wusste er fast alles über das Nibelungenlied von ihr, damals in seiner Wagnerphase, als er ernsthaft anfing, für die Aufnahmeprüfung an der Musikhochschule zu üben. Es hatte ihm nichts genutzt.

Er nahm die Hacke und schlug fest zu. Er wollte nicht, dass diese Gedanken in seinem Kopf umherirrten. Es ist vorbei, sagte er sich. Das alles ist längst vorbei. Sein Blick blieb bei seinen Einkaufstüten hängen. Der Januar und Februar waren immer schwierige Monate. Trotzdem hatte er alles besorgt, was ihm in den Sinn gekommen war. Nudeln, Brot, Dosentomaten. Sie sollte hier alles haben. Zum Glück funktionierte der alte Gasbrenner noch. Er hätte bei seinem Kontostand keinen neuen kaufen können.

Er drosch weiter auf den Boden ein. Hier ist ein neuer Anfang, dachte er. Alles andere ist längst vorbei.

Sie waren eine bunte Wolke, die auf die Schule zuhielt. Sie waren laut, riefen durcheinander, die Kostüme nur schlecht unter weiten T-Shirts versteckt. Die kleinen Jungs schossen mit ihren Pistolen, liefen einander nach und sprühten sich mit buntem Karnevalsspray ein.

Lissy trug ihre weiße Hose und das T-Shirt mit dem silbernen Aufdruck. Sie ging mit Milena und Franka untergehakt. Sie fühlte sich gut zwischen den beiden singenden Mädchen, stark genug, um mit ihnen durch die braun gekachelten Flure bis zu ihrer Klasse zu laufen, die längst nicht mehr ihre Klasse war. Doch heute, zu Beginn des Karnevals, wenn an Altweiber alles losging, wollte sie hier sein.

Herr Bach sah sie mit hochgezogenen Augenbrauen an, ein Lächeln auf den Lippen.

»Schön, dich zu sehen«, sagte er und Lissy glaubte ihm, dass er es ernst meinte.

Sie verstand sich eigentlich gut mit ihm, wenn sie ihn denn sah, und er hatte ihr auch schon ein paarmal aus der Klemme geholfen. Bei ihrem letzten Gerichtstermin, an dem ihre Mutter nicht konnte, war er sogar mitgekommen und hatte mit der Richterin gesprochen. Er hatte gesagt, dass Lissy schlau sei und dass er sich kümmern würde, regelmäßiger Schulbesuch sei ja wichtig.

Er hatte sich gekümmert. Wahrscheinlich steckte er sogar hinter der Aktion mit der Polizei vor Weihnachten. Wahrscheinlich meinte er es gut.

Aber Lissy ließ sich nicht festnageln auf der Sitzfläche eines Stuhls aus hellem Holz und vor einem bekritzelten Pult. Es war einfach zu viel für sie und gleichzeitig zu wenig.

Lissy und Milena waren beide zweimal sitzen geblieben, und deshalb hockten sie jetzt zwischen Kindern, die sich um Plüschmäuse zankten und Briefpapier tauschten.

Sogar wenn Lissy etwas vom Unterricht verstand, hatte es sie gelangweilt. Sie hasste die Arbeitsblätter mit den kindlichen Comiczeichnungen, sie hasste es, gelobt zu werden für etwas, das sie eigentlich seit Jahren hätte können müssen. Hier war kein Platz für sie.

Aber heute war es schön. Herr Bach – er war als Elch verkleidet und hatte sein Geweih auf dem Lehrerpult abgestellt – zeigte die letzte Kinderstunksitzung auf DVD.

Sie mussten darüber lachen, aber eigentlich warteten alle nur darauf, dass endlich die magische Elf erreicht war.

Kurz vor der offiziellen Durchsage der Schulleitung setzte Herr Bach sein Geweih auf.

Lissy zog ihre Engelsflügel an, schminkte sich noch mal nach und stellte sich an die Tür. Milena sah mit ihrem Krönchen und ihren rosa Flügeln aus wie ein übergewichtiger Schmetterling. Aber das sagte Lissy ihr nicht.

Dann war es endlich elf Uhr elf, Lärm aus allen Mündern erfasste das Gebäude, überall wurden die Türen aufgerissen, alle stürmten über die Gänge, in denen schnelles Laufen sonst streng verboten war, rempelten sich spaßhaft an und ergossen sich in den kalten Februarmorgen.

Franka war eine der wenigen, die nicht verkleidet waren, und nun stand sie ganz allein auf dem Schulhof herum.

»Hey, Franka!«, sagte Lissy zu ihr. »Komm doch einfach mit.«

»Nein, ich fahr lieber nach Hause.«

»In der Altstadt sind noch mehr ohne Verkleidung. Komm schon!«, drängte Milena. Sie winkte mit ihrer Tasche, in der sie mehrere klappernde Fläschchen mit Apfelkorn hatte.

»Nein, wirklich nicht.«

»Was willst du denn zu Hause?« meinte Lissy. »Heute ist Weiberfastnacht!«

»Ich habe noch eine Verabredung«, sagte sie.

Lissy glaubte ihr nicht. Milena schnaubte verächtlich.

Dann gingen sie zur Bushaltestelle Bertastraße. Die Düssel neben dem Fußweg lag silbrig grau in ihrem Bett.

Franka winkte ihnen zu und stellte sich auf die andere Seite der Haltestelle.

»Ich habe noch eine Verabredung«, äffte Lissy Franka nach, als sie im Bus saßen.

»Wir sollten sie mit meinem behinderten Bruder verkuppeln«, meinte Milena.

Da musste Lissy lachen, denn Milenas Bruder war ein dickes Brillenmonster. Er war vierundzwanzig, lebte immer noch bei Milena und ihrer Mutter und hatte schätzungsweise seit fünf Jahren nichts anderes mehr gesehen als seinen Computerbildschirm.

Von Haltestelle zu Haltestelle wurde der Bus voller, Leute in Kostümen stiegen singend ein und die Menschen, die schon im Bus saßen, auch Lissy und Milena, sangen mit.

Er hatte sich die Worte zurechtgelegt, aber er wusste jetzt schon, dass er nicht eines von ihnen aussprechen würde. Seine Zunge rutschte unruhig zwischen seinen Zähnen hin und her. Sein Gaumen fühlte sich taub an.

Er würde sie anlügen müssen, ausgerechnet sie. Die Zähne drückten auf seine Zungenspitze.

Sie würde kommen, daran musste er fest glauben. Seine Hand krampfte sich um das kleine Fläschchen mit den Tropfen. Diese Flüssigkeit war so etwas wie seine letzte Lüge. Danach würde er nie mehr lügen müssen.

Als sie schließlich vor ihm stand und ihn etwas ungläubig ansah, war es noch schlimmer als gestern im Bus.

Sein Kopf fühlte sich an, als wäre er in einen Schraubstock eingespannt. Er brachte würgend die ersten Worte hervor.

Sie lächelte immer noch, entspannter jetzt. Er bestellte Kaffee und für sie eine Cola. Süß, dachte er. Diese unglaubliche Süße ihrer Ohrmuschel, ihre zarten Hände, durch die das Licht scheinen musste, wenn er sie gegen die Sonne halten würde. Die Sprache versagte ihm.

Sie ging auf die Toilette, sodass er nur aufpassen musste, dass ihn niemand beobachtete, wie er seine letzte Lüge in ihr Glas tropfte. Er saß mit dem Rücken zu den anderen Gästen. Es war alles so einfach, fast zu einfach, dachte er.

Mit bebender Stimme schlug er einen Spaziergang vor und sie willigte ein. Sie trank ihre Cola aus und er stellte sich vor, wie das lügnerische Gift durch ihre Kehle rann.

Während sie nebeneinanderher gingen, sagte er die so oft geprobten Worte auf. Wie sehr er sie bewunderte, dass sie ganz viel gemeinsam hätten, dass es ein Glück sei, sie zufällig getroffen zu haben.

Sie hörte kaum hin, das merkte er an ihren langsamen, tastenden Schritten.

»Mir ist ganz schwindelig«, unterbrach sie ihn mit der Stimme eines kleinen Mädchens.

Ihre Schulter stieß ihn am Oberarm an. Wie klein sie ist, dachte er und ein Schauer überlief ihn. Er legte schützend seinen Arm um sie und sie ließ es zu. Die letzten Schritte musste er sie tragen.

In der Altstadt war es natürlich voll. Auf der Bolker Straße schoben sich betrunkene Massen hin und her, ohne jemals voranzukommen. Es roch nach Bier und vielen schwitzenden Menschen, dabei war es immer noch so kalt, dass man eigentlich gar nichts riechen konnte.

Lissy und Milena drängten sich an den ersten Verkleideten vorbei.

»Hey, fass mir nicht an die Titten!«, rief Milena.

Lissy stoppte und drehte sich um.

Der Mann, ein etwa Dreißigjähriger mit einer riesigen Afroperücke, lachte nur.

Milenas Faust kam schnell. Sie traf ihn an der Schläfe.

»War nur Spaß«, maulte er. »Was regst du dich so auf, blöde Ziege!«

»Spaß? Spaß, ja?«, brüllte Lissy. Sie traf ihn mit dem Schuh an der Kniescheibe, genau dort, wo es wehtat.

»Du notgeiles Arschloch!« Milena rammte ihn mit dem Ellenbogen, während Lissy ihm die Wodkaflasche aus der Hand drehte. Er wollte seine Flasche zurückhaben, doch der Menschenstrom drängte sie auseinander.

Lissy und Milena wollten ins Sambique, einen Club, in dem sie manchmal waren, aber es war überhaupt kein Durchkommen.

Überall verkleidete Menschen. Es gab mindestens tausend Engel mit den gleichen Flügeln, wie Lissy sie trug, viele sogar im Minirock und mit verfroren aussehenden Beinen in Netzstrumpfhosen. Dazu Nonnen und Sträflinge, Indianer und viele Jungs, die sich als Mädels verkleidet hatten, mit riesigen Luftballons als übertriebene Brüste und fettig glänzendem Lippenstift. Überall war Karnevalsmusik und die beiden schunkelten die Bolker Straße hinunter und dann in eine Seitengasse und dann wieder zurück.

Dazu tranken sie die erbeutete Flasche Wodka leer und kicherten und rülpsten.

»Du notgeiles Arschloch!«, machte Lissy ihre Freundin nach.

Typen drehten sich nach ihnen um.

»Ihr notgeilen Arschlöcher!«, schrie Lissy. Sie warf den Kopf in den Nacken und lachte über die Gesichter der Umstehenden.

Das Tier in Lissy stand auf seinen Hinterläufen, die Ohren gespitzt und bereit. Die Typen machten ihnen Platz. So gingen sie weiter, trinkend und lachend.

Milena musste auf die Toilette, und weil sie Hunger hatten, gingen sie ins McDonald's, wo sie lange anstehen mussten. Sie aßen Cheeseburger. Die Wodkaflasche war leer. Nach der warmen fettigen Luft im McDonald's spürten sie den Alkohol, sobald sie ins Kalte kamen.

Milena hakte sich bei Lissy unter. Sie strebten auf eines der Bierrondelle zu. Dort stellten sie sich zu ein paar Jungen, etwas älter als sie, die gerade Bier bestellten. Sie waren kaum verkleidet, hatten sich nur die Nasenspitzen rot angemalt.

»Klar trinken wir eins mit.« Lissy kicherte, als einer der Jungs sie fragend ansah.

Er kam aus Kleve, erzählte er, und sei zum ersten Mal zum Karneval in Düsseldorf. Lissy erwiderte, dass sie von hier sei.

Dann schwiegen sie und er grinste ein bisschen. Lissy wusste auch nichts zu sagen, deshalb trank sie aus ihrer Flasche.

»Hast du meine Freundin gesehen? Eben war sie noch da«, fragte sie den Typen aus Kleve.

»Die taucht schon wieder auf.«

»So ein dicker Schmetterling. Vor einer Minute war sie noch hier.«

Der Typ bestellte neues Bier. Lissy trank ihres schnell aus.

»Ich muss sie suchen«, sagte sie und drückte dem Jungen die leere Flasche in die Hand.

Milena war in der Menschenmenge nicht zu finden. Lissy gab es bald auf. Sie ging zum Rhein. Sie musste schubsen und drängeln, bis sie an der Promenade war. Auch hier gab es Bierbuden, Karnevalsmusik und verkleidete Leute. Aber eine Bank war leer und sie setzte sich wegen ihrer Flügel auf die Lehne und stellte die Füße auf die Sitzfläche. Sie sah am Karnevalstreiben vorbei auf den grauen Fluss.

Lissy hatte immer noch nichts von Can gehört. Und sie wusste nicht, was los war. Alles, was sie sich vorstellen konnte, war, dass er sie nicht mehr wollte.

Seit fast einem Jahr waren sie zusammen und jetzt meldete er sich einfach nicht mehr. Lissy wollte nicht, dass es ihr so wehtat, aber es ließ sich nicht abstellen. Am liebsten hätte sie das Handy in den Rhein geworfen. Aber das würde auch nichts nützen, dachte sie. Tränen liefen ihr über das Gesicht, und als sie sich nach vorn beugte, wurde ihr plötzlich so übel, dass sie sich auf die Sitzfläche von der Bank übergeben musste.

Danach wischte sie sich mit einem Tempo den Mund ab und saß noch eine Weile da. Sie dachte an das Heine-Gedicht, bekam es aber nicht zusammen. Nur an den Rhythmus erinnerte sie sich, vorgetragen von Frankas junger Stimme. Da begann es zu schneien.

Lissy schaute in ihren Taschenspiegel und zog sich den Mund nach. Sie sah hässlich aus, ob mit oder ohne Lippenstift. Die Augen waren klein und verweint, die Haare waren feucht und hingen strähnig nach unten. Eine Flocke fiel auf den Spiegel. Sie schmolz auf der silbernen Fläche.

Lissy stand auf und ging Richtung Sambique.

Drei oder vier Piraten wollten mit ihr anbändeln und boten ihr Apfelkorn an. Lissy trank ein paar Schlucke. Der Frechste küsste sie und steckte ihr seine Zunge in den Mund, aber sie machte sich los und lief weiter.

Vor dem Sambique traf Lissy Fatih. Er hatte heute bunte Haare und einen Knutschmund auf der Backe. Ansonsten trug er wie immer seine schwarze Lederjacke.

»Ist Can auch da?«, fragte sie. Ihre Stimme hörte sich klein an.

Fatih grinste bloß. Er war wohl noch besoffener als sie. Lissy war trotzdem froh, dass sie ihn hier getroffen hatte.

»Ich kann kaum noch gehen«, sagte sie und merkte, dass es stimmte. Auf Fatihs Schultern lag ein bisschen Schnee und Lissy schob ihn von dem glatten Leder.

Fatih grinste immer noch. Sein Mund kam näher und er küsste sie. Lissy war überrascht und dann merkte sie, dass sie auch jemanden küssen wollte, egal wen, einfach weil sie diese Traurigkeit im Bauch hatte und es besser war, als allein in der Altstadt zu bleiben oder nach Hause zu fahren.

Sie knutschten und Fatih begann Lissy anzufassen. Sie überlegte sich, ob das nicht ein bisschen zu weit ging, aber eigentlich war es ihr egal. Lissy war alles egal, solange sie nur betrunken war und nicht allein sein musste.

Da packte plötzlich eine Hand Lissy von hinten und sie drehte sich um.

Aus dem Augenwinkel sah sie, dass Fatih schon wieder grinste, aber was viel schlimmer war, vor ihr stand Can und seine Nasenflügel bewegten sich auf und zu, als sei er lange gelaufen. Sie roch sein Rasierwasser und das frisch gebügelte Baumwollhemd, das er trug.

Er sagte nichts und Lissys Hals war voller Schnecken. Sie dachte nur an unzusammenhängendes Zeug wie an das Gedicht und an das Erbrochene auf der Bank an der Rheinpromenade, das jetzt bestimmt gefroren war. Sie bekam einfach den Mund nicht auf.

Dann ging er weg und Lissy sah durch die dichter werdenden Flocken, wie er zwischen den anderen Menschen verschwand. Es war, als sei sie festgefroren. Sie wollte ihm nach, wollte mit ihm reden, ihm alles erklären, ihn in ihre Arme ziehen und küssen und ihm versprechen, dass sie so etwas nie wieder machen würde, aber sie stand einfach nur da und der Schnee fiel vom Himmel.

Fatih hielt sie fest. Lissy hätte ihm gerne eine runtergehauen, sie hätte überhaupt jetzt gerne geschlagen, aber sie fühlte sich zu müde und zu erbärmlich.

»Komm, ich kaufe dir etwas zu trinken«, sagte Fatih. »Ich habe Geld.«

Während er für das Bier anstand, lehnte Lissy an einer Hauswand. Die Flügel störten sie und so streifte sie die Gummibänder über die Arme und hielt sie in der Hand. Der fallende Schnee weichte die Flügel langsam auf.

Fatih kam mit zwei Gläsern Bier zurück und drückte ihr eins in die Hand. Es fühlte sich eisig an. Sie trank einen Schluck und musste ihren Brechreiz unterdrücken. Fatih machte sein Glas schnell leer, dann nahm er ihres und trank auch das in einem Zug aus.

»So«, sagte er und wischte sich über den Mund.

»Bringst du mich zur Bahn?«, fragte Lissy.

Sie gingen langsam zur Haltestelle, aber es kam keine Straßenbahn. Sie saßen schweigend im Wartehäuschen und starrten auf die Gleise.

»Wie lange sollen wir noch warten?«, fragte Fatih nach einer Weile.

Lissy zuckte mit den Schultern.

Fatih fragte nicht noch einmal.

Lissy war immer noch schlecht, aber Fatih war ziemlich nett, sogar als sie sich noch mal übergab.

Sie gingen zu Fuß nach Hause. Überall waren nur noch schlitternde Betrunkene, weinende Menschen und sich zankende Pärchen. Aber vielleicht sah Lissy auch nichts anderes.

Auf der Grafenberger Allee wurde es langsam besser, die Leute wurden normaler und die Geschäfte hatten noch auf, so als sei einfach Donnerstagnachmittag.

»Wie siehst du denn aus?« Lissys Mutter war zu Hause.

Lissy nuschelte etwas und wollte ins Bad.

»Komm mal her, Fräulein!« Ihre Mutter packte sie am Arm und zog sie unter das Küchenlicht, um ihr Gesicht besser zu sehen.

»Du stinkst nach Schnaps!«

»Mir hat jemand was auf die Jacke gekippt«, log sie.

Der Schlag ihrer Mutter kam schnell und hart. Lissy wollte schon zurückschlagen, aber dann ließ sie es. Sie fühlte sich kraftlos, ihr Magen fuhr Karussell und sie hatte Mühe, dem Blick ihrer Mutter standzuhalten.

»Du bist eine verdammte Lügnerin!«

Lissy starrte weiter.

»Und dieser glasige Blick! Genau wie dein Vater.«

»Ach, hör doch auf!«

»Willst du denn auch so werden? Ist dir dieser Penner denn nicht Lehre genug?«

Ihre Mutter versuchte sie zu packen, aber Lissy wich ihr aus.

»Hör mit dem Scheiß auf!«, schrie sie böse. »Du hast doch überhaupt keine Ahnung von mir!«

Sie schloss sich im Bad ein und zog die schneefeuchten Sachen aus. Dann duschte sie heiß und lange, bis ihre Haut ganz rot war. Sie wusch sich die Haare zweimal und verteilte eine Haarkur in ihren langen Locken. Sie prüfte, ob sie Stoppeln an den Beinen hatte. Sie rasierte sich Beine und Achseln, obwohl das nicht nötig war. Sie wusch die Haarkur aus.

Als sie die Brause abstellte, hörte sie ein Schluchzen. Lissy verzog das Gesicht. Sie ertrug es nicht, wenn ihre Mutter weinte.

Ausgiebig trug sie jetzt überall Bodylotion auf. Sie roch am ganzen Körper nach Pfirsisch. Jetzt konnte Lissy zwei Stimmen hören, die von ihrer Mutter und eine japsende, jammernde, aufgeregte Stimme. Eine Nase wurde geputzt.

Lissy quetschte eine weitere große Portion aus der Plastikflasche und verteilte sie auf ihren Schultern.

Dann wickelte sie sich in den alten Bademantel und setzte sich auf den Wannenrand. Wieder lauschte sie, was in der Wohnung vor sich ging.

Ihre Mutter fragte etwas, das sie nicht verstehen konnte.

Das Jammern ging weiter, dann brach es ab und es wurde ein Flüstern daraus, mal leise, mal lauter, und dann war da wieder das Weinen.

Es war Birgit, erkannte Lissy nun.

Sie ging in die Küche, wo die beiden saßen, Birgit zusammengesunken im Arm von Lissys Mutter. Birgits Gesicht war nicht zu sehen.

»Weißt du vielleicht, wo Franka ist?«, fragte ihre Mutter.

»Sie hatte noch eine Verabredung«, erwiderte Lissy und zuckte mit den Schultern. Nach wie vor glaubte sie nicht daran. Mit wem sollte Franka sich denn so geheimnisvoll verabreden? Aber andererseits: Wo war sie?

»Nach der Schule habe ich sie jedenfalls nicht mehr gesehen«, fügte sie hinzu.

Lissy schaute auf die Küchenuhr. Es war nach acht. Schnee lag auf den Dächern und den Fensterbänken und erhellte die Dunkelheit. Von Weitem hörte sie die Karnevalsmusik aus dem Gerresheimer Hof.

»Vielleicht feiert sie noch ein bisschen?«, schlug Lissy vor.

Birgit stieß einen Ton aus wie ein Silvesterheuler.

»Sie hat ihr Handy abgeschaltet. Das macht sie sonst nie!« Birgit rang ihre großen rissigen Hände in ihrem Schoß.

»Wir sollten die Polizei anrufen«, meinte Lissys Mutter.

»Sie meldet sich.« Mit einem Blick auf ihre Hände sagte Birgit noch mal: »Sie wird sich schon melden.«

So saßen sie um den Küchentisch und warteten. Es war so still, dass Lissy die Uhr ticken hören konnte und das Schlucken, wenn Birgit von ihrem Kaffee trank. Zwischendurch ertönte das ratschende Geräusch des Feuerzeugs, wenn ihre Mutter sich eine Zigarette anzündete.

Gegen zehn rief Birgit die Polizei an. Sie meinten, sie solle vorbeikommen, sie hätten einige Dreizehnjährige in den Ausnüchterungszellen, andere hätten sie sofort ins Krankenhaus gefahren, zum Magenauspumpen.

Birgit legte den Hörer auf.

»Diese Arschgeigen!«, sagte sie. »Was glauben die denn?«

»Wir fahren trotzdem hin.« Lissy sah zu ihrer Mutter, die sich entschlossen erhob.

»Was glauben die von meiner Tochter?«, fragte Birgit noch mal. Dann sah sie zu Lissy hinüber.

»Kannst du Goethe füttern?«, fragte Birgit. »Wasser hat das arme Tier auch noch nicht bekommen.«

Das Kaninchen von Franka hieß Goethe.

Lissy zuckte mit den Schultern. Sie nahm den Wohnungsschlüssel von Birgit entgegen und verließ hinter den Frauen das Haus.

Frankas Zimmer war klein und aufgeräumt. Mehrere Bücherstapel lagen vor dem Bett. Auf dem Schreibtisch sah Lissy das braune Buch, aus dem Franka gestern vorgelesen hatte.

Der Käfig des Kaninchens stand in einer Ecke. Das schwarzweiße Tier hockte auf Sägespänen und schnüffelte. Die langen Tasthaare zitterten in der Luft.

Lissy füllte die kleine Wasserflasche, die außen am Käfig hing, und gab eine Handvoll Trockenfutter in das Futterschälchen.

Das Kaninchen nahm einen kleinen Schluck Wasser. Es schnupperte am Futter, fraß aber nicht.

»Komm her, du Armer.«

Lissy nahm Goethe aus dem Käfig. Sie trug ihn ins Wohnzimmer, machte den Fernseher an und wieder aus. Ihr war immer noch schlecht. Sie saß auf dem Sofa, das Kaninchen auf dem

Schoß, starrte auf den dunklen Bildschirm. Die einzige Lichtquelle war der Schnee, der auf dem Fensterbrett lag und das Licht der Straßenlaterne reflektierte.

Abends saß er am Schreibtisch vor dem Bildschirm. Er zitterte. Sie schlief in ihrem Versteck, das er für sie gebaut hatte. Bald würde er zu ihr gehen und ihr die Wahrheit sagen müssen. Er hatte Angst davor. Er las das, was er für sie geschrieben hatte.

*Wer bin ich? Ich werde meine Geschichte aufschreiben, damit Du weißt, wer ich bin. Damit Du mich erkennen kannst. Damit Du mich lieben kannst, damit Du weißt, dass ich Dein Bestes will.*

*Ich werde ganz am Anfang beginnen, vor meiner Zeit, vor meiner Erinnerung.*

Er lächelte. Das würde ihr gefallen. Er scrollte und las weiter.

*Am Anfang war Gott, wie Du weißt. Er schwebte über Schlamm und Wasser. Dann schuf er das Licht. Dann schuf er Inseln und Kontinente, er hob Land zu Bergen an und bahnte Flüsse. Er schuf die Seen und das rauschende Meer. Dann machte Gott das Gras, er ließ Blumen wachsen und Bäume und Gesträuch. Er schuf Fische für die Gewässer und Tiere für das trockene Land. Er machte den Menschen und er machte Dörfer, Städte, Wege und Straßen für ihn. Er schuf Maschinen, Kraftwerke, große Industriegebiete.*

*Dann machte Gott meine Mutter. Er machte mich. Er gab mir Talent. Ich war ein Wunderkind.*

*Das Dorf, in dem wir lebten, war verflucht. Zuerst starb das Kind des Bäckers, dann das des Maurers und dann das Kind unseres Nachbarn.*

*Da erhob sich mein Vater, traumumfangen, von seinem Lager, kleidete sich an und weckte seine Frau und mich. Er hüllte mich in wärmende Decken und küsste meinen Kopf und meine Locken. Er küsste meine Mutter und drängte sie hinaus in sein Gefährt, ein altes Automobil.*

*Er setzte mich auf ihren Schoß, dann fuhr er, fuhr immer weiter, bis er die Fähre nach Norden fand.*

*Er nahm eine Arbeit an in einer Fabrik und machte Waschpulver und Seife, Shampoo und Lotionen.*

*Meine Mutter ging von Tür zu Tür, von Haus zu Haus. Sie reinigte, fegte, spülte, bügelte, mangelte, staubsaugte. Ihre schmalen braunen Hände wurden rissig, ihre Knie knackten auf den Treppen und ihr Rücken beugte sich langsam, um dann immer so zu bleiben, wie eine verwelkende Blume.*

Seine Hand krampfte über den Tasten des Computers. Er wollte sich nicht weiter erinnern. Was danach kam, war zu schwierig, davon wollte er ihr nichts schreiben, heute nicht. Vielleicht später.

Er sah auf die Uhr. Wahrscheinlich war sie jetzt wach. Er musste sofort zu ihr.

»Hey, wer bist du denn?« Jemand rüttelte an Lissys Schulter. »Was machst du hier?«

Lissy blinzelte. Vor ihr stand ein fremder Mann. Er war blond und dürr wie Draht.

»Wo ist Birgit?«

»Hey, lassen Sie mich los!«

»Was machst du hier, verdammt?«, fragte der Mann. »Wo ist meine Ex?«

»Sind Sie Frankas Vater?«, fragte Lissy. Sie rieb sich über die Augen.

»Wer soll ich denn sonst sein, hm? Ist sie schon wieder aufgetaucht?«

Lissy schüttelte den Kopf. Es war offensichtlich, dass Franka immer noch verschwunden war.

Der Mann ließ sich schwer in den Wohnzimmersessel fallen. Er stützte das Kinn in seine Hände und starrte auf die schwarze Mattscheibe.

»Wenn sie Franka bei der Polizei nicht gefunden haben, fahren Birgit und meine Mutter die Krankenhäuser ab. Vielleicht hat sie nur zu viel getrunken«, meinte sie leise.

»Ja, vielleicht«, sagte der Mann.

Sie saßen schweigend da. Lissy betrachtete Frankas Vater von der Seite. Er hatte die gleichen hellen Wimpern wie sie. Er schien geweint zu haben.

»Soll ich Ihnen vielleicht einen Kaffee machen?«, fragte sie.

Da klingelte es an der Wohnungstür. Der Mann sprang auf und riss die Tür zum Treppenhaus auf.

»Franka?«, rief er in den erleuchteten Hausflur. »Franka, bist du's?«

Auch Lissy beeilte sich zur Tür zu kommen.

»Harald! Was machst du denn hier?«, fragte Birgit. Sie schnaufte vom Treppensteigen. Hinter ihr kam Lissys Mutter die Stufen herauf.

»Er war plötzlich in der Wohnung«, sagte Lissy entschuldigend.

»Ist Franka im Krankenhaus?«, fragte Harald dazwischen.

»Hast du etwa immer noch einen Schlüssel?«, fragte Birgit gereizt zurück. Ihr Kinn war von zwei tiefen Falten gerahmt.

»Wo ist meine Tochter?«, entgegnete Frankas Vater. Anstatt zu antworten, zog Birgit sich langsam die Jacke aus.

»Das fällt dir ja früh ein. Du warst doch nie da, wenn sie dich mal gebraucht hätte«, sagte sie, leise jetzt.

»Willst du mir etwa die Schuld geben?«, fragte Harald. »Du hättest besser auf sie aufpassen müssen!«

»Halt die Klappe! Dir war deine Tochter doch scheißegal! Du bist doch ausgezogen, um mit deinem Flittchen …«

»Lissy, komm!« Ihre Mutter winkte ihr zu.

Lissy warf einen Blick auf Goethe, der sich verschreckt auf dem Sofa duckte.

»Moment!« Sie nahm das Tierchen und brachte es zurück in Frankas Zimmer. Lissy sah sich noch einmal um. Wo immer Franka jetzt auch sein mochte, sie war nicht freiwillig dort. Sie hätte nie ihre Kladde zu Hause gelassen.

# Freitag

Herz, klopf! Immer Weiter! Weiter! Immer Angst! Klopf, Herz, klopf! Herz, klopf! Herz! Herz! Angst. Klopf, Herz, klopf, Herz, klopf! Immer Weiter! Angst, Innen Angst, Aussen Angst, Alles Angst.
Werde ruhiger! Herz, klopf! Ruhiger! Herz, klopf weiter! Innen klopfen! Und atmen, nur atmen! Mach klopf, klopf! Nur Angst. Angst, Angst!

An der Haltestelle am Gerresheimer Rathaus war eine Scheibe zu Bruch gegangen und überall lag Müll. Lissy wartete. Es hatte aufgehört zu schneien, Schneereste lagen in schmutzigen Haufen am Straßenrand und es roch nach einem klaren Tag.

Hulle kam mit seinem Einkaufswagen vorbei. Die mit leeren Flaschen gefüllten Tüten stapelten sich bereits darin. Für ihn war es natürlich ein guter Morgen. Leere Flaschen lagen überall.

»Schon wach?« Seine Weihnachtsmannäuglein lächelten Lissy an.

Lissy verzog mürrisch das Gesicht.

Er sah sich um, entdeckte eine Bierflasche unter den Sitzen und hob sie auf. Er trug einen Latexhandschuh an der rechten Hand. Damit wühlte er im Abfalleimer, fand eine Colaflasche aus Plastik und warf sie in den Wagen.

»Hast du jemanden gesehen?«

»Keine Ahnung«, sagte Lissy. »Ich suche Franka.«

»Andere Sammler, meine ich. Zwei. Jung, schwarz angezogen.«

Er zog den Latexhandschuh aus und drehte ihn auf rechts zurück.

»Kommen von Flingern hier hoch und sammeln.«

»Habe keinen gesehen«, sagte Lissy.

»Pass auf! Die sind gefährlich.«

»Mach ich. Was ist mit Franka?«

Hulle zuckte mit den Schultern.

»Nee, hab ich nicht gesehen«, sagte er. Er schien es eilig zu haben. Als er mit schnellen Schritten davonging, warf er immer wieder Blicke über die Schulter, so als habe er Angst.

Lissy dachte nach. Sie hatte zwar keine Lust, aber ihr fiel nichts Besseres ein, als zur Schule zu fahren und dort nach Franka zu fragen.

Im Bus waren noch ein paar Menschen in Verkleidung, Sträflinge, betrunken vom Vortag. Sie lallten mehr, als dass sie sangen. Lissy war froh, als sie aussteigen konnte.

Der Schulhof lag verlassen da. Die krüppeligen Büsche an der Umzäunung des Schulgeländes mit ihren roten Beeren streckten sich im ersten Sonnenlicht. Auf dem geteerten Hof waren Hüpfkästchen mit weißer Farbe aufgezeichnet, fiel Lissy auf. Noch nie hatte sie beobachtet, dass jemand mit den Hüpfkästchen spielte.

Zwei Wagen standen dort, ein ziemlich dicker schwarzer Audi und ein grün-weißer von der Polizei. In beiden war niemand. Lissy machte kehrt.

Er hielt sie an einer Handvoll blonder Haare fest. Sie trat. Als er sie aus ihrem Versteck holte, hatte sie einen ihrer Schuhe verloren. Er spürte ihren bestrumpften Fuß an seinem Oberschenkel. Er umfasste ihn und war so überrascht von den kleinen Zehen, die sich unter seiner Berührung verkrampften, dass er sofort wieder losließ.

Sie schrie, seit er ihr das Klebeband abgenommen hatte. Ihre zarte Haut war schon ganz rot.

Sie schlug mit den gefesselten Händen nach ihm. Er versuchte, sie an sich zu pressen, sie zu beruhigen, aber sie wurde lauter und lauter. Er musste ihren Mund wieder zukleben. Aber das war gar nicht so einfach. Ihre blonden Strähnen verfingen sich auf der klebrigen Fläche des Bandes und er brachte es nicht über sich, ihr Haar an ihre Wangen zu kleben.

Er konnte es nicht begreifen. Gestern, als er sie getragen und in ihr Versteck gebracht hatte, war sie so ruhig gewesen. Es war ihm vorgekommen, als habe sie nur auf ihn gewartet. Auf ihren Retter.

Er konnte nicht verstehen, dass sie plötzlich solche Angst hatte. Vielleicht mehr Tropfen? Aber wie sollte er sie dazu bringen, etwas zu schlucken? Sie hörte ihm nicht zu.

Sie war gefangen in etwas, das er nicht verstehen konnte. Aber er spürte, dass er dagegen ankämpfen musste. In welcher merkwürdigen Welt befand sie sich nur? Sie war doch nun gerettet, weit weg von denen, die ihr Talent, ihre Unschuld, ihr Wesen zerstören wollten.

Er rang sie nieder, warf sich auf sie und befestigte erneut den Klebestreifen auf ihrem Mund. Er klebte die Strähne, die hellblond vor ihrem Ohr wuchs, mit fest. Es ging nicht anders.

Die Bewegungen ihrer Extremitäten wurden noch wilder, so als müsse sie alles, was sie vorhin geschrien hatte, über ihre Arme und Beine herauslassen.

Er rollte ein weiteres langes Stück Klebeband ab und wickelte es fest um ihren Oberkörper. Noch strampelten ihre Beine, auch die klebte er zusammen.

Jetzt war sie ruhig. Ihr kleiner Körper zitterte unter seinen

Knien. Er streckte die Hand aus und strich beruhigend über ihren Kopf. Ihre Augen waren fest zugekniffen.

Das machte es für ihn einfacher. Jetzt konnte er sie in ihr Versteck heben. Sie hielt die Augen fest geschlossen, auch noch, als er den Deckel über ihr schloss.

Lissy fuhr zum Hauptbahnhof. Im Bahnhofsgebäude selbst konnten die Penner sich nicht lange aufhalten, ohne vom Sicherheitsdienst nach draußen gebracht zu werden, deshalb trafen sie sich meist in den Wartehäuschen der Busse an der Ecke. Sie entdeckte die Scheele Christiane, die dort in ihrer schmuddeligen Jacke auf der Erde hockte.

Zwei Jungs standen im gleichen Wartehäuschen. Sie waren etwas jünger als Lissy. Ihre Haare hatten sie sich blondiert und mit viel Gel hochgestellt. Sie schienen häufig ins Sonnenstudio zu gehen, jedenfalls waren ihre Gesichter sehr braun. Sie rauchten.

»Hey!«, meinte einer plötzlich zu Christiane. »Was starrst du mich so an?«

Christiane antwortete nicht darauf.

Auch der andere fragte sie etwas. Sie reagierte nicht.

»Du bist ganz schön … hässlich«, meinte der Erste.

Sie brachen in ein Lachen aus, das wie das Schreien eines kranken Tieres war.

Der Zweite warf seine Kippe nach Christiane. Sie blickte in die andere Richtung. Ihre Strähnen verschoben sich und Lissy meinte, dass die Jungs jetzt die leere Augenhöhle sehen müssten.

Die Kippe qualmte vor Christianes Füßen.

»Boah, bist du aus einem Horrorfilm?«, schrie der eine.

Der Kippenwerfer ging auf die Scheele Christiane zu und bückte sich, bis seine Augen auf der Höhe von ihrem Gesicht waren.

Er streckte die Hand aus und fast sah es aus, als wolle er Christiane streicheln.

»Kannste nicht reden?«, fragte er mit sanfter Stimme.

Sein Freund lachte schrill auf. Dann schlug er Christiane ins Gesicht.

»Red schon, du verrückte Fotze!«, brüllte er. »Ich hab dich was gefragt!«

Lissy sah, wie Christianes Gesicht sich schmerzhaft verzog. Sie sagte immer noch nichts, sondern starrte weiter geradeaus.

Plötzlich das Klappern von Plastikflaschen. Lissys Vater hatte seine beiden prall gefüllten Tüten, mit denen er unterwegs war, einfach fallen gelassen. Er kam in großen Schritten auf das Haltestellenhäuschen zu. Seine Hand, die wie bei Hulle in einem schmutzigen Latexhandschuh steckte, packte den Jungen, der Christiane geschlagen hatte, an den Haaren. Mit der anderen Hand klapste er ihm auf die Backe.

»So, du kleiner Bastard!«, rief er. Er wollte nach dem zweiten Jungen greifen, doch der lief schon weg.

Lissy sah, wie ihr Vater neben Christiane in die Hocke ging und ein paar Worte zu ihr sagte. Christiane antwortete ihm leise.

Dann blickte ihr Vater auf und entdeckte Lissy.

»Warum hilfst du ihr denn nicht? Stehst hier einfach rum!«, sagte er.

Das Blut schoss Lissy in die Wangen.

»Du kennst Christiane doch, oder?«

»Ich bin gerade erst gekommen, genau wie du«, log Lissy. Seinem Blick war schwer standzuhalten. »Wirklich«, setzte sie hinzu.

Ihr Vater sah sie weiter an, bis Lissy mit den Schultern zuckte. Mir doch egal, versuchte sie zu denken.

»Papa, ich suche Franka«, sagte sie. »Hast du sie heute schon gesehen?«

»Die wird in der Schule sein, oder?«, entgegnete ihr Vater. Seine Hand lag auf Christianes Schulter. »Die ist nicht so eine Streunerin wie du.«

»Sie ist gestern Abend nicht nach Hause gekommen«, sagte Lissy. »Kannst du dich nicht ein bisschen nach ihr umsehen? Vielleicht hängt sie irgendwo rum …«

»Wie, nicht nach Hause gekommen?«, fragte ihr Vater jetzt. Die gegerbte Haut auf seiner Stirn zog sich zusammen.

»Ich weiß auch nicht. Ich suche sie ja!« Lissy schluchzte auf.

Christiane sagte etwas zu ihrem Vater, das Lissy nicht verstehen konnte.

»Hilfst du mir jetzt oder was?«, fragte Lissy ungeduldig.

»Ich guck mich mal um.« Ihr Vater nickte. Lissy wusste nicht, ob sie ihm glauben konnte.

Lissys Mutter und Birgit saßen wieder in der Küche, in den Kleidern von gestern Abend. Die Küche war fast schwarz geraucht.

»Die Bullen waren an der Schule«, sagte Lissy.

»Was wollten sie denn?«, fragte ihre Mutter.

»Ich weiß nicht. Ich bin nicht hin«, erwiderte Lissy.

Birgit fing an zu weinen.

»Du musst ein bisschen schlafen. Lissy kann sich weiter umgucken«, sagte ihre Mutter zu Birgit. Sie warf Lissy einen flehenden Blick zu.

»Klar, mach ich.«

Nur fort von den beiden, dachte Lissy. Sie wusste nicht, wo sie nach Franka suchen sollte. Aber sie nahm ihre dicke Jacke wieder vom Haken und tappte die Treppen hinunter.

Ihre Zunge und ihr Gaumen fühlten sich an wie Schmirgelpapier.

Lissy ging zum Rathaus. Es war immer noch kalt und die Sonne schien auf den feucht glitzernden Teer und tat in den Augen weh.

Am Mäuerchen saß ihr Vater, das Gesicht in die Sonne gedreht. Lissys Tier machte einen kleinen Sprung.

Er war bestimmt wegen ihr nach Gerresheim gefahren und wartete nun auf sie. Vielleicht wusste er sogar etwas. Mit langen Schritten lief sie ihm entgegen.

Aber kaum hatte er Lissy gesehen, kam er auch schon auf sie zugesprungen, schreiend und wild mit den Armen rudernd.

Für einen kurzen Moment rollte das Tier in Lissy sich panisch zusammen.

»Nutte!«, schrie er ihr entgegen. »Verdammte kleine Nutte!«

So hatte er sie noch nie genannt. Er packte Lissy am Arm und schüttelte sie. Seine Bartstoppeln waren überdeutlich zu sehen und er roch nach Kotze und Schnaps.

»Wie konntest du das nur tun? Verdammte Schlampe!«

»Was soll das?«, schrie Lissy in sein verzerrtes Gesicht. »Bist du total bekloppt geworden?«

»Wie konntest du das tun?«, brüllte ihr Vater zurück. »Als ich das Video gesehen habe …«

Lissy versuchte sich loszureißen. Sie rutschte aus und fiel hin.

»Was meinst du?«, schrie Lissy voll Panik.

Und da trat ihr Vater sie fest in den Bauch, sodass sie sich zusammenkrümmen musste, weil es so wehtat. Sie fühlte, wie der Fuß noch einmal durch die Luft schwang. Aber er traf sie nicht. Lissy nahm die Arme von ihrem Kopf und sah nach oben. Ein

Speichelfaden lief ihm vom Kinn bis zu seiner alten Jacke. Seine Augen blickten weicher.

»Komm. Ich helfe dir!« Papa zog Lissy hoch. Es tat ihm leid, das wusste sie.

Aber trotzdem, dachte sie wütend. Der spinnt ja total.

Sie machte eine Faust und schlug ihrem Vater ins Gesicht.

Dann lief sie. Sie rannte bis zu ihrer Haustür, aber da fiel ihr wieder ein, dass Mama und Birgit dort waren und sie versprochen hatte, nach Franka zu suchen!

Lissy nahm den Bus. Sie fühlte sich so schrecklich allein. Sie wollte Can sehen, ihn um Verzeihung bitten, ihn bitten, sie in den Arm zu nehmen. Lissy wollte ihn auf Knien anflehen. Irgend so etwas. Sie weinte, als der Bus die Schlesische Straße erreichte.

Die Klingelleiste war aus neuem, blinkendem Aluminium. Der Name von Cans Familie stand ganz oben, ordentlich in Druckbuchstaben geschrieben.

Lissy drückte kurz auf den Knopf, so als wäre er elektrisch geladen. Hoffentlich ist sein Vater nicht da, dachte sie.

Ein summender Ton war zu hören und für einen winzigen Augenblick zögerte Lissy. Dann drückte sie gegen das kalte Metall der Haustür.

Im Treppenhaus roch es nach Reiniger, einem zitronigen Zeug, mit dem man geputzt hatte. Von oben waren schlappende Schritte zu hören. Lissy knipste das Treppenhauslicht an.

Can kam ihr einen Treppenabsatz entgegen. Er trug Hausschuhe, seine schwarzen Jeans und ein T-Shirt, unter dem sich seine Muskeln abzeichneten.

»Was machst du denn hier?«, fragte er mürrisch.

»Ich muss mit dir reden«, flüsterte Lissy.

Seine Augen waren dunkel im spärlichen Licht. Seine Augenbrauen hingen fast übereinander.

»Das wird dir noch leidtun! Verdammt, wird dir das noch leidtun!«

»Was? Nur weil ich bei euch klingle?«

Er lachte kurz auf, böse. Das Treppenlicht ging aus und sie standen im Halbdunkel einander gegenüber. Seine Augen schienen ganz schwarz zu sein.

»Du bist total verrückt. Machst Terror am Handy und leckst dich dann mit meinem Freund ab.«

Lissy spürte das Loch in ihrem Bauch. Die Grobheit seiner Bemerkung verletzte sie.

»Wo warst du? Warum hast du dich nicht gemeldet?«

Er schnalzte mit der Zunge, so wie er es tat, wenn er nicht reden wollte.

»Du gehst jetzt besser. Und wundere dich nicht, wenn du demnächst ganz viele SMS bekommst. Das willst du doch.«

Er schob Lissy zur Tür raus, den Blick auf einen Punkt über ihrem Kopf gerichtet.

»Can!«, sagte sie. Aber er hatte die Haustür schon hinter ihr geschlossen.

Mit beiden Händen griff er in seine Haare und zog daran. Aber die Schmerzen hörten nicht auf. Er zog noch einmal fester, als wolle er alle Wörter aus seinem Schädel holen.

Dann ließ er den Kopf auf die Tischplatte fallen. Die Platte war kühl. Mit seiner Stirn versuchte er, die Kühle in sich aufzunehmen.

Er suchte nach einem Wort, das diesen Schmerz lindern konnte, aber ihm fiel keins ein. Es gab überhaupt keine Wörter mehr. Wieder zog er an seinen Haaren. Sein Kopf brannte und sein Mund fühlte sich leer an.

Sein Schlund brannte vor Trockenheit, aber es kam kein Wort heraus. Er versuchte zu würgen, aber er musste husten, deshalb ließ er es lieber.

Er musste mit ihr reden, aber wo anfangen? Es war alles so schnell gegangen. Jetzt war sie in ihrem Versteck und er war unvorbereitet und wusste nicht, wie es weitergehen sollte, wenn er nicht bald die richtigen Worte fand.

Er schlug den Kopf in einem treibenden Rhythmus auf die Tischplatte. Das hatte er früher immer gemacht, wenn er Angst hatte. In der Schule, bevor die Pause kam und er wieder gequält wurde. Sein Kopf wurde leer davon.

Er machte weiter mit dem gleichmäßigen Schlagen auf die kühle Platte. Plötzlich erkannte er den Rhythmus und er flüsterte die Worte dazu: »Mein Herz, mein Herz ist traurig …« Er machte weiter, sagte immer wieder diese Zeile auf, bis sein Gesicht nass war von seinen Tränen.

Der Sozialarbeiter von der Jugendgerichtshilfe wartete zu Hause auf sie. Herr Jung war ein blasses, blondes Männchen, das alle paar Wochen bei ihr zu Besuch kam, weil sie sich nicht gemeldet hatte.

Er saß mit Birgit und Mama am Tisch und trank Kaffee, als Lissy weinend die Wohnungstür aufschloss. Er rauchte eine von seinen selbst gedrehten Zigaretten und redete begütigend auf Birgit ein: »Glauben Sie mir, viele Jugendliche hauen von zu Hause ab. Die meisten kommen nach ein paar Tagen von ganz allein wieder.«

»Wirklich?«, fragte sie leise, aber niemand hörte es.

»Das renkt sich alles wieder ein. Die meisten sind nach ein paar Tagen wieder da.«

Dann wandte er sich Lissy zu. »Es liegt eine Anzeige gegen dich vor. Wieder mal«, sagte er mit veränderter Stimme.

Lissy trank Wasser aus dem Kran.

»Ich höre zu«, sagte sie, als Herr Jung nicht weitersprach.

»Lissy, nimm dir bitte ein Glas«, sagte ihre Mutter.

»Also, das Mädchen hat einen Zeugen, der sagt, dass du sie am Montag bedroht und beraubt hast«, fuhr Jung fort.

»Ich habe echt andere Probleme«, sagte sie.

Herr Jung sah Lissy an, als hätte sie nicht alle Tassen im Schrank.

»Ach Lissy«, seufzte er. »Ich verstehe ja, dass du in einer schwierigen Situation bist, mit deinem Vater und so …«

Er redete ohne Ende weiter über ihren Vater. Unter dessen Alkoholismus würde die ganze Familie leiden.

Dann zog er ein Faltblättchen aus seiner Tasche.

Jedes Mal wenn Lissy ihn sah, brachte er ihr ein Faltblatt mit und wollte, dass sie irgendwo anders hinging. Mädchenberatung, Rapprojekte im Jugendzentrum, irgend so was.

»Es ist samstags diesmal. Vielleicht tut dir das gut.«

Lissy nickte und tat so, als würde sie ernsthaft das Blättchen lesen.

»Hat Lissy denn noch eine Chance?«, fragte meine Mutter.

»Es ist sehr ernst. Sie hat ja am Mittwoch eine Verhandlung.«

Ihre Mutter warf ihr einen schnellen Blick zu.

»Wann ist die Ladung gekommen?«, wollte sie wissen. Die Falte auf ihrer Stirn wurde tiefer.

»Nicht wegen dieser Sache. Wegen des Autodiebstahls im Sommer«, erklärte Jung.

Lissy legte das Faltblatt weg und hielt ein Glas unter den laufenden Wasserhahn.

Die Falte auf der Stirn von Lissys Mutter wurde tiefer. Lissy drehte den Wasserhahn zu.

»Was?«, fragte sie herausfordernd.

»Was? Mein Fräulein, das will ich von dir wissen!« Sie stand auf und nahm Lissy am Arm. »Wo ist der Brief, hm?«

»Bitte. Das bringt doch nichts.« Auch Jung war aufgestanden und versuchte, sich zwischen Lissy und ihre Mutter zu drängen.

»Diese verdammte Rotzblage!« Lissy wurde gegen die Spüle geschubst. »Die bringt mich noch ins Grab!«

»Aber, aber ...«, meinte Herr Jung.

Lissy drängelte sich an ihrer Mutter vorbei. Sie grapschte nach dem Faltblatt, nahm ihre dicke Jacke vom Haken und ließ die Wohnungstür hinter sich zufallen.

Sie setzte sich auf das Mäuerchen. Seufzend zog sie das Blatt aus der Jackentasche. Es machte Werbung für eine Gruppe von Jugendlichen, deren Eltern tranken. Lissy studierte die Fragen, die auf der Rückseite aufgedruckt waren. Wenn sie mehr als fünfmal mit Ja antworten würde, verriet der Text, sollte sie sich die Gruppe einmal ansehen.

Sie las aufmerksam die erste Frage. Gibt es jemanden in deiner Familie, dessen Trinken dich bedrückt oder verrückt macht? Lissy entschied, dass sie es eher schlimm fand, dass ihr Vater obdachlos war. Also lieber nein, oder halb ja und halb nein.

Sie studierte die zweite Frage.

Glaubst du, dass du deine Gefühle nicht zeigen darfst?

Nein, dachte Lissy. Wenn mir jemand zum Beispiel dumm kommt, zeige ich ziemlich heftig meine Gefühle. Also erst ein halbes Ja von der ersten Frage.

Plötzlich quietschte etwas. Der dicke Audi, den Lissy am Morgen neben dem Polizeiauto gesehen hatte, bremste hart am

Bordstein neben der Haltestelle. Zwei Männer stiegen aus und kamen auf sie zu.

»Bist du Elisabeth Winterhart?«, fragte der eine. Er war fast zwei Meter groß.

Lissy sah geradeaus.

»Ich bin Björn Schuhen, Kripo.«

»Aha«, machte Lissy.

Sie spürte, wie das Tier in ihrem Inneren anfing zu zittern.

»Sie dürfen da nicht parken«, sagte sie. Es kam undeutlicher aus ihrem Mund, als sie gehofft hatte.

Der andere Kripotyp hielt sich im Hintergrund, aber an seinen Gesten, sogar an seiner Art zu stehen war für Lissy ablesbar, dass er der Chef war.

»Und wer ist das?« Mit dem Kinn deutete sie auf ihn. Noch immer stand der Mann neben dem Auto.

»Deine Mutter meinte, dass wir dich hier finden«, sagte Schuhen.

Na toll, dachte sie und stand auf.

»Was wollen Sie?«, fragte Lissy. Der Typ am Wagen drehte ihr seine hässliche Hakennase zu.

»Nur reden. Wir ermitteln in Sachen Franka Witt.«

»Okay«, meinte Lissy.

»Mein Name ist übrigens Peters, Jan Peters«, sagte der Mann, während er die Autotür aufhielt.

Lissy stieg in den Wagen. Er roch ganz neu. Sie sah auf die Hinterköpfe der Männer, auf die sauber ausrasierten Nacken über den hellen Hemden und die Winterhaut ihrer Hälse. Lissy hatte gedacht, dass die beiden sie zur Gerresheimer Wache an der Benderstraße bringen würden, aber sie fuhren stadteinwärts zum großen Polizeipräsidium am Jürgensplatz.

Die Polizisten in Uniform, die auf den Fluren zu sehen waren, machten den Kriminalbeamten Platz. Lissy ging zwischen den Männern und schaute allen Polizisten fest in die Augen. Sie betraten ein kleines Zimmer, in dem zwei Schreibtische standen.

»Setz dich«, meinte Peters, der Chef, und schob ihr einen Stuhl hin. Er selbst nahm auf der Tischkante Platz.

Schuhen nahm ihr gegenüber Platz. Sie legten ein Diktiergerät auf den Tisch.

»Wann hast du Franka zuletzt gesehen?«

Lissy erzählte ihnen von der Schule, von Weiberfastnacht, auch von der Verabredung. Der mit der Hakennase bot ihr eine Cola an. Ihr Magen knurrte, aber sie sagte Nein.

»Was für eine Verabredung?«

»Ich weiß es wirklich nicht.«

»Wie ist Franka denn so?«, forschte Schuhen weiter.

»Komisch.«

»Aha«, machte der Chef, der wohl wollte, dass Lissy noch mehr erzählte.

»Ich weiß nicht. Sie schreibt Gedichte.«

»Mit wem könnte sie sich denn verabredet haben? Hat sie Freundinnen?«

»Nicht so richtig. In der Schule wird sie oft gemobbt.«

»Und sonst fällt dir nichts mehr ein?«

»Na ja, sie ist oft traurig.« Lissy blickte auf ihre Hände. Die Fingernägel waren schmutzig. »Darüber hat sie viel geschrieben. Sie hat sich nie richtig gewehrt.«

Die beiden Polizisten tauschten einen Blick.

»Sie ist halt ...« Lissy zögerte. »Es gibt welche, die teilen aus, und welche, die stecken ein, verstehen Sie? Franka hat viel eingesteckt.«

»Aber du bist eher eine Austeilerin, oder?«

Lissy zuckte mit den Schultern.

»Ja«, sagte sie widerwillig. »Ich stecke nicht gerne ein.«

»Hast du was damit zu tun, dass Franka Witt verschwunden ist?«, fragte Peters ernst.

»Ist sie vielleicht dein Opfer?«, fragte Schuhen von der anderen Seite. »Wir haben hier eine ziemlich lange Akte über dich.«

»Nein«, sagte Lissy fassungslos. »Franka ist ... sie ist keine richtige Freundin von mir, dazu ist sie zu jung. Aber ich habe für sie gekocht und sie ... na ja, hätte Franka gewollt, hätte ich jeden für sie zusammengeschlagen.«

»Aha«, machte Peters.

»Aber aus Notwehr«, setzte Lissy trotzig hinzu. »Damit sie sie in Ruhe lassen.«

»Wer hat sie denn gemobbt?«, fragte Schuhen.

»Wollte Franka nicht sagen. Irgendwelche Jungs im Bus.«

Schuhen machte sich eine Notiz.

»Was ist mit dem Mädchen aus Eller? Diese Jessica. Glauben Sie, dass das zusammenhängt?«, fragte Lissy.

Peters schüttelte bedauernd den Kopf.

»Dazu dürfen wir dir nichts sagen.«

»Aber Sie glauben auch, dass sie entführt wurde, oder?«, fragte Lissy weiter.

»Auch? Glaubst du das denn?«

»Wenn sie abgehauen wäre, hätte sie ihre Gedichte mitgenommen. Die lagen aber gestern Abend auf ihrem Tisch.«

»Aha«, machte Peters. Er kratzte sich an seiner großen Nase. Schuhen stand auf und Lissy tat es ihm nach.

Er brachte sie zur Tür.

»Glauben Sie, dass Sie sie finden?«, fragte sie ihn.

Er lächelte, aber so, als hätte er das geübt.

»Ja, wir finden sie.«

Es wurde langsam dunkel. Als Lissy am Gerresheimer Rathaus aus der Straßenbahn stieg, sah sie Lumpi, den Penner mit nichts als Sex im Kopf.

»Na, da ist das geile Höschen ja!«, sagte er zu Lissy.

Sie wollte schon vorbeigehen, da fiel ihr auf, dass Lumpi mit etwas herumfuchtelte. Es war ein Handy.

»Wozu brauchst du ein Handy?«, fragte Lissy ihn.

Er kicherte.

Es war ein schwarzes Nokia, nichts Besonderes. Aber Lissy kannte den Anhänger. Es war Frankas Handy.

»Wo hast du das her?«

»Das haben mir Freunde geschenkt.«

Lissy blickte auf das silberne Herzchen. Von diesen kleinen Anhängern gab es viele. Sie war sich nicht sicher.

»Willst wohl noch mal dein Filmchen sehen, hm?« Er gab ihr das Handy. »Komm, ich zeig's dir.«

Und tatsächlich erschien dort Lissys Lächeln, ihre blanken Schultern. Sie wusste, wie der Film weiterging. Can hatte ihn von ihr gedreht. Sie zog sich langsam aus, bis auf die Unterhose. Da endete das Filmchen. Ihr Hals füllte sich mit Schneckenschleim. Es gab noch eine längere Version, in der sie zum Schluss ganz nackt auf ihrem Bett lag und Can, der die Kamera hielt, anlächelte, aber die existierte nur auf ihrem Computer.

»Wo hast du das her?«, fragte Lissy stotternd.

»Dein Freund hat mir das geschickt. Das hat er allen geschickt, allen!«

»Wieso?«, fragte sie blöde. »Wieso hat Can das an Franka geschickt …?« Sie sah scharf in Lumpis hämisches Gesicht.

»Woher hast du das Handy?«

Er grinste. »Gefunden?«

»Lumpi, das Mädchen, dem das Handy gehört, wird vermisst! Du musst es der Polizei bringen!«

Lumpis Grinsen wurde breiter. »Ich muss gar nichts. Wenn du …«

Weiter kam er nicht. Lissy trat ihm gegen die Kniescheibe, riss ihm das Handy aus der Hand und lief los. Gegen mich hat er keine Chance, dachte sie.

Lissy rannte die Straße hinunter, dann rechts, dann wieder links, das Handy fest an sich gedrückt. Es war dunkel, die Straßen waren glatt. Aber sie hatte etwas, das sie mit nach Hause bringen konnte, das sie auf eine verrückte Weise tröstete.

Fast hätte Lissy es geschafft. Aber kurz vor ihrem Haus passierte es. Lissy wusste nicht, wie er hieß, aber sie erkannte das Mädchen wieder, dem sie das Geld abgenommen hatte. Es saß auf der Beifahrerseite des Autos.

Er riss die Tür auf, war mit zwei Schritten bei Lissy, schlug ihr ins Gesicht und knallte sie mit dem Oberkörper auf den Kühler. Das Handy, dachte sie nur, das Handy. Und dann sah sie etwas silbrig blitzen, wie ein Messer. Lissy wollte schreien, doch seine Faust traf sie auf den Mund. Er packte ihre Haare, drehte sie zu einem Knoten und Lissy dachte schon, er wollte ihr Gesicht auf den Kühler schlagen, doch da hörte sie ein schnappendes Geräusch an ihrem Hinterkopf und spürte, wie sein Griff lockerer wurde. Ihr Kopf war wieder frei, sie spürte einen kalten Luftzug im Nacken. Er hatte ihr die Haare abgeschnitten! Ihre langen braunen Locken, das Schönste an ihr.

Lissy konnte nichts sagen, nichts tun, auch nicht schreien.

Er warf ihr die Locken ins Gesicht und Lissy merkte es kaum.

Er nahm ihr das Handy aus der Hand und warf es in den Schoß des Mädchens im Auto. Dann ging er um die Kühlerhaube herum, den Blick fest auf Lissy gerichtet. Sie fühlte nicht einmal, dass sie ganz starr vor Angst war. Er stieg auf der Fahrerseite ein und startete den Wagen. Dann waren sie weg.

Lissys Beine knickten ein, einfach so. Sie kniete auf der Straße, die Arme um ihren schmerzenden Bauch geschlungen, den Kopf auf dem eiskalten Teer. Aus ihrer Kehle kam ein Schrei wie der eines Tieres. Dann war sie still.

Sie musste es verstehen. Er hob sie vorsichtig aus ihrem Loch. Ihr kleiner Körper zitterte so sehr, er konnte gar nicht anders, als ihn an sich zu drücken und ihren schweißigen Duft einzuatmen. Seine Nase bohrte sich in die Kuhle zwischen Hals und Schlüsselbein. Keine Angst, wollte er ihr sagen, doch er blieb stumm. Es waren jetzt keine Wörter in seinem Mund.

Er legte einen Finger unter ihr Kinn, doch sie hielt die Augen fest zugekniffen. Seine Nasenspitze berührte ihre. Sie wich von der Berührung zurück. Langsam löste er das Klebeband über ihren Lippen. Wenn sie wieder schrie, konnte er ihr nichts zu essen geben. Ihr Gesicht zuckte, doch sie blieb stumm. Mit der linken Hand tastete er nach der Milch, die er für sie warm gemacht hatte. Milch und Honig und noch etwas von den Tropfen, damit sie ruhig blieb. Er hörte ihr Schlucken, sah die Bewegung ihrer Speiseröhre in ihrem Hals. Ihre Augen öffneten sich langsam. Das rechte Auge war gelblich verklebt und er strich zärtlich darüber. Sie roch nach Schweiß und Urin und darüber lag der Duft vom Honig. Er berührte ihre Wange sanft mit seiner Lippe. Ihre Augen schlossen sich wieder. Keine Angst, wollte er wieder sagen, doch sein Mund war ganz leer.

Lissy wusste nicht, wie lange sie schon im Dunkeln auf ihrem Bett lag, aber dann klingelte ihr Handy und sie hoffte, dass es Can wäre. Aber es war Milena.

»Weißt du, was Can überall herumschickt?«

»Ja«, sagte Lissy. »Mich, wie ich mich für ihn ausziehe.«

Milena sagte nichts, aber Lissy hörte ihren Atem.

Was war nur mit Can los? Was war diese »Familiensache«? Sie verstand das einfach nicht.

Am anderen Ende der Leitung fragte Milena, ob sie noch dran sei.

»Hör zu, Milena, ich komme vorbei.«

Milena machte ihr die Tür auf. Lissy war nie gerne bei ihr, weil die Wohnung so chaotisch war. Überall lag etwas herum, Mülltüten, Leergutflaschen, gespülte Joghurtbecher, angefangene Basteleien von Milenas Mutter, dazwischen saubere und schmutzige Wäsche. Die Möbel waren kaum zu sehen. Milenas Mutter, eine schmale, stille Frau, saß auf einem freien Fleck vor dem Fernseher. Milenas Bruder hing vor dem Computer. Mirko war ein Fleischgebirge von mindestens drei Zentnern. Er hatte Depressionen. Ab und zu wurde er nach Grafenberg in die psychiatrische Klinik eingeliefert. Dann hatte Milena ihr Zimmer für sich allein.

Milenas Augen wurden groß, als sie Lissy sah.

»Lass uns ins Badezimmer gehen«, schlug Lissy vor.

»Oh Mann! Wie siehst du denn aus? War das Can?«

»Nein, irgendein Typ, keine Ahnung. Er hatte diese Kleine dabei, der wir die fünfzig Euro abgezogen haben.«

»Scheiße!«

Im Badezimmer konnte Lissy sich kaum ansehen. Verdammt, ihre schönen Haare! Sie hingen in unregelmäßigen Fransen um ihr Gesicht.

»Es geht um etwas ganz anderes.«

Lissy erzählte von Frankas Handy.

»Aber wieso hat Lumpi denn ihr Handy geklaut?«, fragte Milena verständnislos.

Lissy holte tief Luft und erzählte ihr von Frankas Verschwinden.

»Wir haben sie also als Letzte gesehen?«, fragte Milena.

»Ja, und die, die mit ihr im Bus gefahren sind.«

Nur der Wasserhahn war zu hören, der funkelnde Tropfen auf den rostigen Siphon fallen ließ. Lissy dachte an das Mädchen Jessica und ihr war klar, dass Milena das Gleiche dachte.

»Und was sollen wir jetzt machen?«, fragte Milena.

»Zuerst musst du mir die Haare vernünftig schneiden. Dann gehen wir zu meiner Mutter und danach zur Polizei.«

Milena versuchte, mit der Küchenschere ihrer Freundin eine Frisur zu verpassen, aber es wurde immer schlimmer. Zum Schluss nahmen sie Mirkos Haarschneidemaschine. Sie stellten sie auf drei Zentimeter.

»Soll ich wirklich?«, fragte Milena.

»Na, mach schon!«

Lissy hörte das Schnurren der Maschine, spürte die Vibration an ihren Schädelknochen, sah die fallenden Haare, die sich in ungleichmäßigen Häufchen um ihre roten Schuhe verteilten. In den Pailletten blieben einige Härchen hängen.

Danach sah sie ganz anders aus. Ihr war nie aufgefallen, dass sie dieselbe Falte wie ihre Mutter auf der Stirn hatte. Die Haare fühlten sich an wie der Pelz eines Tieres, wenn sie darüberstrich, und im Nacken war ihr kalt und auch an den Ohren. Sie fand sich hässlich.

Sie verließen die Wohnung und gingen zu Lissy. Aber ihre Mutter war nicht zu Hause und auch in Birgits Wohnung rührte sich nichts.

»Dann gehen wir sofort zur Polizei«, sagte Lissy.

»Okay.« Milena sah an ihr vorbei.

Sie gingen zur Wache an der Benderstraße.

Frau Sager, eine Schutzpolizistin, kam auf den Gang und

winkte den beiden zu. Sie war eine grobknochige Frau mit einem schmalen Mund. Sie schien gar keine Lippen zu haben. Durch ihr breites Kreuz in der schlecht sitzenden Uniform wirkte sie schwerer, als sie war.

Lissy mochte Frau Sager nicht. Sie hatte Lissy einmal zum Wochenendarrest gefahren und dabei eine unangenehme Art gehabt, sich wichtig zu machen.

Wir hätten zum Jürgensplatz in die Innenstadt fahren sollen, dachte Lissy, zur Kripo.

»Also, worum geht es diesmal?«, fing die Sager an, ohne die beiden Mädchen zu begrüßen.

»Nun, Franka ist verschwunden. Franka Witt, das wissen Sie ja.«

Die Polizistin zog die Augenbrauen hoch.

»Wissen Sie Bescheid?«, fragte Lissy nochmals. »Eigentlich macht das die Kripo am Jürgensplatz.«

»Lissy, da sei mal ganz unbesorgt!« Die schmalen Lippen der Frau pressten sich aufeinander.

»Ich habe Frankas Handy gesehen, bei Lumpi. Das ist einer der Penner, die immer am Alten Markt rumstehen.«

»Aha?«

Die Sager machte immer noch keine Anstalten, etwas aufzuschreiben.

»Na ja, ich hab's ihm abgenommen. Aber bevor ich …«

»Du hast also diesem Lumpi das Handy einfach abgenommen?«

Lissy verdrehte die Augen. Es war eine blöde Idee gewesen hierherzukommen. Die Sager verstand überhaupt nichts.

»Darum geht es doch gar nicht. Ich will Ihnen nur sagen, wer Frankas Handy hat.«

»Also, wer hat es?«, fragte die Polizistin.

»Ich kenne den Typen nicht.« Lissy holte tief Luft. »Bevor ich es Ihnen bringen konnte, kam da dieses Auto mit dem Typen, der mir die Haare abgeschnitten hat …«

Lissys Augen wurden nass. Sie fing plötzlich an zu weinen wie ein kleines Kind und konnte einfach nicht aufhören.

Die Sager sah sie verwundert an und kaute dabei an der Spitze ihres Kulis, was sie wahrscheinlich selbst nicht bemerkte.

Lissy wischte sich mit dem schmutzigen Jackenärmel über das Gesicht.

»Der Typ hat das Handy dann mitgenommen.«

»Also, ein dir völlig fremder Mann hat dir das Handy wieder abgenommen?«, fragte die Sager. »Oder willst du hier nur auftrumpfen?«

Lissy zuckte zusammen.

»Nein, das will ich nicht. Die Schwester oder Freundin von dem, der jetzt Frankas Handy hat, ist die, die mich heute angezeigt hat.«

Die Polizistin schaute etwas verwirrt.

»Also, Sie müssen nur die, die mich angezeigt hat, fragen. Soll ich das noch mal erklären?«, fragte Lissy. Sie hörte den genervten Ton in ihrer Stimme.

»Nein, lass nur. Tatsächlich liegt eine neue Anzeige gegen dich vor«, meinte die Sager mit einem spöttischen Lächeln.

»Dann wollen wir die Sache mal aufnehmen.« Sie rückte die Tastatur zurecht. »Du weißt nicht zufällig, wie Lumpi mit richtigem Namen heißt?«

»Nein«, sagte Lissy.

Die Sager tippte Lissys Geschichte langsam in ihren Computer. Sie stellte viele Fragen, die Lissy versuchte, möglichst genau zu beantworten.

»Willst du diesen Unbekannten anzeigen?«, fragte die Polizistin zum Schluss, aber Lissy schüttelte den Kopf.

»Wichtig ist nur, dass Sie das Handy finden.«

Die Sager zog die Mundwinkel nach unten. »Das überlass besser mal uns.«

»Und?«, fragte Milena, als sie wieder auf den Gang trat. »Werden sie sich darum kümmern?«

Lissy schüttelte nur vage den Kopf. Ihre langen Haare fehlten ihr sehr.

Zu Hause war niemand. Die Wohnung war kalt, weil das Küchenfenster zum Lüften auf Kipp stand.

Lissy lag im Bett, die Augen weit offen. Sie spürte ihren Atem, der gleichmäßig durch ihren Brustkorb floss, sie fühlte die Bettdecke, die auf ihrem Körper lag, und ihre kalten Hände und Füße. Das Tier in ihr war wütend auf Can. Es wollte ihm mit scharfen Krallen durchs Gesicht fahren, es wollte sehen, dass er heulte, dass er sich nur einmal so fühlte. Sie schämte sich, wenn sie an den Film dachte. Ihr Vater hatte ihn gesehen. Can, diese dumme Sau. Sie trat gegen die Bettdecke, die aber keinen richtigen Widerstand bot. Sie trat noch einmal, aber sie kam sich dabei albern vor. Sie blieb still liegen und starrte in die Dunkelheit. Sie fror.

Und außerdem, wo war Franka?

Was war, wenn man starb? Angst. Lissy spürte, wie die Kälte weiterkroch, und rieb ihre Füße aneinander.

Woran würde Franka denken? An ihre Gedichte? Sicher. Aber auch an ihre Mama würde sie denken und an ihren Papa.

Sie setzte sich auf, zog die Knie bis unter das Kinn und legte ihre Arme um ihre Unterschenkel. Sie fror.

Solange sie es nicht dachte, würde Franka nicht tot sein, versuchte sie sich einzureden. Wie schön wäre das: Solange sie es nicht dachte, würde ihr Papa kein Säufer sein, würde ihre Mutter nicht ständig etwas bestellen, würde sie nicht sitzen bleiben, würde sie niemanden verletzen. Aber sie wusste, dass das nicht stimmte.

Lissy warf ihre Bettdecke auf den Fußboden und lag in der Kälte des unaufgeräumten Zimmers. Die Umrisse der ganzen angesammelten Sachen waren im Licht der Straßenlaterne zu erkennen. Wozu hatte sie das alles?

Lissy würde an ihre Mutter denken, wenn sie jetzt sterben würde, an ihren Vater, vielleicht an Can – aber da war sie sich, würde sie wirklich sterben, nicht so sicher.

Lissy setzte sich auf die Bettkante und sah auf ihre Hände. Sie zitterten. Ihr Nacken fühlte sich eisig an.

Wenn Franka noch am Leben war, hatte sie jetzt Angst. Bestimmt war ihr auch kalt. Und wenn sie tot war? Lissy wusste nicht, was dann.

Sie stand auf und machte den Computer an, klickte sich im Internet durch Seiten über vermisste Kinder. Manche waren seit Jahren verschwunden, sahen bestimmt anders aus, hatten andere Frisuren, Gesichter, Kleider. Vielleicht waren sie weggelaufen, vielleicht eingesperrt, vielleicht tot.

Sie ging in die Küche und stopfte sich eine Zigarette. Die rauchte sie vor dem Computer, vor den Seiten, die die Polizei über vermisste Kinder ins Netz gestellt hatte. Sie konnte nicht aufhören, sich das anzusehen, immer weiterzuscrollen und zu lesen.

Es war gegen drei Uhr morgens, als ihre Mutter und Birgit nach Hause kamen. Sie sahen beide übernächtigt aus. Lissy nahm ihre Mutter in den Arm, und dann auch Birgit.

»Wir waren noch mal bei der Kripo. Und dann sind wir einfach nur durch die Stadt gefahren.« Ihre Mutter sah sie an, die Falte auf ihrer Stirn wurde tiefer, aber sie schwieg.

»Nicht so schlimm. Mach dir keine Sorgen«, sagte Lissy.

»Morgen kommt die Polizei und durchsucht ihr Zimmer nach Hinweisen, nach irgendwas«, fuhr ihre Mutter fort.

»Und wahrscheinlich suchen sie auch die Gegend ab, vielleicht sogar mit Hunden.«

»Wir sollen in jedem Fall eng mit ihnen zusammenarbeiten«, sagte Birgit. »Nichts im Alleingang. Schon gar nicht mit den Medien.«

Birgit lehnte sich an die Wand neben der Garderobe. Sie presste die Hand auf ihren Brustkorb, als sei sie zu lange und zu schnell gerannt. Dann gaben ihre Beine nach. Sie knickten einfach ein und Birgit rutschte an der Wand entlang, bis sie auf dem Fußboden saß.

»Sie war nicht immer so«, sagte sie wie zu sich selbst. »Meine kleine Franka. Als Kind war sie glücklich, dachte sich Geschichten aus, für ihre Barbiepuppen, sogar für die Krippenfiguren zu Weihnachten. Sie war so fröhlich.«

Ihre Augen wurden immer größer, so als sähe sie etwas auf der schmuddeligen Raufasertapete gegenüber.

Lissy und ihre Mutter schwiegen. Draußen fuhr ein Auto vorbei.

»Franka hat wirklich gelitten. Die waren so gemein zu ihr.«

Birgit zog den Rotz hoch, ihre starren Augen schlossen sich kurz dabei.

»Jede Nacht hat sie sich in den Schlaf geweint. Mein armes Mädchen.« Sie hörten ihren rauen Atem.

»Franka war immer so anders, so verdammt anders. Und jetzt ist sie weg. Vielleicht ist sie …«

Tot, dachte Lissy, obwohl sie es nicht denken wollte. Doch sie konnte es nicht verhindern.

Ihre Mutter packte Birgit jetzt in den Achseln und stemmte sie nach oben.

»Sonja, lass mich doch«, wehrte Birgit ab, doch dann stand sie wackelig auf ihren Beinen.

»So, du bleibst heute Nacht hier«, sagte Lissys Mutter mit fester Stimme. »Das bringt ja nichts, wenn du mit Harald in deiner Wohnung hockst und ihr euch zankt.«

Sie schob Birgit ins Wohnzimmer und zwang sie auf die Couch. Dort zog sie ihrer Freundin die Schuhe aus.

»Lissy, hol mal das Bettzeug von Fredi aus dem Schrank.«

Ihre Mutter deckte Birgit zu wie ein Kind.

Dann telefonierte sie mit der Polizei.

»Ja, Sie erreichen die Frau Witt ab sofort unter folgender Nummer …« Sie gab ihren Festnetzanschluss an. »Ja, ist besser für sie. Sie soll jetzt nicht allein sein«, sagte sie in den Hörer, dann legte sie auf.

»Und morgen früh hole ich Goethe hierher.« Lissys Mutter strich die Bettdecke glatt.

»Ja, Goethe muss auch hier wohnen.« Birgit brachte so etwas wie ein Lächeln zustande.

# Samstag

Einsamer Atem, ein und aus. Zählen, ein, eins, Aus, ein, zwei, aus, ein, drei, aus.
Schlafen. Verrenktes Schlafen hier, im Dunkeln, unter dem Holz. Einsickernd zwischen die brennenden Lider, zwischen die Wimpern, die Augäpfel hinab bis ins Hirn. Nur Schlafen, nichts mehr denken, nichts mehr fühlen. Atem ein, Atem aus. Vier, aus. Fünf, aus. Aus sein. Nacht. Ein, eins, aus.
Tag und Nacht und Kälte und Angst.
Atem ein, Atem aus.

Die Knochen unter ihrer dünnen Haut fühlten sich an, als könnten sie brechen. Er musste vorsichtig sein. Mit der linken Hand presste er sie an sich. Jede ihrer einzelnen Rippen war zu fühlen. Mit seiner Rechten riss er das Klebeband vom Oberkörper. Er spürte, wie ihr Atem die Rippen auf- und abbewegte. Vorsichtig löste er das Klebeband von ihrem Mund, doch er konnte es nicht vermeiden, ihr wehzutun.

Er tauchte das Frotteetuch in die Seifenlauge, wischte ihr über das Gesicht und gab es ihr. Sie ließ den Lappen ins Wasser plumpsen.

Ihre dunklen Augen folgten ihm überallhin. Hoffentlich tat ihr das Band auf dem Mund nicht zu weh. Ihre Augen sahen ihn weiter an. Tränen standen darin.

»Ich schaue nicht hin, wirklich nicht«, flüsterte er. »Wasch dich bitte.«

Er drehte sich um. Und tatsächlich hörte er eine schnelle Bewegung, dazu das Rascheln der Jacke und kurz danach das Eintauchen des Waschlappens in die Seifenlauge. Er starrte auf die dicke Jacke, die er ihr mitgebracht hatte, und auf die Taschenlampe, die sie haben sollte. Er hatte die Blätter dabei. Die sollte sie lesen, später, im Versteck, wenn er wieder weg war. Er dachte an den dunklen Engel. Alles wollte er ihr sagen. Sie würde es später verstehen.

Das leise Plätschern hinter ihm hörte auf. Sie war fertig. Er drehte sich um.

Er nahm ihren Kopf zwischen seine Hände und drückte ihr einen Kuss auf die Stirn. Sie durfte sich nicht so gegen ihn wehren. Später würde er ihr zeigen, dass er es gut meinte.

Er versuchte, ihren Körper zurück in das Versteck zu drücken, doch ihre strampelnden Beine behinderten ihn. Er musste sie zusammenkleben. Wie leid es ihm tat. Aber es musste sein.

»Wir müssen nach Eller! Sie sperren heute wieder alles ab. Vielleicht haben sie was gefunden.« Milena war am Handy. Es war halb sieben.

»Wegen Franka?«

»Nein, das Mädchen aus Eller! Jessica.«

»Mannomann! Weißt du, wie spät es ist?«, fragte Lissy.

»Kommst du mit oder nicht?«

»Halbe Stunde, gib mir eine halbe Stunde.«

Lissy stand auf und machte sich fertig. Auf dem Sofa lag Birgit unter Fredis gemusterter Bettdecke. Aus weit geöffneten Augen schaute sie starr an die Decke. Ihre Mutter schlief in ihren Kleidern im Sessel.

»Ich bin weg«, flüsterte Lissy Birgit zu. Sie schien kurz zu nicken.

Dann war Lissy draußen. Der dunkle Morgen schwamm in kalter Regenluft. Es roch nach Autos und nach Feuchtigkeit.

Am Rathaus wartete Milena schon, das rote Haar, beschienen von der Straßenlaterne, leuchtete.

»Mein Bruder hat's aus dem Internet. Vielleicht finden sie ja was.«

»Wir sollten uns eher um das Handy kümmern, um den Typen, der es jetzt hat. Oder um Lumpi«, sagte Lissy.

»Das können wir immer noch machen.«

Milena war aufgeregt und schaute andauernd auf die Uhr. Mit dem Bus fuhren sie an Cans Haus vorbei. Das Licht in seinem Zimmer brannte. Lissy stellte sich vor, wie er nackt und frisch geduscht in einer Kommode nach einer Unterhose kramte. Sie dachte an seine Haare, die sich nass im Nacken ringelten, an seine Oberarme mit den festen Muskeln unter der Haut.

Und dann dachte sie an das Video, das er überallhin verschickt hatte. War er so sauer, weil sie mit Fatih herumgemacht hatte? Aber er hatte sich doch vorher tagelang nicht gemeldet. War das nicht so gut wie Schluss machen? Dann konnte er nicht sauer sein, wenn sie einen anderen küsste. Sie wusste einfach nicht, was dahintersteckte.

Am S-Bahnhof Eller stiegen sie aus. Das Gebiet um die Eisenbahnlinien, die Eller durchschnitten, war mit Gittern und gelbem Plastikband abgesperrt. Polizisten mit wichtigen Gesichtern standen herum und ließen niemanden durch.

»Ich weiß, wo wir hingehen. Oben von der Fußgängerbrücke können wir alles sehen.«

Die Brücke über die Bahngleise war steil. In den Bäumen, deren kahle Zweige die Brücke säumten, hingen Wassertropfen. Am Geländer blätterte die Farbe ab und der Teer hatte Sprünge, durch die sich feuchtes Moos drückte.

Viele hatten die gleiche Idee gehabt wie sie beide und standen in träger Erwartung am Geländer, die Ellenbogen auf den Handlauf gestützt. Die Mädchen schoben sich dazwischen.

»Weiß man schon was?«, fragte Milena einen älteren Mann in einer blauen Winterjacke. Aber der musterte die beiden neben sich nur, als wollte er sagen, dass dies nichts für junge Mädchen sei.

Alle starrten in die Richtung, in der das große Umspannwerk lag. Die metallenen Strommasten und viereckigen Gehäuse verschwammen im Morgennebel, so als trieben sie auf dem Wasser.

»Da liegt sie irgendwo, das arme Kind«, sagte eine Frauenstimme. »Sie haben sie gefunden.«

»Echt?«, fragte Milena, aber sie bekam keine Antwort. Die Menschen standen schweigend herum und schauten in den Nebel.

Lissy begann zu zittern, aber es war nicht von der Kälte. Ihre Hände umfingen einander in den Jackenärmeln und sie schob sie weiter, bis sie die raue Haut der Ellenbogen in den Handflächen spürte und die Unterarme fest gegen ihre Bauchdecke drücken konnte.

Dann war die Polizei auch auf der Brücke. Sie sperrten jetzt auch hier ab, drängten die Menschen zurück, Richtung S-Bahnhof. Immer wieder forderten sie sie auf zu gehen, nicht ohne jedes Mal ein Bitte anzufügen. Die Münder waren angespannt und ihr Blick wich den Fragenden aus.

»Sie haben was gefunden. Bestimmt«, meinte Milena aufgeregt.

»Ja«, sagte Lissy. Sie zitterte noch immer.

»Wir gehen zum Hackenbruch und dann auf die andere Seite«, schlug Milena vor.

Lissy nickte. Am Hackenbruch war ein ebenerdiger Bahnübergang für Autos. Doch auch da war gesperrt.

»Geht nach Hause. Das hier ist nichts für Kinder«, sagte einer der Polizisten hinter den rot-weißen Plastikbändern. Er war vielleicht fünf Jahre älter als sie beide, dick, und er hatte entzündete rote Pickel.

Lissy und Milena taten, als hätten sie nichts gehört, und versuchten, sich an einem Absperrpfosten vorbeizudrücken.

»Weg hier. Hier wird ermittelt.« Die Stimme des Polizisten klang jetzt genervt.

»Sie haben das Mädchen gefunden«, sagte Lissy zu ihm. Es sollte eine Frage sein.

Der junge Mann packte sie am Arm, aber Lissy machte sich sofort wieder los.

»Fass mich nicht an!«

Für einen Moment starrten sie sich in die Augen, aber dann wurde ihre Aufmerksamkeit von einem langsam vorbeifahrenden dunklen Wagen gefangen genommen. Das Heck war ungewöhnlich lang und die Scheiben mit gerafften Gardinen verhängt. Der Polizist ging, um die Absperrung zu öffnen.

»Komm«, sagte Lissy zu Milena.

Sie hatte genug gesehen.

»Und jetzt?«

»Jetzt schauen wir, ob wir Lumpi finden.«

»Du meinst, er hat etwas mit Frankas Verschwinden zu tun?«

»Er hatte Frankas Handy, oder?«

»Hast du Geld?«, fragte Milena. Es wurde langsam hell.

»Nicht viel.«

»Ich habe Hunger.«

Am Hackenbruch war ein kleines Büdchen, das belegte Brötchen für einen Euro verkaufte.

Sie nahmen jeweils eins mit Rührei. Lissy bestellte für beide zusammen eine Tasse Kaffee, denn mehr Geld hatte sie nicht. Sie kauten und sahen auf die Straßenkreuzung.

»Vielleicht sollten wir die da nach Lumpi fragen«, meinte Lissy.

An der Ecke, wo die Busse abfuhren, standen zwei Jungs mit zittrigen Bewegungen. Ihre Gesichtshaut war von roten Pusteln und aufgekratztem Schorf verunstaltet. Hardcore-Junkies, dachte Lissy. Sie war sich nicht ganz sicher, aber sie meinte, die beiden schon mal zusammen mit Lumpi am Hauptbahnhof gesehen zu haben. Die Jungs hatten ihre großen Hunde dabei, die sich ständig mit den Hinterläufen die Flöhe von den Ohren kratzten.

»Hey, wisst ihr, wo Lumpi ist?«, fragte Lissy sie.

»Verpiss dich!«

»Lumpi? Kennt ihr den?«

»Du sollst dich verpissen!«

Der dunklere der Hunde spitzte die Ohren. Lissy blickte ihm genau in die Augen. Die Ohren des Tieres sanken herab.

»Ist wegen dem Film, hm?« hörte Lissy eine Stimme hinter sich. Es klang, als spräche jemand aus einem Grab, so heiser klang sie.

Lissy fuhr herum und machte unwillkürlich einen Schritt zurück. Sie starrte in eine leere Augenhöhle. Es war die Scheele Christiane.

»Scheiße«, sagte sie. »Ja, das Video.«

»Kümmert euch nicht um die kleinen Jungs hier.« Sie wedelte mit einer rot geäderten Hand in Richtung der beiden Typen.

»Das hat Lumpi mir gestern gezeigt. Meinte, du wärst die Tochter vom Hau.« Das gesunde Auge schaute in Lissys Gesicht, als wolle sich seine Besitzerin jede Pore, jedes Wimpernhärchen, einfach jedes Detail einprägen.

Hau war der Straßenname von Lissys Vater.

»Hast du Lumpi gesehen? Ja oder nein?«

»Haben wir Lumpi gesehen? Was meint ihr?«, fragte die Scheele Christiane die beiden Drogenabhängigen über Lissys Kopf hinweg.

Dann griff ihre Hand vogelschnell an Lissys Kinn und hielt sie fest. Lissy starrte in das gesunde Auge.

»Bitte«, sagte sie leise. »Es ist wichtig.«

»Ich hatte mal eine Tochter wie dich. Vielleicht zwei, drei Jahre jünger«, sagte Christiane mit ihrer heiseren Grabesstimme. Lissy spürte das Tier in ihrem Brustkorb. Es sprang an ihren Rippen hoch und bellte.

»Was machst du überhaupt hier in Eller?«, fragte sie. »Du gehörst doch zu den Gerresheimern.«

»Gucken wie alle. Tust du doch auch.« Die Scheele Christiane ließ Lissy los und wandte sich ihren Tüten zu.

»Und jetzt?«, fragte Milena.

»Wir fahren nach Gerresheim. Vielleicht ist er am Alten Markt«, schlug Lissy vor.

Die großen Masten der Überlandleitung führten die Bahnlinie entlang.

Milena stöpselte sich den MP3-Player in die Ohren.

Ihr Blick ging über die Weiden, die an der Bahnlinie lagen, über den Parkplatz vom Getränkemarkt und das Reifenlager dazwischen.

Lissy schaute zur anderen Seite. Sie blickte auf die Schrebergärten und die nassen Brombeerbüsche. Da war die große Gerresheimer Glashütte, die stillgelegt worden war.

»Hey, schau mal!« Lissy stupste Milena an.

Die Straße, die man durch die kahlen Büsche sehen konnte,

stand voller Wagen, Polizei, Feuerwehr und dunkelblaue vom Technischen Hilfswerk.

»Sie suchen«, meinte Milena.

Auch die anderen standen jetzt an den Fenstern der S-Bahn. Zwei dickbäuchige Karnevalsreiter in ihren Funkenuniformen drängten sich an Lissy vorbei, um besser sehen zu können.

Ein Junge von ihrer Schule, jünger als sie beide, war ebenfalls in der S-Bahn. Er schaute Lissy an und sofort wieder weg.

»Hallo«, sagte er leise. Er musste sie grüßen, nachdem sie seinen Blick aufgefangen hatte.

»Hallo«, sagte Lissy.

Die Bahn hielt und sie drückte den Öffner. Dann fiel ihr etwas ein. Der Junge war in Frankas Klasse.

»Wieso waren die Bullen an der Schule?« Lissy packte ihn an der Kapuze. »Was weißt du von Franka?«

»Ich hab alles schon der Polizei gesagt.«

»Was?«

»Gestern, in der Schule. Dass Franka in ein Auto gestiegen ist.«

Sein kleines blasses Gesicht wich ihr aus, starrte auf andere Fahrgäste, die sich beeilten fortzukommen.

»Was hat sie gemacht?«

»Da war so ein Kastenwagen. Rot, glaube ich.« Er bemühte sich jetzt zumindest, Lissy in die Augen zu sehen. »Da ist sie eingestiegen.«

»Bist du dir sicher?«

Die Leute, die hinauswollten, drückten sich an ihnen vorbei und sahen auf den Boden, während Lissy den Jungen schüttelte.

»Da kam so ein Lieferwagen. Mit dem Fahrer hat sie gesprochen.«

»Was für ein Wagen?«, fragte Lissy. Ihre Stimme war laut und schrill.

»Ich habe den doch nur von hinten gesehen. Keine Ahnung«, erwiderte der Junge.

»Aber Franka ist dort eingestiegen?«, forschte Lissy.

»Weiß ich nicht. Das wollte die Polizei auch wissen. Ich hab das nicht genau gesehen.«

»War das an der Haltestelle Bertastraße? Donnerstag nach der Schule?«, mischte Milena sich ein.

Er nickte. Milena bedankte sich. Der Junge rannte die Treppen der Unterführung hinunter, froh, von ihnen wegzukommen.

»Wenn sie nun wirklich verabredet war? Mit dem Typen in dem roten Auto?«, meinte Milena.

»Wir suchen trotzdem nach Lumpi.«

Gegenüber vom Gerresheimer S-Bahnhof aus Backsteinen sahen sie das Plakat zum ersten Mal. Es hatte einen roten Rand und das Foto war ein bisschen verwackelt. Die dunklen Pupillen brannten in Frankas hellem Gesicht. Lissy meinte, ihre Angst sehen zu können.

»Zumindest nehmen die Bullen es jetzt ernst«, sagte sie.

»Nach dem … dem heute Morgen bleibt ihnen gar nichts anderes übrig, als hier die Gegend abzusuchen.«

Milenas Kiefer schob sich hin und her.

Sie gingen zu Fuß die Heyestraße hoch, an den alten Glasbläserhäuschen vorbei, die inzwischen Eigenheime waren, gepflegte Fassaden, frisch gestrichene Fensterrahmen. Dann der Platz am REWE, er wirkte schäbig, manchmal saß Lissys Vater im Sommer hier, unter den großen Bäumen. Im Winter war das kein guter Platz.

Viele Italiener wohnten an diesem Stück der Heyestraße und

im Sommer war es eine lebendige, laute Gegend. Im Winter wirkten die geschlossenen Eiscafés, Pizzerien und Videotheken öde. Am Kiosk hing das italienische Fähnchen nass und schlaff über der Eingangstür. Und natürlich gab es die Billigläden, alles für einen Euro, schmutzige Regale. Boutiquen mit Kunststoff-T-Shirts und angeblich echten italienischen Schuhen.

Der Friedhof, der sich vom Fuß des Hügels bis zu dem Wald auf den Gerresheimer Höhen zog, war ebenfalls gesperrt. Zwei Polizisten standen an der Zufahrt, der Bus, der dort seinen Wendehammer hatte, kurvte hin und her, weil er wegen der Absperrungen nicht umdrehen konnte. Die Fahrerin beschimpfte die Polizisten, zwei junge Männer, die Kaugummi kauten. Sie warteten wohl auf die Suchmannschaften.

»Wow«, sagte Lissy, als weitere Polizeiautos auftauchten, mit Wuppertaler, Essener und Neusser Kennzeichen.

»Sie haben Angst.«

Milena nickte, die Lippen nach innen gezogen.

Sie gingen schweigend weiter, am Rossmann vorbei – da hatten beide Hausverbot, weil sie beim Klauen erwischt worden waren –, an dem Schuster mit den verstaubten Schuhmodellen, am Waschsalon.

»Ich muss dir noch was anderes erzählen«, nuschelte Milena.

»Wegen Franka? Was denn?«

»Nein, sie hat nichts damit zu tun. Und versprich mir … ich meine, du bist sowieso schon ziemlich fertig, aber ich …«

»Sag's jetzt endlich!«

»Also, Can …«

»Was ist mit ihm?«

»Als er vor Altweiber nicht da war …«

Für einen Moment hörte Lissy gar nichts weiter. Sie schaute in die Auslage einer Bäckerei. Es gab Karnevalsberliner mit dickem Zuckerguss und lustigen Clownstickern.

»Er hat sich verlobt.«

Lissy konnte Milenas Spiegelbild in der Glasscheibe sehen. Dann sah sie wieder in die Auslagen. Die Amerikaner hatten ein Schachbrettmuster aus braunem und weißem Guss, und Lissy überlegte, dass man dafür eine Schablone brauchte. Dann übernahm das nackte hungrige Tier ihren Kopf, ihre Brust, ihren Bauch. Ihre Arme und Beine zitterten. Seine spitzen Zähne waren überall.

»Sein Vater, du weißt ja, wie er ist …«

»Verlobt?«

»Ein türkisches Mädchen, klar.«

»Ich glaube das nicht!«

Sie gingen weiter. Aus einer Eckkneipe drang Karnevalsmusik, und ein Kind, als Cowboy verkleidet, schoss mit seiner Spielzeugpistole auf sie.

»Wer hat dir das gesagt?«, fragte Lissy.

»Sebastian wusste es gestern. Und Fatih auch.«

»Das stimmt nicht«, sagte Lissy leise. Sie wiederholte den Satz mehrmals. Milena schwieg, nur ab und zu seufzte sie. Sie gingen weiter bis zum Alten Markt in Gerresheim.

Hier wurde schon ein Bierrondell aufgestellt. Am Karnevalssonntag ging der Gerresheimer Umzug an diesem Platz vorbei. Lissy dachte daran, dass sie im letzten Jahr mit Milena, Can, Sebastian und Fatih hier gefeiert hatte. Auch Tamara mit ihrem dicken Bauch war dabei gewesen. Lissy kam sich sehr allein vor.

»Er will wirklich ein türkisches Mädchen heiraten? Aber woher kennt er sie denn?«, fragte Lissy. Sie wollte es einfach nicht wahrhaben.

»So gut kennt er sie gar nicht, glaube ich«, sagte Milena.

»Das ist doch verrückt.«

Auch Franka war letztes Jahr beim Veedelszug gewesen, zwar

nicht verkleidet, aber sie hatte sich von Lissy rote Herzchen auf die Wangen malen lassen und ihre Haare über den Ohren zu zwei abstehenden Zöpfen gebunden.

Lissy steuerte eine der Bänke an, auf der die Penner öfter saßen, und ließ sich darauffallen. Sie blickte über den Platz. Ihr war ein bisschen schwindelig.

Die Frittenbude schloss gerade ihre Schläuche an. Auf der anderen Seite des Platzes, bei Aldi, war Hochbetrieb. Im Gerresheimer Hof daneben spielten sie bereits das Altbierlied. Vier oder fünf Männer mit dicken Bäuchen standen vor der Tür und sangen mit.

Von Lumpi war nichts zu sehen. Von Lissys Vater auch nicht. Sie schaute auf die gestutzten Platanen. Die Rinde war in großen Stücken abgeplatzt und lag auf dem dunklen Sand.

Lissy spürte das Vibrieren ihres Handys in der Tasche.

»Lissy, komm nach Hause! Es ist was mit Birgit.«

»Mama, ich kann jetzt nicht.«

Sie wollte einfach weiter unter den kahlen Bäumen sitzen, die ihre streng geschnittenen Äste in den Regen reckten, bis sie ganz nass war.

Am anderen Ende des Telefons hörte sie ihre Mutter schreien: »Du bewegst jetzt sofort deinen Arsch hierher!«

Lissy spürte, wie das verdammte Tier wieder in ihr hochsprang.

»Ich bin nicht taub! Was gibt es denn so Wichtiges?«, fauchte sie in den Hörer.

Ihre Mutter schwieg lange. Lissy biss sich auf die Unterlippe.

»Ist gut, Mama, ich komm«, sagte sie leise. »Ich bin gleich da.«

Vor dem Haus stand ein Rettungswagen. Das eingeschaltete Blaulicht schickte bleiche Strahlen durch die nasse Luft. Neben dem Haus standen zwei Rentner auf ihre Gehstöcke gestützt, als würden sie auf etwas warten. Eine ältere Frau kam hinzu und blieb ebenfalls stehen.

»Wer wird denn abgeholt?«, fragte sie Lissy, die auf die Haustür zueilte, doch die gab ihr keine Antwort.

»Warte!«, rief eine Stimme. Es war Harald, Frankas Vater.

»Was ist los?«, fragte er. Er trug nur Pantoffeln an den Füßen. Wahrscheinlich hatte er den Rettungswagen vom Fenster aus gesehen.

»Weiß ich doch auch nicht«, sagte Lissy. Sie schloss die Haustür auf und lief im Eiltempo nach oben. Harald drängte sich hinter ihr in die Wohnung.

In der Küche, die plötzlich winzig erschien, machten sich zwei Rettungssanitäter an der leblosen Birgit zu schaffen. Sie maßen Blutdruck und hoben ihre Lider an. Besonders besorgt wirkten sie nicht.

Mama hatte ein Gesicht, als hätte man ihre Stirnfalte mit der Axt in den Schädel geschlagen.

»Kommt denn auch ein Arzt?«, fragte sie den älteren der Männer. Der zuckte mit den Schultern.

»Wir müssen sie mitnehmen. Sie ist schockig. Wird aber gleich wach.«

Der Mann war schlecht rasiert und hatte Hände wie ein Bauarbeiter.

»Sie steht unter Schock«, übersetzte der Jüngere. »Besser ins Krankenhaus.«

Er war groß und blond. Er sah ziemlich gut aus.

»Kann ich mitfahren?«, fragte Mama.

Die beiden sahen sich kurz an, dann zu Harald, dann nickten sie.

Sie schoben Birgit, die sich jetzt tastend regte wie ein blindes Katzenjunges, auf ihre Trage. Birgits rechter Arm zuckte immer wieder nach oben, da schnallten die Sanitäter sie fest.

»Du bleibst hier und passt auf das Telefon auf. Wenn die Polizei sich meldet, rufst du mich im Krankenhaus an.«

»Mach ich.«

»Das kann ich doch auch machen«, meinte Harald.

Lissys Mutter schien ihn nicht zu hören.

Lissy fragte vorsichtig: »Warum ist Birgit …?«

»Weil das andere Mädchen gefunden worden ist.«

Damit war Mama aus der Tür und Lissy mit Frankas Vater und den schweigenden Telefonen allein.

Er setzte sich neben das Telefon in der Küche und starrte es an.

Lissy erneuerte das Wasser von Goethe und streute ihm etwas Trockenfutter in seinen Napf. Das Tier lag in der hinteren Ecke, ganz an die Gitterstäbe gedrückt, und hatte die Augen halb geschlossen. Lissy streckte ihren Finger aus und berührte das flaumige Fell. Es war warm. Sie schloss die Käfigtür und setzte sich auf das Sofa. Sie sah dem Kaninchen zu. Es bewegte sich kaum, nur ab und zu schloss es die Augen, so als träume es vor sich hin.

Haralds Blick klebte immer noch am Telefon.

»Willst du einen Kaffee?«, fragte Lissy.

»Nein«, meinte er leise. »Aber kann ich mir vielleicht eine Zigarette stopfen?«

»Klar«, meinte Lissy.

Sie ging in ihr Zimmer und startete den Computer. Sie musste etwas nachprüfen.

Sie googelte die einzelne Zeile, die sie noch von dem Heine-Gedicht im Kopf hatte. Sie hatte Glück. In sechs Strophen, die wie kompakte Blöcke aussahen, erschien der Text. Lissy überflog die Zeilen.

»Mein Herz, mein Herz ist traurig ...«, las sie halblaut.

Lissy schloss die Augen. Sie sah Frankas kleines blasses Gesicht, umrahmt von Bücherstapeln, am Küchentisch. Auf der Wange hatte sie einen Streifen Ketchup. Lissy erinnerte sich an das Gefühl von Neid, das sie gespürt hatte. Franka wollte etwas ganz anderes. Das auch, dachte sie, aber vor allem will sie leben. Sie ist irgendwo und will leben.

Die Klingel schreckte Lissy auf. Tamara stand vor der Tür. Baby Jane quengelte auf ihrem Arm.

»Was ist mit deinen Haaren?«

»Komm erst mal mit in mein Zimmer«, sagte Lissy mit einem Blick auf Frankas Vater.

»Sie haben diese Jessica gefunden.«

»Ich weiß, Milena und ich waren in Eller.«

»Gibt es was Neues von Franka?«, forschte Tamara.

Lissy holte Eistee aus der Küche und gab Tamara ein Glas. Dann erzählte sie von Lumpi, dem Handy und allem.

Wie ihre Haare abgeschnitten wurden.

Tamara ging dabei in einem komischen hüpfenden Gang hin und her, damit Baby Jane sich beruhigte.

»Und außerdem ...«, fügte Lissy leise hinzu. Sie hatte den Hals voller Schleim, und bevor sie weiterreden konnte, musste sie mehrmals schlucken. »Can hat sich verlobt, mit einem türkischen Mädchen«, sagte sie.

Tamara stoppte ihr Hin und Her.

»Und das hat er dir nicht gesagt? Was für ein Arschloch!«

»Ja«, sagte Lissy.

»Der ist so ein Macho. Wie der sich immer angestellt hat, wenn du bloß mit einem anderen Jungen gesprochen hast«, regte Tamara sich auf.

»Ja, er ist eifersüchtig«, gab Lissy zu. »Aber eigentlich ist das sein einziger Fehler.«

»Hm«, brummte Tamara. Sie schien davon nicht überzeugt zu sein. Mit dem Baby im Arm ging sie wieder auf und ab.

»Wir machen mal die Glotze an. Vielleicht bringt der WDR was über Franka.«

Sie gingen ins Wohnzimmer. Mit einem schnellen Blick in die Küche sah Lissy, dass Harald sich eine weitere Zigarette gestopft hatte und diese gerade anzündete.

Im Fernseher lief das Regionalprogramm. Der Studiokoch machte Mutzemandeln.

»Lass mich Baby Jane mal halten«, sagte Lissy.

Aber kaum saß das Baby auf ihrem Arm, schrie es schon los und winkte mit seinen kleinen Ärmchen zu seiner Mama.

»Hat Packo dir mal geschrieben?«, fragte Lissy.

Packo war der Vater von Baby Jane. Er war im Knast.

»Oh Mann, ständig. Aber ich schreibe nicht mehr zurück.«

»Warum nicht?«

»Bin ich Sozialarbeiterin oder was?« Tamara lachte bitter. »Wie könntest du denn an das Handy rankommen?«, wechselte sie das Thema.

Lissy hörte den Wohnungsschlüssel und dann stand Mama auch schon im Wohnzimmer. Sie nickte Tamara zu und kitzelte Baby Jane eher mechanisch.

Dann ließ sie sich aufs Sofa fallen. Ihre Jacke behielt sie an.

»Was ist mit Birgit?«

»Es geht ihr besser. Sie haben sie aber im Krankenhaus behalten.«

»Soll ich dir Kaffee machen?«, fragte Lissy.

»Ja, das wäre nett.«

Ihre Mutter starrte auf den Tisch. Mechanisch knibbelte sie an ihren Gelnägeln herum. Zwei an der linken Hand hatte sie schon verloren.

Harald kam ins Wohnzimmer, aber Lissys Mutter erzählte

ihm nicht mehr, als sie schon Lissy gesagt hatte. Sie war sogar ziemlich unfreundlich zu ihm.

»Wir müssen dann mal …«, verabschiedete sich Tamara.

Lissy brachte sie zur Tür.

»Mir ist da noch was eingefallen, wie ich vielleicht an den Typen mit dem Handy komme«, flüsterte sie Tamara im Flur zu. »Über den Jung, der müsste die Adresse von dem Mädchen haben, das mich angezeigt hat.«

»Hm«, machte Tamara zweifelnd.

»Lissy, was ist mit dem Kaffee?«, rief Mama aus dem Wohnzimmer.

»Ich ruf dich später an«, sagte Lissy leise zu Tamara.

Die Gruppe traf sich in einem Hinterzimmer einer evangelischen Kirche. Das war meistens so, Lissy wusste nicht, warum. Außer ihr waren noch drei andere da, zwei Mädchen, beide jünger als sie, und ein Junge in ihrem Alter. Die beiden Mädels waren in ihn verliebt, davon war Lissy überzeugt. Die Mentorin der Gruppe, jedenfalls stellte sie sich so vor, war eine Frau mit schlecht gesträhnten Haaren und einer Stupsnase. Auf der Stupsnase hatte sie eine riesige Brille. Lissy fand, dass sie wie ein Uhu aussah.

Sie setzten sich um den Tisch, nahmen sich jeder einen Tee und das Treffen begann. Als Erstes wurde etwas vorgelesen, ein Text, der davon handelte, dass man die Zeit nutzen und Verantwortung für sich selbst übernehmen sollte und für niemanden sonst.

Dann meldete sich der Junge zu Wort. Sein Haar war modisch halblang im Nacken und er spähte unter langen Ponyfransen hervor. Er begann genauso wie die Leute im Fernsehen bei den

Anonymen Alkoholikern: »Mein Name ist Justus und meine Mutter ist Alkoholikerin. Ich bin koabhängig.«

»Wow«, machte Lissy, aber nur leise. Trotzdem schaute der Uhu sie streng an.

»Also, worüber ich erzählen will … Ich nutze meine Zeit oft schlecht. Ich mache keine Hausaufgaben, sondern stromere einfach so durch die Stadt.«

Lissy schaute sich den Jungen genauer an.

»Wenn ich nicht aufpasse, schaffe ich es nicht in die Oberstufe. Ich bin auf dem Heine-Gymnasium, das ist ziemlich anspruchsvoll, und ich würde gerne Abitur machen, aber ich …«

Er sah tatsächlich aus wie ein Gymnasiast. Die Haare fielen ihm in dunklen Wellen ins Gesicht. Hätte Lissy ihn in der Bahn getroffen – niemals hätte sie gedacht, dass seine Mutter eine Alkoholikerin war. Er sah irrsinnig gut aus. Viel zu gut für eine wie mich, dachte Lissy.

Er erzählte jetzt, dass er, wenn es um seine Mutter ging, alles regelte. Er brachte sie sogar ins Bett und rief morgens bei der Arbeit an, wenn sie noch zu betrunken war, um dorthin zu fahren.

Ein Streuner, dachte Lissy und biss sich auf die Lippe, so wie ich.

Die beiden Mädels, wahrscheinlich gingen sie auch aufs Gymnasium, sahen ihn mit großen Augen an.

»Also, ich bin Joana und ich bin das Kind eines Alkoholikers«, begann die Erste. »Und ich bin froh, dass wir gerade jetzt das Treffen haben, an Karneval. Zu Hause ist es in den letzten Tagen richtig schlimm gewesen.«

Sie sah in ihre Teetasse.

»Mir fällt es schwer, mich dann nur um mich zu kümmern. An Altweiber hat Papa abends mit seinen Kumpels gefeiert. Also, bei uns zu Hause.«

Sie berichtete, dass sie am Freitag nach der Schule stundenlang durch die Stadt gelaufen sei, weil es zu Hause nicht zum Aushalten war. Und, erzählte sie weiter, dass sie manchmal sehr traurig sei.

Lissy verstand überhaupt nicht, was schlimm daran sein sollte, durch die Stadt zu laufen. Was sollte man beispielsweise denn sonst tun? Für die Schule lernen? Das Zimmer aufräumen?

Der Uhu nickte ihr aufmunternd zu. Lissy wollte aber nichts von sich erzählen. Deshalb war es einen Moment lang still. Irgendwo im Raum war eine tickende Uhr, die Lissy nicht sehen konnte. Sie holte tief Luft.

»Okay, ich bin Lissy und mein Vater trinkt. Ich weiß nicht, ob ich koabhängig bin, weil ich nicht weiß, was das ist.« Sie machte eine Pause. Alle Gesichter waren ihr zugewandt. Sie blickten verständnisvoll.

»Also, wenn ich streune, schaue ich meistens, ob ich meinen Vater sehe. Er ist obdachlos.«

Wieder holte sie tief Luft.

»Und jetzt muss ich auch noch nach einem Mädchen aus der Nachbarschaft suchen …«

Alle drei nickten, als würden sie das kennen. Aber sie wussten ja gar nichts.

Lissy stellte ihren Tee zurück auf den Tisch. Der Uhu setzte ein ganz betroffenes Gesicht auf, wie Lissy es schon mindestens tausendmal bei Sozialpädagogen, Bewährungshelfern und Lehrern gesehen hatte.

Etwas in Lissys Bauch fühlte sich hart und schmerzhaft an. Sie legte ihre Hand darauf. Sie wollte das alles nicht mehr fühlen. Ihre Augen wurden feucht.

Ich kann das einfach nicht mehr ab, dachte sie. Sie nimmt Anteil und sie versteht mich und das ist alles. Aber sie hilft mir nicht. Es ist doch nur der typische Sozialarbeiterblick! Sie bekommt Geld dafür!

Sie sprang von ihrem Stuhl auf und stieß ungeschickt gegen den Tisch, ihre Tasse kippte um. Noch bevor die erste Träne floss, war sie aus der Tür.

Lissy lief den Gang entlang, die Treppe hoch und durch die Tür mit dem geriffelten Sicherheitsglas. Draußen, in der kühlen Luft, ging es ihr besser.

Mit der Acht fuhr sie nach Friedrichstadt. In der Bahn waren viele unterwegs. Der Typ mit dem Heavy-Metal-Shirt oder die beiden Frauen, die, als Krankenschwestern verkleidet, zusammen Sekt aus der Flasche tranken. Oder die fünf Jungs, etwas älter als Lissy, die sich gegenseitig Sprühluftschlangen in die Haare schmierten.

Alle wollten was erleben, wollten trinken, wollten andere küssen, wollten Sex haben.

Lissy spürte, wie das nackte Tier nach oben kam und sich an ihren Schlüsselbeinen festkrallte. Es schaute durch ihre Rippen nach draußen, auf die Leute, die an einem Samstagabend in die Stadt fuhren. Es hatte eine empfindliche Nase und witterte die Sehnsucht.

Lissy legte ihre Hand auf die Stelle, an der sie das Tier spürte, und streichelte es unauffällig, um es zu trösten.

Der Bewährungshelfer wohnte in einem Altbau, »Jung« stand auf der Klingel und darunter, aber mit Kuli durchgestrichen, »Hermanns«. Er war zu Hause, jedenfalls drückte er auf.

Im Hausflur war eine Holzstiege, dunkelrote abblätternde Farbe, und kein Aufzug. Jung stand im Türrahmen, in einem karierten Hemd, in Jeans und mit dicken Wollsocken. In der Hand hielt er eine Packung Tiefkühlerbsen.

»Lissy!«

»Guten Tag, Herr Jung«, sagte sie schnaufend.

»Was willst du denn hier?«

Lissy stand ihm jetzt gegenüber.

»Was hast du denn mit deinen Haaren gemacht?«

»Ich komme gerade von dem Treffen. Sie wissen schon, Kinder von Alkoholikern.«

»Aha?«

»Ich muss mit Ihnen reden.« Damit ging Lissy an ihm vorbei in seine Wohnung.

Es gab viel, viel helles Holz und viele Regale mit verstaubten Taschenbüchern.

»Haben Sie die alle gelesen?«, fragte Lissy.

»Was kann ich denn für dich tun?«

»Na ja, das Treffen hat mich etwas durcheinandergebracht.«

Er winkte sie in die Küche und schloss die Wohnungstür.

»Ich mache mir gerade was zu essen. Hast du Hunger?«

»Hm, ja«, sagte Lissy.

»Es gibt Erbsensuppe. Das passt gut zu dem kalten Wetter.«

Sie sah sich weiter in der Wohnung um.

»Sagen Sie mal, gießen Sie Ihre Pflanzen nicht?«

Die Fensterbänke waren voller Töpfe mit vertrockneten Blumen und braunen Blättern. Auf dem Balkon lag eine halb tote Yucca in der Kälte.

»Die gehören meiner Ex.«

Lissy zupfte an einem Blatt. Es zerbröselte unter ihren Fingern.

»Weshalb ich eigentlich gekommen bin ... Wenn ich mich zu einer Anzeige, einer Gegenanzeige wegen meinen Haaren, entschließen würde, dann brauchte ich aber den Namen und die Adresse von der Türkin, oder?«

Herr Jung röstete Zwiebeln und Speck. Es roch sehr gut. Jungs Kopf bewegte sich hin und her.

»Hm«, machte er.

»Sie könnten mir die doch geben, die Adresse, oder?«

»Nein.«

»Nicht?«

»Geht es um das Handy?«

»Ach, Herr Jung …«, begann Lissy.

Er goss Wasser auf die Zwiebeln und den Speck. Es zischte. Heißer Dampf stieg auf.

»Frau Sager hat mich angerufen.« Er maß gekörnte Brühe ab und rührte sie in das Wasser. Dann riss er die Packung Erbsen auf und kippte den Inhalt in das heiße Wasser.

»Lissy, ich möchte, dass du dich da raushältst.«

»Was meinen Sie?«

Er stellte die Temperatur höher.

»Lass die Polizei ihre Arbeit machen, ja? Das Mädchen aus Eller, das war genauso alt wie du, war dir sogar ähnlich. Und Franka Witt? Ist das nicht ziemlich nah an dir?«

»Ich weiß nicht, was Sie meinen.«

»Lissy …«

»Lissy!«, äffte sie ihn nach. »Lissy!«

Er blieb ruhig.

»Ich will dich nur warnen. Das ist kein Kinderspiel.«

Er ging ihr auf die Nerven.

»Gießen Sie Ihre Blumen, ja! Und lassen Sie mich in Ruhe!«

Damit war Lissy aus der Tür. Was für ein Arschloch!, dachte sie. Reine Zeitverschwendung.

Er setzte sich gerade hin. Sie saß ihm gegenüber. Ihre weißen Zähne bohrten sich in das Wurstbrot.

Die Blätter, die er ihr gegeben hatte, lagen verknittert im Versteck. Sie musste sie gelesen haben. Ihr Blick war heute heller, so als begänne sie zu verstehen.

Er strich das Papier vor sich glatt. Heute wollte er ihr vorlesen, um zu beobachten, wie viel sie verstände.

Er räusperte sich und begann:

*Ein Engel erschien mir. Er nahm meine Hand und es war, als wollte er mich retten. Er lebte in der Höhe, alles in seiner Wohnstatt war hell und weich, außer den goldenen Armreifen, die er trug. Und am Fenster stand ein schwarz lackierter Flügel. Die Tastatur schimmerte schwarz und elfenbeinern.*

*Meine Mutter erledigte dort die Hausarbeiten und ich half ihr dabei, so oft und so gut ich es konnte mit meinen Kräften.*

Er schaute auf seine Kleine. Franka, dachte er, Franka, hörst du mir zu? Sie nahm das nächste Brot. Sie war hungrig.

Er las weiter.

*Der Engel lächelte mich an und ich sah, dass er eine Frau war, eine biblische Frau, groß und stark und mit breiten Handgelenken. Sie lehrte mich alles.*

*Gott schuf Töne und Sprache, schuf Noten und Buchstaben. Um mich herum wuchsen die Worte und kamen in meinen Mund. Gott ließ Tag werden und Nacht, Sommer und Winter, er ließ Gras wachsen und verdorren, er ließ die Sonne aufgehen und den Regen fallen und den Schnee. In diesen Jahren lehrte der Engel mich alles.*

*Und er führte mich zu einem Garten voller Licht und Farbe.*

Er sah sich um. Hier war sein Garten. Warte nur, wenn es Sommer wird, dachte er. Dann siehst du, wie prächtig hier alles gedeiht. Wie ich die zarten Pflänzchen schütze, bis sie groß genug sind, um draußen überleben zu können. Wie alles südlich und warm duftet, der Rosmarin, der Thymian, und die Bougainvilleen ihre weißen und purpurnen Hochblätter entfalten.

Er wurde ernst und spürte einen Anflug seiner Kopfschmerzen, doch er achtete nicht weiter darauf.

Sie hatte die Brote aufgegessen. Jetzt hatte er ihre ganze Aufmerksamkeit, jetzt wollte er sich vor ihr entblößen.

*All dies lehrte der Engel mich. Und er lehrte mich noch anderes. Eine Hand war auf meiner Schulter, eine auf meiner Hüfte, so führte sie mich zu ihrem Bett. Und weil ich dem Engel gehörte, weil es sonst nichts gab, legte ich mich zu ihr.*

*So fiel ich, immer tiefer, sank in den schmutzigen Boden.*

Sie saßen sich gegenüber. Sie trug kein Klebeband. Ihre Hände lagen nebeneinander auf der Tischplatte.

Sie musste nun etwas sagen.

Er wartete und hörte auf das gleichmäßige Zischen des Gasofens.

»Lass mich gehen«, flüsterte sie.

Er meinte zuerst, er habe sich verhört. Doch dann begriff er.

Er riss sie von ihrem Stuhl und presste sie auf den Boden. Schnell fesselte er ihre Hände. Die scharfe Kante des Klebebandes schnitt tief in ihre helle Haut. Es war ihm egal. Er riss einen weiteren Streifen ab und klebte ihn auf ihren Mund. Dann zerrte er sie zu ihrem Versteck. Keine Taschenlampe, dachte er wütend. Sie soll ganz allein im Dunkeln sein! Doch das brachte er nicht über sich.

Lissy war auf dem Heimweg und wollte Milena am Mäuerchen treffen. Sie hatte mehrere SMS auf dem Handy, alles von Idioten, die über ihren E-Mail-Account geschrieben hatten.

»Wie wär's, wenn wir uns mal treffen?«, schrieb der Erste.

Lissy zuckte mit den Schultern. Ohne Rückrufnummer?

Sie öffnete die nächste Kurzmitteilung.

»Blasen für zehn Euro?«, las Lissy empört.

Sie spürte, wie das Tier mit borstigen Haaren und wilden Augen in ihr hochkroch. Wenn sie Can jetzt treffen würde! Das Tier wollte ihn nehmen und seinen Kopf auf den kalten Asphalt schlagen. Dem Tier wuchsen Hauer, um Can aufzuschlitzen. Wie konnte er ihr das antun?

Lissy begann mit dem Löschen der Kurzmitteilungen. Die dritte Nummer war nicht unterdrückt. Lissy kannte sie nicht. Wahrscheinlich ein Trottel, der sich besonders toll vorkommt, dachte sie genervt. Sie löschte die SMS, ohne sie zu lesen.

Sie starrte auf die Automeile, an der der Bus vorbeifuhr, ein erleuchtetes Autohaus neben dem anderen. Bloß nicht das Tier fühlen! Es tobte.

Das hätte sie nie von Can gedacht. Er war immer so lieb gewesen, dachte Lissy traurig.

Die riesige Müllverbrennungsanlage, an der sie vorbeifuhr, hatte überall Neonröhren, die die hohen Wellblechwände anstrahlten. Rauch fing das Licht auf und hing hell in der Luft. Dann stoppte der Bus an der Haltestelle Bertastraße. Hier hatte Lissy Franka zum letzten Mal gesehen. Der Imbiss auf der linken Seite war mit Luftschlangen und Clownsmasken geschmückt. Sie drückte sich die Nase an der Scheibe des Busses platt, während er an der Haltestelle vorbeifuhr, aber es war nichts Besonderes zu erkennen.

Milena saß mit einem Bündel Papier am Mäuerchen.

Das Bündel in Milenas Händen war die Onlineversion der Regionalzeitung: »Die Leiche von Jessica L. wurde in den Morgenstunden in der Nähe des Umspannwerkes Eller entdeckt …«

»Steht da irgendwas, was wir noch nicht wissen?«, fragte Lissy ungeduldig.

»Nein«, meinte Milena und strich das Papier glatt.

»Was wissen wir denn?«

»Franka hatte eine Verabredung, ein roter Lieferwagen hält an. Und Lumpi hatte ihr Handy.«

Milena schob sich ein Kaugummi in den Mund.

»Das ist nicht gerade viel, oder?«, fragte Lissy. »Und es passt auch nicht zusammen.«

Milena brummte etwas.

»Da ist Zwei-Neunzehn!«

Zwei-Neunzehn kam aufgeregt armschwenkend auf sie zu. Seine lange fettige Matte schwang um seinen sabbernden Mund.

»Mitgenommen!«, stotterte er.

»Oh Mann!«, sagte Milena. Sie konnte Zwei-Neunzehn noch weniger ausstehen als Lumpi. Er ekelte sie, weil er so zurückgeblieben war und Spucke über die Vorderseite seines Pullis verteilte.

»Was?«

»Die Poll-Poll.« Damit meinte er immer die Polizei. Er brachte es nicht fertig, Polizei zu sagen.

»Lumpi, Hulle und deinen Papa.«

»Die Polizei hat die drei mitgenommen?«, fragte Lissy.

Zwei-Neunzehn nickte heftig. Seine Haare gerieten dabei in seine Mundwinkel und klebten dort fest.

Lissy spürte, dass sie noch nichts gegessen hatte. Sie stützte sich mit den Händen gegen das Mäuerchen.

Zwei-Neunzehn stand dicht vor ihr und glotzte sie an, als erwarte er irgendetwas von ihr.

»Verpiss dich!«, sagte Milena zu ihm.

»Lass ihn!«

»Poll-Poll!«, sagte Zwei-Neunzehn.

»Du musst keine Angst haben.« Lissy sagte das eher, um sich selbst zu beruhigen.

Milena legte ihren Arm um sie.

»Und ich war selbst bei der Polizei und habe das mit Lumpi und dem Handy erzählt«, sagte Lissy leise.

Zwei-Neunzehn stand weiter vor den Mädchen. Die Arme wedelten unsicher durch die Luft.

Da fiel Lissy etwas ein.

»Weißt du, woher Lumpi das Handy hatte?«, fragte Lissy.

Zwei-Neunzehns Arme verharrten in der Luft.

»Weiß nicht.«

Lissy dachte weiter nach.

»Zwei-Neunzehn!« Das Wedeln wurde wieder stärker. »Willst du uns helfen?«

»Oh nein, lass diesen Spasti da raus!«, zischte Milena.

»Ich will nur was kontrollieren«, erwiderte Lissy halblaut. »Zwei-Neunzehn, du musst uns das Geheimnis verraten. Das ist wichtig.«

»Nein, nicht Geheimnis!« Zwei-Neunzehn spuckte und flatterte hektisch mit den Armen, während er sprach. Batzen von Schleim landeten auf seiner Brust. Milena drehte angeekelt den Kopf weg.

»Du musst uns aber helfen.«

Lissy stand auf, packte die Arme, die sich wehrten wie Flügel eines großen Vogels, und hielt Zwei-Neunzehn fest.

»Bring mich hin!«

Seine Zunge wölbte sich zwischen seinen Lippen. Seine Augen drehten sich nach oben. Für einen Moment dachte sie, sie hätte ihn zu sehr eingeschüchtert, aber dann nickte er.

»Nur du«, brachte er mühsam hervor.

»Okay«, sagte Lissy. »Und es bleibt ein Geheimnis.«

Zwei-Neunzehn ging voran, die Beine schlenkernd und mit den Armen rudernd. Sie gingen an der Kirche vorbei und über die kleine Brücke, die über den Pillebach führte. Auf dem Parkplatz dahinter standen ein paar Autos. Links davon lag eine Schrebergartensiedlung. Die kleinen Häuschen waren in der Dunkelheit nicht zu erkennen.

»Ist das Geheimnis im Wald?«, fragte Lissy.

Zwei-Neunzehn brummte zustimmend. Hinter den Schrebergärten nahmen sie einen kleinen Pfad bergauf, es war ziemlich matschig. Zwei-Neunzehn kletterte vor Lissy her. Sie mussten sich an Ästen festhalten, um nicht sofort wieder herunterzurutschen.

Plötzlich drehte Zwei-Neunzehn nach links ab, schob das Gestrüpp beiseite und, soweit Lissy es in der Dunkelheit sehen konnte, grinste sie an.

»Das ist das Geheimnis?«, fragte sie.

Lissy sah überhaupt nichts. Deshalb nahm sie das Handy aus der Tasche und im Licht des Displays konnte sie das alte Zelt erkennen. Es war bundeswehrgrün und mit abgeschnittenen Ästen bedeckt. Daneben standen Mülltüten voller Pfandflaschen, ebenfalls getarnt.

»Darf ich mal sehen?«, fragte Lissy. Sie schob sich auf Knien ins Zelt. Es waren vier alte Schlafsäcke zu erkennen, alles roch nach Schimmel und Pilzen. Außerdem war die Jacke von ihrem Vater da.

Zwei-Neunzehn kroch hinter ihr ins Zelt.

»Geheim«, sagte er. Lissy leuchtete weiter mit dem Handy, auf der Suche nach irgendetwas, was sie an Franka erinnerte, irgendeinem Hinweis. Sie schob die Schlafsäcke auseinander und wieder zusammen, aber da war nichts.

Als Lissy eine Plastiktüte aufmachen wollte, spürte sie Zwei-Neunzehns Hand auf der Schulter. Sie war überraschend schwer.

»Das nicht!«

»Alles in Ordnung. Keine Angst.«

Zwei-Neunzehns Lippen bewegten sich hin und her, er hielt Lissy weiter an der Schulter fest.

»Das nicht!«

Sie öffnete die Tüte trotzdem. Darin waren die ekelhaftesten Pornos, die sie jemals gesehen hatte.

»Lumpis?«, fragte sie.

Sie konnte hören, wie er die Spucke in seinem Mund durch die Zähne zog. Sie durchwühlte die Pornos, auf der Suche nach irgendeinem Hinweis auf Franka. Da war nichts.

»Danke, Zwei-Neunzehn, echt!«

Dann stolperte sie den Pfad hinunter, sich halb mit dem Handy leuchtend, halb mit den Händen tastend. Sobald sie auf dem Parkplatz war, rannte sie los.

Milena wartete am Mäuerchen. Tamara war mit Baby Jane gekommen. Lissy war so froh, sie zu sehen.

»Was war denn das große Geheimnis?«, fragte Milena.

»Sie haben ein Nachtlager im Wald. Aber da ist nichts.«

»Wie, und deshalb rennst du so?«

Lissy konnte nicht aufhören, Baby Jane anzusehen.

»Lumpi hat gruselige Pornos dort.«

»Dass Lumpi pervers ist, war klar.« Tamara packte Baby Jane fester.

»Und wir suchen doch nach einem Perversen, oder?«, fragte Milena.

Das Tier nagte in Lissys Bauch herum.

»Bleibt immer noch der rote Lieferwagen«, sagte Lissy. »Den hat sich Lumpi wohl kaum besorgen können.«

Die Freundinnen schwiegen.

»Was ist eigentlich mit dem Handy?«, fragte Tamara.

»Vergiss es erst mal. Aber ich habe noch eine andere Idee. Wir sind ja total bescheuert, dass wir darauf nicht längst gekommen sind.«

Es war nach zehn Uhr am Abend, als Lissy mit ihrem Computer bei Milena auftauchte. Milenas Mutter saß auf ihrem Platz vor dem Fernseher. Auf dem Tisch vor sich hatte sie ausgespülte Joghurtbecher, Blumenerde und bunte Samentütchen. Ein Zimmergewächshaus lehnte noch verpackt am Couchtisch.

Tamara balancierte mit Baby Jane auf der Lehne eines Sessels. Auf der Sitzfläche lagen hohe Zeitungsstapel.

Lissy schleppte ihren Computer weiter ins Kinderzimmer.

Mirko hockte in der Computerecke.

»Von diesem PC aus hat Franka also ihre Mails verschickt. Und jetzt wollt ihr auf ihre Oberfläche. Wieso macht ihr das nicht selbst?«, fragte er.

Lissy merkte, dass er angeben wollte.

»Wir wollen ihre Post lesen, ihre Chats, einfach alles.«

»Das ist aber illegal.«

»Kannst du's oder kannst du's nicht?«, fragte Tamara. Sie hatte Baby Jane auf dem Bett deponiert.

»Klar kann ich's.«

Er stöpselte Lissys Rechner an einen seiner Monitore.

Dann lud er sich aus dem Internet verschiedene Passwortknacker auf seinen Rechner und kopierte sie auf Lissys PC.

»Na also«, meinte er zufrieden, als sich Frankas Oberfläche öffnete. »Da haben wir's doch.«

»Geh mal auf ihre USE. Vielleicht hat sie dort gemailt«, schlug Lissy vor.

»Auf ihrer USE ist nicht viel los«, sagte Mirko.

Auf Frankas Seite waren zwei Kontakte von Klassenkameradinnen, außerdem von einem Mädchen von einer Realschule, das Jana hieß und ebenfalls Lyrik als Interesse angegeben hatte. Zuletzt hatte Franka die Seite vor vier Monaten aktualisiert.

»Das ist wohl nicht wirklich interessant, oder?«, kommentierte Mirko.

»Aber sie hat ziemlich viel gemailt, jeden Tag«, meinte Lissy.

»Na, aber nicht über ihr USE.« Mirko klickte auf den Verlauf von Frankas Internet. »Hier, sie war bei gmx.«

»Kannst du das aufmachen?«

Mirkos fleischige Masse geriet in Bewegung, als er seine Tastatur zu sich heranzog. Er benutzte wieder den Passwortknacker.

»Also, fünfzehn Nachrichten im Posteingang. Eine Jana schickt ihr ein Gedicht. Eine Lisa bittet um die Übersetzung eines englischen Textes ...« Mirko klang zufrieden.

Lissy hörte ihm nicht weiter zu. Über seinen dicken Nacken hinweg versuchte sie selbst die Absender zu lesen.

»Mach mal die da auf.«

Mirko klickte sich durch drei Newsletter für Literaturwettbewerbe.

Dann kam eine Mail von einer Agentur, die Frankas Gedichte ablehnte, dann noch eine von dieser Jana, in der sie ein weiteres Gedicht schrieb.

Mirko machte eine weitere Mail auf. Sie lasen: *Liebste Franka, ich freue mich auf unser Treffen. Bin schon ganz aufgeregt. Bleibt es dabei? Dein Erlkönig*

»Such noch was von diesem Erlkönig!«, rief Lissy aufgeregt.

Der Rest waren Spammails, Glücksspiele und Umfragen.

»Da ist nichts mehr. Jedenfalls nichts, was ich finden kann«, meinte Mirko.

»Das kann doch nicht sein! Was für ein Treffen?«, schrie Lissy. Sie rempelte Mirko an und nahm ihm die Maus ab.

»Euch ist klar, dass ihr das der Polizei bringen müsst?«, fragte Mirko.

»Hm«, machte Tamara.

»Ja, sicher. Morgen bringe ich meinen Computer zur Sager.«

»Das ist ernst, Lissy«, meinte Milena. Ihre Hasenzähne schimmerten im Licht des Monitors.

»Schau mal in ihren Postausgang«, lenkte Lissy ab. »Vielleicht finden wir da was Interessantes.«

Mirko machte den Postausgang auf.

»Und?« Lissy drängte sich an Mirkos Rücken. »Gibt es eine Antwort an den Erlkönig?«

Mirko scrollte über den Bildschirm.

»War ihr nicht klar, dass man einstellen kann, dass der Postausgang wöchentlich gelöscht wird?«, fragte er.

»Das ist jetzt unwichtig. Gibt es irgendwas?«

»Die hat jeden Tag mehrere Gigabytes verschickt«, sagte Mirko. Er klickte die nächsten zehn verschickten Mails an.

»Doch, hier! Das ist an den Erlkönig.«

Lissy starrte auf den Monitor. Die Adresse des Erlkönigs lautete vollständig: Erlkoenig01.

*Alles klar. See you!*, las Mirko vor.

»Sonst nichts?«, fragte Lissy enttäuscht. »Du kannst nicht herauskriegen, wer das ist?«

»Wie denn?«, fragte Mirko genervt.

Die drei Mädchen sahen sich an.

»Scheiße! Das musst du wirklich den Bullen geben«, sagte Tamara.

Lissy nickte. Aber vorher musste sie die lange Version ihres Films löschen.

Es würde alles gut werden, das wusste er. Sie würde schon noch verstehen.

Er dachte an ihre letzten Mails, in denen sie davon geschrieben hatte, wie sehr sie die Schule fürchtete. Die gefühllosen Mitschüler, die Lehrer, die meist stumpf ihren Stoff durchzogen. Das hatte er alles wiedererkannt.

Lass mich gehen, hatte sie gesagt. Erst jetzt fiel ihm darauf eine Antwort ein. Wohin denn?, hätte er fragen müssen. Zu denen, die dich auslachen, die dich verachten? So wie sie mich ausgelacht haben?

Er betrachtete die Sätze auf seinem Bildschirm. Er konnte nicht mit ihr reden. Wenn er bei ihr war, bewegte er sich wie von Fäden gezogen. Er hatte ihr so viel über die Wörter, die er sammelte, erzählen wollen. Doch er blieb stumm. Es ging einfach noch nicht.

Er lief in die Küche und goss sich ein Glas Leitungswasser ein. Dann betrachtete er sein Kostüm. Es war grau und silbern, wie die Nebelstreifen, die er morgens über dem Pillebach gesehen hatte. Er lächelte. Es hatte wenig von den albernen Verkleidungen, die die Deutschen an Karneval trugen. Dazu war es zu edel. Er hatte den weiten grauen Umhang mit den aufgestickten Silberfäden aus dem Ausverkauf des Schauspielhauses. Es war der Mantel eines Königs gewesen. Seit Jahren besaß er das Stück und hatte nie gewagt, es zu tragen. Er tastete über den schweren alten Stoff. Jetzt ist es an der Zeit, dachte er. Alle sollen es sehen und werden es doch nicht verstehen. Sie sollen das Wort nicht finden, das mich wirklich beschreibt.

Die Krone hatte er besonders sorgfältig poliert. Sie symbolisierte viel für ihn. Sogar meinen Schmerz, dachte er und fuhr sich mit den Fingern unwillkürlich über die Schläfen.

## Sonntag

In der Kiste, in einem Sarg, unter dem Holz, in einem Verschlag. In einem Wort, in Wörtern sein. Hier ist nichts ausser Angst, in seinen Wörtern ist nichts ausser Wahnsinn, in meinem Mund ist nichts ausser Spucke und meinen schmerzenden Zähnen. in meinem Kopf ist nichts. Kein Wort, kein Bild, kein Traum. Mit Schmerz überflutet, in wortlose Pein getaucht.

In dieser Nacht hatte Lissy einen Traum. Ihr Vater verlangte, dass Can sich verloben solle. Aber nicht mit Lissy. Can stand wie ein Schaf vor ihm und ließ den Kopf hängen. Lissy sei auch eingeladen. Zwei-Neunzehn brachte Can und sie zur Verlobungsfeier. Sein fettiges Haar schwang vor ihnen her, seine Arme ruderten wie immer. Aber er hatte keinen Sprachfehler mehr.

»Nur Hulle kann euch helfen, nur Hulle«, sagte er immer wieder, während sie hinter ihm her die Benderstraße hoch zum Polizeirevier gingen.

Auf dem Polizeirevier waren Herr Jung und die Sager. Sie kämpften um das Handy, das Franka gehörte. Mal schaffte es Jung, der Sager das Handy aus den Händen zu nehmen, mal drehte die Sager so an Jungs Armen, dass er das Handy loslassen musste. Dabei wechselten die beiden kein Wort.

Hinter ihnen waren Zellen, wie Lissy sie aus Wildwestfilmen kannte, ganz anders als auf dem normalen Revier. Lissys Vater, Lumpi und Hulle hockten hinter den Gitterstäben.

Merkwürdigerweise waren die Zellen mit vertrockneten Blumen vollgestellt und sie wusste, dass die drei diese Blumen nicht gepflegt hatten und deshalb verurteilt waren.

Zwei-Neunzehn führte sie weiter und im nächsten Zimmer war Franka. Sie saß vor einem Computer und las ihre Mails.

Als sie Lissy sah, kniff sie ihre dunklen Augen zusammen.

»Was hast du denn mit deinen Haaren gemacht?«, fragte sie. Hinter ihr stand ein Schatten. Damit brach der Traum ab.

Als Lissy früh erwachte, war es draußen noch finster. Regen klatschte gegen die Fensterscheibe und in ihrem Zimmer war es kalt.

In der Küche hörte sie die Kaffeemaschine. Sie stand auf.

Mit der Hand nach den Stoppeln im Nacken tastend, wankte sie in die Küche.

»Kannst du auch nicht schlafen?«, fragte ihre Mutter.

Lissy nahm sich eine Tasse und zog die Kaffeekanne unter dem Filter weg. Zwei oder drei Tropfen verzischten auf der heißen Platte.

»Hm«, machte sie müde.

Sie öffnete den Kühlschrank. Im gelben Licht konnte sie die unrasierten Beine ihrer Mutter sehen, blonde Härchen auf bleichen Beinen. Ein Päckchen Milch stand in der Tür und sie goss sich etwas davon in den Kaffee.

»Weißt du, was mir die ganze Zeit durch den Kopf geht?«, sagte ihre Mutter.

Lissy zuckte mit den Schultern.

»Ich frage mich, ob ich am Montag noch Arbeit habe. Ich habe ganz vergessen, Gebhardt Bescheid zu sagen.«

Gebhardt war der Chef vom Kurierdienst. Dort wurde sie nach Paketen, die sie ausfuhr, bezahlt. Daneben arbeitete sie noch auf 400-Euro-Basis bei PrivatePost.

»Du meinst, du verlierst den Job?«, fragte Lissy. Das war nichts Neues. Sie nahm einen Schluck von ihrem Kaffee.

»Es ist so bescheuert von mir, jetzt daran zu denken. Wegen Franka und so.«

Lissy nahm noch einen Schluck Kaffee. Er schmeckte ekelhaft. Ihre Mutter hatte viel zu viel Pulver genommen.

»Und wegen Fredi mache ich mir auch Sorgen.«

Sie zündete sich eine Zigarette an, und als sie daran zog, sah Lissy deutlich ihre Fältchen rund um den Mund.

»Habt ihr euch getrennt?«, fragte Lissy.

»Nicht dass ich wüsste«, meinte ihre Mutter. Sie paffte weiter.

»Also ja.«

Sie zog eine Grimasse.

»Er geht nicht ans Telefon. Auch nicht ans Handy.«

Lissy drehte sich weg, sah aus dem Fenster in den dunklen Morgen.

»Wahrscheinlich ist er wieder mal auf Sauftour.«

Lissy goss sich Milch nach und verschüttete dabei etwas.

»Pass doch auf, was du machst!«, fauchte ihre Mutter sie an. Lissy suchte nach einem Lappen, um die Milch aufzuwischen.

Ihre Mutter griff nach der nächsten Zigarette. Sie inhalierte mit verbissenem Gesicht.

»Männer sind doch alle gleich«, sagte sie, während sie aufstand. Sie nahm den Lappen und wusch ihn unter dem Kran aus. Das linke Auge hatte sie zugekniffen, weil sie ihre Kippe im Mund hielt.

Lissy wartete, ob sie noch etwas sagen wollte.

»Jedenfalls solltest du Gebhardt anrufen und dich nachträglich krankmelden. Vielleicht geht das.«

»Heute ist Sonntag.« Mama warf den Lappen in die Spüle.

An der Wohnungstür wurde geklingelt, Lissy ging und öffnete. Harald stand mit einer Brötchentüte davor.

Den hatte ich ganz vergessen, dachte sie. Sie trat zur Seite und ließ ihn herein.

»Gibt es was Neues?«, fragte er anstelle einer Begrüßung. »Hat die Polizei sich gemeldet?«

Lissy schüttelte nur den Kopf.

»Und Birgit? Wie geht es ihr?«, fragte Harald weiter.

»Auch nichts Neues«, sagte Lissy.

Er ging in die Küche und sie hörte, dass er ihrer Mutter die gleichen Fragen stellte.

Der Computer stand mitten auf dem Teppich. Lissy schloss ihn wieder an. Sie musste wirklich mal staubsaugen, aber das war ihr jetzt egal.

Als Erstes klickte sie auf ihre Videos. »Nur für Can«, so hieß der Film. Lissy kniff die Lippen zusammen. Sie verschob ihn in den Papierkorb, ohne ihn nochmals anzusehen. Dann löschte sie alle Inhalte des Papierkorbs.

Danach klickte sie weiter auf USE. Die Seite der toten Jessica war nicht mehr da, so als hätte es sie nie gegeben. Lissy runzelte die Stirn.

Lissy klickte weiter auf Frankas Seite. Dort war nicht einmal ein Foto von ihr, auch keine Einträge ins Gästebuch.

»Und die Welt hebt an zu singen, triffst du nur das Zauberwort«, las Lissy halblaut. Das hatte Franka als ihr Statement geschrieben. Lissy notierte sich die Namen der drei Mädchen, die mit in dem Feld zu sehen waren, in dem die USE-Freundschaften gezeigt wurden.

Auf Cans Seite hatte sich einiges verändert. In seiner Galerie waren viele Fotos von ihm und seinen Kumpels, Fatih, Sebastian und die anderen. Es waren sogar schon neue von Altweiber eingestellt. Lissy klickte sich durch. Die meisten waren im Sambique aufgenommen und zeigten seine Freunde, die immer besoffener wurden. Alle hatten bestimmt diesen Scheißfilm auf ihrem Handy, dachte Lissy. Sie betrachtete die geröteten Gesichter.

Can selbst war wie immer. Seine Augen unter den buschigen Brauen blickten klar.

Dann fiel ihr etwas anderes auf. Can war mit fast siebzig Fotos verlinkt. Das war neu.

Das Tier kroch ihr in den Hals und hob seine witternde Nase. Es war nackt, es hatte Schmerzen, es wollte nicht weiter. Trotzdem klickte Lissy.

Zuerst waren es nur Fußballbilder, nichts Besonderes, von seinen kleinen Bambini. Aber die Bilder danach waren anders. Es war eine Party, viele ältere Türken, Bilder von Can, wie er mit anderen Männern in einer Reihe tanzte. Er lachte, seine schönen Augen strahlten. Bilder von einem Büfett, Bilder von Can und seiner Mutter, von Can und seiner Schwester. Auf einem Bild stand sein Vater hinter ihm, er hatte die gleichen schönen Augen, und beide sahen in die Kamera, ernst, aber sie hatten gemeinsam etwas Strahlendes.

Dann sah sie Can und seine Verlobte. Sie war wunderschön, das musste Lissy zugeben.

Auf jedem Bild, das Lissy sich ansah, wirkte ihr Gesicht perfekt, ihre Figur perfekt, einfach alles.

Sie saß lange da, immer noch die Maus in der Hand. Sie konnte gar nichts denken, nichts fühlen, gar nichts.

Sie betastete ihr abgeschnittenes Haar, das sich wie ein dichter Pelz um ihren Kopf schmiegte.

Das Tier in ihr ringelte sich zusammen und biss sich in die Hinterläufe, immer wieder, bis sie blutig waren. Dann stand es auf und verbiss sich innen in den Rippen. Lissy spürte seine schnappende zitternde Schnauze, die Wut dahinter, und es tat unglaublich weh.

Lissy klickte auf die Seite des Mädchens. Sie wohnte in Münster und besuchte ein Gymnasium. Ihr Name war Hülya. Auch auf ihren anderen Fotos sah sie perfekt aus, ob sie mit ihren Freundinnen Volleyball spielte oder in der Türkei am Strand lag. Die Gruppen, in denen sie bei USE war, hatten lustige Namen wie »Hilfe, meine Eltern wohnen immer noch bei mir« und »Ich dusche gerne nackt«. Lissy konnte nicht aufhören, sich durch ihr Profil zu klicken. Dann wieder zurück auf das Profil von Can. In seinem Album war kein einziges Foto von ihm und ihr. Nichts mehr, gar nichts.

Die Uhr unten am Computer zeigte kurz nach sieben. Lissy klickte auf ihr eigenes Profil und sah sich die Fotos an, vor allem die, auf denen Can zu sehen war. Lissy und Can. Sie begann mit den Bildern, die sie an Silvester gemacht hatten, löschte eins nach dem anderen.

Dann die Fotos vom Mäuerchen, Can mit Fatih, Lissy im Hintergrund. Zuletzt war nur noch ein Foto übrig. Es war an dem Tag gemacht worden, an dem Can und sie sich zum ersten Mal geküsst hatten. Lissy betrachtete es lange. Ihre schönen Haare. Can, der strahlte. Sie waren spazieren gewesen, über die Gerresheimer Höhen und zum Golfplatz, an einem warmen Sommerabend. Can hatte nach Duschgel gerochen und ein bisschen nach Schweiß, weil er vom Training kam. Er hatte seine Sporttasche mit den Fußballschuhen die ganze Zeit mitgeschleppt. Mit der anderen Hand hatte er nach ihrer gegriffen und sie gehalten.

Bevor er in den Bus stieg, hatte er dieses Foto gemacht. Sie beide standen eng beieinander und Can hielt das Handy mit ausgestrecktem Arm fest.

Als Lissy auf dem Weg nach Hause war, hatte ihr Handy vibriert. Er hatte ihr dieses Foto geschickt mit einem »Danke« als Kommentar. Sie hatte es stolz auf ihre USE hochgeladen, noch am gleichen Abend, damit es alle sahen.

Lissy tastete nach ihren pelzigen Stoppeln. Sie sah zu, wie die Minuten auf der winzigen Uhr am rechten Bildrand vergingen, eine Hand im Nacken, eine an der Maus. Dann löschte sie auch dieses Bild.

Das war's, dachte sie, das war's! Es war halb acht.

Die Kopfschmerzen sind unerträglich, dachte er. Untragbar, ergänzte er prüfend, aber das war falsch. Er war die ganze Nacht wach gewesen, hatte sich in seinem Bett hin und her gewälzt vor Schmerz und suchte nun Heilung darin, dass er das richtige Wort fand. Vielleicht unaushaltbar, schmerzhaft oder unglaublich, unwirklich, schmerzhaft. Ihm fiel kein Wort ein, das diese Schmerzen beschrieben hätte.

Er schloss die Tür auf. Unaushaltbar, dachte er. Doch auch diese Bezeichnung linderte die Kopfschmerzen nicht. Es war einfach nicht die richtige.

Er öffnete das Versteck. Sie hatte auf ihn gewartet. Sein Schmerz stand heute zwischen ihm und allem, was um ihn herum geschah. Aber als er in ihren Augen eine kleine Bitte entdeckte, ließen die heftigen Kopfschmerzen etwas nach.

Er löste vorsichtig die Klebebänder und behielt ihren Kopf zwischen seinen Händen. Ihre Wangen fühlten sich kalt an.

Ich muss einfach langsamer vorgehen, dachte er. Sie ist ja noch ein Kind. Er riss ihr die Klebebänder von Jacke und Jeans. Er brachte sie zu der kleinen eingebauten Toilettenschüssel neben der Küchenzeile und schloss hinter ihr den Vorhang. Sie erledigte alles ganz schnell, jedenfalls konnte er kurze Zeit später ihren Reißverschluss hören.

Dann stellte er ihr das Frühstück hin. Das Brot war angetrocknet. Er würde ihr heute, wenn es ihm wieder besser ging, etwas

Leckeres kaufen. Etwas Süßes. Oder morgen. Sie aß. Er saß ihr gegenüber und sah ihr zu. Es hätte alles so schön sein können.

Sie trank von ihrer Milch und er ärgerte sich, dass er keine Tropfen mehr hatte, die er ihr geben konnte. Er hatte heute nicht viel Zeit.

Sie war schnell mit ihrem Brot fertig und schaute nach dem nächsten. Er kratzte den Rest aus dem Nutellaglas und schmierte ihr ein zweites Brot.

»Du darfst keine Angst vor mir haben«, hörte er sich flüstern. Er erschrak selbst darüber.

Ihre Hand, die nach dem Brot greifen wollte, blieb in der Luft hängen.

»Ich konnte dich einfach nicht bei ihnen lassen.«

Sie versuchte die Andeutung eines Lächelns, so als würde sie verstehen. Er war beruhigt. Er würde ihr heute seinen MP3-Player hierlassen, damit sie sich nicht fürchtete.

Er band ihre Handgelenke aneinander, achtete aber darauf, dass sie die Finger bewegen konnte, dann fesselte er sie an den Füßen und klebte das Band über den Mund. Er würde bald neues kaufen müssen.

Dann brachte er sie zum Versteck.

Er sah, wie ihr Rücken zuckte. Er streichelte darüber. Es ist ja nicht mehr für lange, dachte er.

Diese fürchterlichen Kopfschmerzen. Sie drehte sich um und blickte ihm ins Gesicht. Er nahm ihre Hände und legte seinen MP3-Player in ihre Rechte.

»Für dich«, flüsterte er.

Sie ließ ihn fallen, doch er hob ihn wieder auf und drückte ihn ihr noch mal in die Hand.

»Heute Mittag komme ich wieder«, sagte er.

Sie tat ihm leid und er presste sie an sich, nur um nicht ihre Augen zu sehen. Er blieb so stehen, ihren blonden Kopf an seiner Schulter, und da sah er ihn durchs Fenster. Diesen Sabberheini, diesen Spucker, der sich immer am Alten Markt herumtrieb und bettelte. Was hatte er hier zu suchen?

Zuerst musste er sie einsperren, dann konnte er sich darum kümmern. Sie wollte nicht zurück und er musste sie härter anfassen, als er eigentlich wollte. Es muss sein, dachte er.

Kaum hatte er das Versteck geschlossen, eilte er zum Fenster. Der Spucker bog auf den kleinen Weg ein, der durch den Wald zu den Gerresheimer Höhen führte.

Das Gefühl in seinem Kopf glich einem Skalpell, das in seinem Hirn stocherte.

Er trat nach draußen. Die Kopfschmerzen sind mörderisch, dachte er, wirklich mörderisch. Da war das Wort. Es brachte ihm ein wenig Erleichterung.

Um acht war in Gerresheim schon einiges los. Der Karnevalszug würde heute durch den Stadtteil ziehen und die Leute stellten sich bereits am Zugweg auf. Lissy beobachtete von ihrem Fenster aus die verkleideten Menschen auf der Straße. Einige hatten Leiterwagen dabei, beladen mit Bierfässchen und Kartoffelsalat. Manche schoben plärrende Musikanlagen in Kinderwagen vor sich her, winkten den Menschen am Straßenrand zu, sangen, schrien und schienen sich auch sonst zu amüsieren. Lissy zählte mindestens zehn Mädchen mit Engelsflügeln.

Milena kam quer über die Straße, in der einen Hand ihr Schmetterlingskostüm, in der anderen Zeitungen. Sie bewegte sich schneller als sonst, drängte sich durch die Reihen am Straßenrand und hielt dabei ihre Flügel über dem Kopf.

Dann ging die Klingel und Lissy drückte auf. Sekunden später war Milena oben.

»Jessica ist in allen Zeitungen. Hier!«

Sie warf ein ganzes Bündel bedrucktes Papier auf Lissys Bett.

»Ermordet!«, stand da groß und rot.

»Wie die Düsseldorfer Polizei am Samstagabend bestätigte, handelt es sich bei der Leiche, die neben dem Umspannwerk Eller gefunden wurde, um die sechzehnjährige Jessica L. Laut Obduktionsbericht wurde das Mädchen ermordet.

Ein Reiter aus einem nahe gelegenen Stall hatte die Leiche am Samstagmorgen entdeckt und die Polizei alarmiert. Das Gelände wurde weiträumig abgesperrt.

Jessica L. wurde von ihren Eltern am Freitag als vermisst gemeldet, nachdem sie von einem Besuch bei einer Freundin nicht nach Hause gekommen war …«, las Milena stockend.

»Steht auch etwas von Franka da?«

»Hier … ›Die Polizei vermutet auch im Fall der verschwundenen Franka W. aus Düsseldorf, dass sie …‹«

Milena hörte auf zu lesen.

»Was?«, fragte Lissy. Sie griff nach der Zeitung.

Milena zog sie ihr aus der Hand.

»… dass sie Opfer eines Verbrechens geworden ist. Zwar gibt die Polizei sich zuversichtlich, doch auch Hauptkommisar Peters weiß, dass in Fällen von Kindesentführung …«

»Gib her!«

Lissy riss Milena das Blatt aus der Hand. Sie wollte es selbst lesen.

»Mit jeder Stunde in der Gewalt des Täters schwinden die Chancen des Opfers.«

Sie starrte auf diese Zwischenüberschrift. Das Tier erhob sich, den Pelz gesträubt und die Hauer voller Geifer. Es sprang gegen Lissys Rippen, es knurrte, es wollte heraus.

Lissy schloss für einen Moment die Augen.

»Was ist los?«, fragte Milena.

»Wir müssen genauer überlegen. Ich bin sicher, dass wir … Irgend etwas muss doch …«, stammelte Lissy.

Milena schwieg.

»Der Täter…«, setzte Lissy erneut an. »Was wissen wir?«

»Er steht auf junge Mädchen.«

»Und er hat die Möglichkeit, die Mädchen irgendwo gefangen zu halten«, sagte Lissy.

Milena und Lissy sahen sich an.

»Und wenn nicht?«, flüsterte Milena.

Lissy schaute zur Seite. Sie wollte nicht daran denken.

»Vielleicht sind mein Papa, Hulle und Lumpi schon wieder draußen. Wir müssen endlich herauskriegen, wo Lumpi das Handy her hat«, sagte sie.

»Du glaubst, Lumpi …?«

»Er hatte jedenfalls ihr Handy.«

Lissy zögerte. »Und wenn die Bahnen in die Innenstadt wieder fahren, müssen wir den Computer an den Jürgensplatz bringen.«

Milena schluckte.

»Gestern warst du noch dafür, oder?«

»Bring ihn doch jetzt schnell zur Sager, hier in Gerresheim«, schlug Milena vor.

»Nein, nicht zu der. Ich will damit gleich zur richtigen Kripo«, entgegnete Lissy.

»Ach komm, ist doch egal. Hauptsache, die Polizei hat den Computer.«

»Nein, ich bringe ihn heute Nachmittag zum Jürgensplatz«, sagte Lissy eigensinnig.

»Du bist manchmal so …« Milena griff nach ihren Flügeln.

»Was bin ich?«, fragte Lissy.

»Na ja, so dickköpfig. Als könntest du alles besser.«

Lissy verzog den Mund.

»Na und?«, fragte sie. »Was ist dabei?«

»Ach, vergiss es«, meinte Milena.

Sie gingen ins Bad. Milena zog ihre Schmetterlingsflügel an und steckte sich ihre roten Haare auf, während Lissy ihr vom Wannenrand aus zusah.

»Geht ihr zum Zug?«, wollte Lissys Mutter durch die offene Badezimmertür wissen.

»Ja, nur kurz«, meinte Lissy.

Milena schminkte sich mit Rouge und Lidschatten und tuschte sich sorgfältig die Wimpern.

Lissy sah ihr zu. Sie bemerkte, dass sie schwitzte, obwohl es im Bad eher kalt war.

»Verkleidest du dich nicht?«, fragte Milena.

Lissy hielt ihre Engelsflügel in den Händen. Sie waren noch verklebt von Regen und Schnee vom letzten Tragen. Sie zog die einzelnen Federn auseinander.

»Das Handy. Ich meine immer noch, dass das Handy wichtig ist.«

»Die Penner sind bestimmt schon wieder draußen. Glaub mal nicht, dass die Polizei sie über Nacht dort auf der Wache behält«, sagte Milena. »Wenn wir Lumpi sehen, können wir ihn ja fragen.«

»Mit dem rede ich nicht mehr«, sagte Lissy und dachte an die ekelhaften Bilder.

»Oder Hulle, vielleicht weiß der was.«

Im Traum hatte Zwei-Neunzehn das Gleiche gesagt.

Auf den Bürgersteigen, an denen der Karnevalszug bald vorbeikommen würde, war es nicht einfach, überhaupt durchzukommen.

Sie standen zunächst am Bierstand, der vor Kaiser's aufgebaut war. Lissy nickte der dicken Chefin freundlich zu.

Sie verkaufte mit Zuckerguss bestrichene Karnevalsberliner

und sang laut bei den Karnevalsliedern mit, die aus dem alten Kassettenrekorder kamen, den sie hinter sich aufgebaut hatte.

Der Mann, der Franka vor ein paar Tagen ihre Kladde zurückgebracht hatte, stand dort, in einem unerkennbaren Kostüm. Auf dem Kopf hatte er eine Krone aus Ästen, die mit Silberspray besprüht waren. Sein grauer, nicht besonders sauberer Umhang hatte vorn zwei Brandlöcher.

Er biss ein großes Stück Berliner ab. Zwei ließ er sich einpacken.

»Was soll das Kostüm denn darstellen?«, fragte die dicke Chefin ihn gerade. »Sind Sie ein Troll?«

»Na ja, nicht direkt ein Troll.« Der Mann sah an sich hinunter und lächelte. Das Lächeln verschwand, als er Lissy und Milena sah.

»Wollt ihr auch einen?«, fragte die Dicke sie beide.

»Kein Geld«, sagte Milena. Lissy schüttelte den Kopf. Sie hoffte, die Chefin würde ihnen keinen schenken. Es war einfach zu peinlich. Sie wollte weg von diesem Stand.

»Komm, wir suchen die Penner«, meinte Milena.

»Na, dann komm«, stimmte Lissy zu. Sie wollte weiter und Milena sollte ihren Vater nicht Penner nennen.

Sie zogen weiter zum Alten Markt. Da gab es Pommesbuden, Bierstände, eine Bühne, auf der eine Band Karnevalsschlager spielte, einen riesigen Schwenkgrill, unter dem Feuer gemacht wurde. Es war laut, die Leute schunkelten sich warm und grölten mit der Band.

Weder ihr Vater noch einer der anderen war da.

»War ja klar. Hier gibt es nur Becher und keine Pfandflaschen«, meinte Lissy.

Milena hörte sie nicht. Sie schoben sich weiter durch das Gedrängel.

»Hey, da ist Sebastian! Und Fatih.«

Lissy fluchte leise.

Die beiden saßen auf einer Bank unter den abblätternden Bäumen, Fatih mit einem fetten Grinsen.

Lissy packte Milena am Arm.

»Wir wollten doch Lumpi suchen.«

»Komm, lass uns kurz mit denen quatschen.«

»Nein, wir müssen nur gucken, wo Flaschen verkauft werden, da sammeln sie bestimmt.«

Lissy blieb stehen. Milenas Schmetterlingsflügel verschwanden wippend in der Menge. Lissy steckte die Hände in die Taschen ihrer dicken Jacke.

Dann drehte sie sich um und ging.

Der Zug hatte sich inzwischen in Bewegung gesetzt, die Karnevalsjecken schrien Helau. Von den bunten Wagen herunter wurden Kamelle geschmissen und Werbegeschenke verteilt. Sogar Ofenkartoffeln wurden von einem Wagen gereicht.

Kinder in Kostümen und mit großen Plastiktüten bewaffnet flitzten zwischen den Beinen der Erwachsenen hin und her und sammelten das Wurfmaterial.

Lissy hob ein in Plastik verschweißtes Jo-Jo auf. Ein kleiner Pirat sah neidisch auf ihren Fund. Sie schenkte ihm das Spielzeug. Dann ging sie weiter, die Hände in den Taschen vergraben, den Kopf mit den kalten Ohren eingezogen zwischen dem hochgestellten Kragen ihrer Jacke.

Sie sah, dass am Rathaus ein Bagagewagen wartete, voll mit Wurfmaterial für die Heyestraße, wo nachher noch der Zug durchkommen würde. Es war ein weißer VW-Kastenwagen, wie Fredi ihn auch fuhr. Nur dass Fredi eine rote Heckklappe hatte und einen roten Kotflügel.

Lissy schluckte. Dann lief sie nach Hause. Ihre Hände konnten kaum den Schlüssel im Schloss drehen, das Tier fauchte und schrie ihr in den Ohren. Sie überlegte, was sie ihrer Mutter sagen sollte, von ihren Vermutungen, die sie für sehr wahrscheinlich hielt. Aber eigentlich war es mehr als wahrscheinlich. Sie war sich sicher.

Drei Stufen auf einmal nehmend, kam sie die Treppe herauf.

Ihre Mutter stand in ihrer Jacke im Flur, als Lissy zur Wohnungstür hereinstürmte.

»Mama, Mama! Hör mir zu …«

»Kannst du beim Telefon bleiben? Ich muss zu Birgit«, schnitt ihre Mutter ihr das Wort ab.

Lissy zuckte zurück. Sie konnte jetzt einfach nicht über Fredis Auto sprechen und ihre Mutter nach ihm ausfragen. Mama sah schrecklich aus, die tiefe Falte, die trockene blasse Haut. Als ihre Mutter sich den Schal umband, bemerkte Lissy, dass sie an den Nägeln gekaut hatte. Die Gelnägel an der linken Hand fehlten und darunter war rotes wundes Fleisch zu sehen. Das Nagelkauen hatte sie sich abgewöhnt, nachdem sie Papa vor die Tür gesetzt hatte.

»Klar«, antwortete Lissy.

Lissy schrubbte für Goethe eine Möhre, als es klingelte. Es war die Polizei.

»Du solltest den Ball jetzt mal ganz flach halten!« Die Sager schob Lissy zur Seite.

»Hey! Das ist Hausfriedensbruch!«

»Maul halten!«, sagte ein junger Polizist zu ihr, der sich hinter der Sager in die Wohnung drängte. Er schob sich an Lissy vorbei und hielt dabei seine rechte Hand am Pistolengriff.

Die beiden stapften in Lissys Zimmer. Die Sager deutete auf den Computer.

»Hat Franka Witt von diesem Computer aus gesurft?«

Lissy spürte, dass sie rot wurde.

»Ja oder nein?«, fragte der junge Bulle.

»Ja.«

»Verdammt …«, begann die Sager. Dann kniff sie die Lippen zusammen. »Wir müssen den mitnehmen«, sagte sie.

Lissy nickte.

Der junge Bulle kroch unter den Schreibtisch, um die Kabel zu lösen. Er musste niesen.

»Ich wollte ihn heute Nachmittag zum Jürgensplatz bringen, zu Herrn Peters«, sagte Lissy leise.

»Das glaubst du doch selbst nicht.« Die Sager schnaubte laut.

Lissy senkte den Blick.

»Ich hätte die Polizei wirklich informiert. Noch heute.«

Die Polizistin knurrte: »Ja, das haben nun andere für dich erledigt.«

Milena, dachte Lissy. Ein kurzer Anruf.

Der Bulle kam unter dem Tisch hervor. Er nahm den Rechner unter den Arm.

Lissy rollte die Unterlippe zwischen die Zähne und sah auf den Boden.

»Und wenn dir noch etwas einfällt, komm damit zu uns.«

Die Stimme des jungen Bullen war tiefer, als Lissy es erwartet hatte. Sie nickte widerwillig.

Er trug sein Kostüm und der Mantel wehte hinter ihm her. Sorgfältig hatte er die graue Schminke aufgetragen, die Krone saß auf seinem Kopf, aber er spürte das Gewicht kaum.

Da war etwas Neues, etwas Aufregendes, etwas, das getan werden musste. Nicht weil er es sich ausgedacht hatte, sondern weil es notwendig war.

Er lachte laut auf. Was für ein schönes Wort, um seine Situation zu beschreiben.

Die Not muss gewendet werden! Notwendig. Es war so selten etwas tatsächlich notwendig.

Und eine Tat. Eine wirkliche Tat-Sache.

Er fühlte, dass die Wörter in seinem Kopf tanzten. Sie wirbelten herum, eines treffender als das andere.

Sein ganzer Kopf war ein riesiges Wörterbuch. Ein unglaublicher Text, den nur er entziffern konnte.

Und sie, später würde sie verstehen. Für sie musste er es tun. Damit sie in Sicherheit blieb.

Seine beste Eigenschaft aber war, dass er ehrlich war – nur ein anderes Wort dafür, dass er keine Ruhe fand, bis ein Wort wahrhaftig wurde. Seine Tat hatte nicht nur mit ihrer Rettung zu tun. Er würde wirklich sein. Er würde wirken.

»Wirken«, dachte er und wie ein Wörterbuch zählte er auf: veraltet für »machen«, »tun«, »hervorbringen«. Ich werde etwas hervorbringen.

Seine Erregung wuchs.

Lissy wählte die Nummer der Auskunft und ließ sich mit dem Revier am Jürgensplatz verbinden.

»Herr Peters, ich möchte bitte mit Herrn Peters sprechen.«

Die Warteschleifenmusik war nervtötend.

»Hier ist Lissy, Elisabeth Winterhart. Folgendes wollte ich sagen: Fredi, der Freund meiner Mutter, fährt zwar ein weißes Auto …«

»Fredi wie?«, fragte Peters.

»Keine Ahnung. Warten Sie mal … Manfred Müller ist sein richtiger Name.«

»Gut, er fährt ein weißes Auto. Das ist nicht besonders interessant.«

»Ja, aber seine Heckklappe und sein linker Kotflügel sind rot. Könnte doch sein …«

Am anderen Ende der Leitung blieb es still.

»Sag mal, Lissy, warum glaubst du, dass wir nach einem roten Kastenwagen suchen?«

»Ach, Zufall. So etwas spricht sich herum«, sagte Lissy.

»Spricht sich herum?« Herr Peters wirkte alarmiert.

»Ich habe den Jungen getroffen, der Franka und das Auto gesehen hat. Zufällig.«

»Lissy«, sagte Peters mit ernster Stimme. »Ich möchte, dass du sofort aufhörst, nach Franka zu suchen. Überlasse das bitte uns.«

»Es war wirklich ein Zufall. Und heute habe ich … verdammt, Franka ist doch mit mir aufgewachsen. Ich kannte sie, da hatte sie noch Windeln an.« Lissy kämpfte gegen den Schneckenschleim in ihrem Hals.

»Gestern habe ich die tote Jessica gesehen, verstehst du?«, fragte er.

»Ja«, sagte Lissy nach einer Weile, weil das andere Ende der Leitung schwieg.

»Da draußen, zwischen Tausenden Verkleideten, läuft ein Mörder frei herum.«

Lissy sagte wieder: »Ja.«

»Und ich möchte nicht, dass er auf dich aufmerksam wird und dir etwas antut.«

Lissy schwieg.

»Hast du das verstanden?«, fragte Peters.

»Ja«, machte Lissy leise in den Hörer.
»Gut. Dann bis bald.«
»Bis bald.«

Ihre Mutter blieb lange weg. Lissy kramte ihr Handy hervor.

Sie hatte zwei neue Mitteilungen, beide von irgendwelchen Jungs, die ihr Video gesehen hatten. Sie las sie nicht mal, sondern löschte sie sofort. Genervt machte sie den Fernseher an und zappte durch die Programme, aber es interessierte sie nichts.

Sie ging durch die Wohnung, schaute hinter das Sofa, in die Wäschetruhe, in der ihre Mutter die Bettdecken aufbewahrte, und in das Schränkchen im Flur. Dort fand sie einen einzelnen lila Wollhandschuh, den sie schon lange gesucht hatte. Sie warf ihn auf den Boden. Dann nahm sie sich den schmalen Schrank vor, in dem der Staubsauger aufbewahrt wurde. Halb von den Staubsaugerbeuteln verborgen, fand sie ein Päckchen aus braunem Karton. Es war geöffnet worden und wieder zugeklebt. Lissy riss an dem Klebeband. Das Päckchen enthielt ein Buch. Lissy studierte den Titel. *Teenager – 10 goldene Regeln*, las sie halblaut. Und darunter, in kleinerer Schrift stand: *Wie Sie es schaffen, bevor der Teenager Sie schafft.* Lissy schüttelte den Kopf. Sie tat das Buch zurück in die Verpackung und prüfte die Rechnung. Es waren fünfzehn Euro. Dann versteckte sie das Buch wieder hinter den Tüten für den Staubsauger.

Zurück im Wohnzimmer, nahm sie Goethe auf den Schoß und machte den Fernseher an.

Gerade begann eine der Nachmittagsserien. Lissy setzte sich, Goethe auf ihrem Arm balancierend, den Blick fest auf die Mattscheibe gerichtet.

Bald darauf kamen ihre Mutter und Birgit nach Hause. Birgit

war sehr unsicher auf den Beinen. Ihr Gesicht war verquollen und ihr Kiefer hing müde herab.

»Ich brauche erst mal eine Zigarette«, sagte sie, als sie sich neben Lissy fallen ließ.

Lissys Mutter gab ihr eine. Birgit versuchte sie anzuzünden, aber sie konnte es nicht. Ihre Hände zitterten zu sehr. Lissys Mutter half ihr.

»Ich habe mich selbst entlassen. Sie wollten mir verbieten, Frankas Kaninchen zu mir zu nehmen.«

Birgit beugte sich zu Goethe und strich ihm zittrig über die Ohren.

»Da bin ich wieder«, sagte sie zu dem Tier. Sie nahm Goethe auf den Arm und drückte ihn fest.

An der Haltestelle Bertastraße, im hellen Sonnenlicht, hing eines der rot umrandeten Plakate, mit denen die Polizei nach Franka suchte. Lissy musterte es kurz. Sie kannte es auswendig. Aus dem Imbiss kam Karnevalsmusik und die bunten Ballons, die an der Reklametafel befestigt waren, bewegten sich träge in den leichten Luftzügen der vorbeifahrenden Autos.

Die Drahtabsperrungen der Baustelle waren verschoben worden, sodass sie leicht hindurchschlüpfen konnte. Aber hier gab es nichts zu sehen, nur Dreck, der langsam in der Sonne trocknete und erste Risse bildete.

Lissy setzte einen Fuß in den Matsch und die braune Pampe quoll an ihren Converse-Fakes hoch. Lissy suchte nach Fußabdrücken, kleineren, aber seit Donnerstag hatte es geschneit und geregnet. Hier war nichts.

Der Marburger Weg, der zwischen Baustelle und Düssel entlanglief, war eine Sackgasse.

Außerdem hatte die Polizei hier alles abgesucht. Wenn Franka hier auch nur einen Radiergummi verloren hätte, die Polizei hätte ihn gefunden.

Sie ging weiter, die Straße hinunter, unter der Bahnlinie durch, bis nach Flingern.

In den Genossenschaftshäusern am Hellweg war ein Jugendtreff, in dem Lissy früher manchmal gewesen war. Nachmittags hatten Tamara und sie oft Kicker gespielt. Heute war hier Karnevalsdisco für Kinder. Vor der Tür standen zwei Mädchen, höchstens zwölf, und rauchten. Sie trugen enge schwarze Hosen und Stiefel bis über die Knie. Dazu Nietengürtel und Blousons aus Leder, eine in Weiß, eine in Lila.

»Was glotzt du so?«, machte die eine.

Lissy mied ihren Blick und wandte sich ab.

»Willste Foto?«, fauchte es hinter ihr.

Sie spürte die Hand an ihren Haaren. Bevor sie zu Ende gedacht hatte, schnellte sie herum und ihre Hand krallte sich in der langen Mähne des Mädchens fest. Sie drückte es nach unten. Zwischen dem schwarzen Hosenbund und der lila Jacke blitzte blasse Haut auf. Die Wirbelsäule war zu erkennen, dünn und verletzbar.

Lissy packte die Kleine an ihrem Nietengürtel und schubste sie gegen ihre Freundin.

»Nervt mich nicht, klar?«

Das Mädchen mit dem weißen Blouson fing ihre Freundin auf.

Lissy ging einfach weiter.

Fredi wohnte in einer Seitenstraße. Sie war einmal dort gewesen. Eine kleine Wohnung, eine braun-gelb geflieste Küche und ein Wohn-Schlaf-Zimmer, alles gewöhnlich, aber ganz ordentlich. Das einzig Spektakuläre war ein riesiger LCD-Fernseher.

Lissy klingelte, aber niemand machte auf. Sie wartete, den

Kopf Richtung Straße und die Hände in den Jackentaschen, so als würde sie von jemandem abgeholt.

Endlich, sie wollte gerade gehen, hörte sie hinter sich Leute im Treppenhaus. Es waren eine Mutter und ein kleiner Junge, als Franzose verkleidet, mit Baskenmütze und einem trockenen Baguette. Die Mutter, etwa dreißig und mit unsauber blondierten Haaren, nahm ihren Sohn bei der Hand, als sie an Lissy vorbeiging. Lissy hielt ihnen die Tür auf und lächelte sie an.

Im Treppenhaus hingen die Briefkästen, verschiedene Modelle aus zerkratztem Blech, einer schief. Auf dem grünen PVC-Boden darunter lag Werbung und zerknülltes Papier.

Auf einem der dunkelgrünen Briefkästen war der Name »Manfred Müller« aufgeklebt.

Er war voller Briefe. Sie konnte die obersten herausziehen, ein Werbeanschreiben eines Fitnessstudios und ein weiteres Schreiben, an alle Haushalte adressiert. Was drinstand, war nicht auszumachen. Mit den Fingerspitzen angelte Lissy nach dem Papier darunter. Ein Brief, der nach Rechnung aussah. Fredi war schon länger nicht mehr zu Hause gewesen.

Lissy stapfte die Treppe zu seiner Wohnung hoch und klingelte. Seine Wohnungstür blieb geschlossen. Sie spähte durch den Spion, aber es war nichts zu erkennen, es war nur dunkel.

Die Hände in den Taschen vergraben, verließ sie das Haus.

Sie ging weiter durch die kleinen Seitenstraßen.

Ein alter Mann kam ihr entgegen, ein verbeultes Fahrrad lag unabgeschlossen an einem Baum, Tauben pickten an einer aufgerissenen Brötchentüte.

Ein Laster manövrierte sich vorsichtig durch die engen Straßen. Es war ein Abschleppwagen. Dahinter fuhr der große Audi mit den beiden Polizisten, Herrn Schuhen und Herrn Peters. Sie bog sofort rechts in eine Querstraße ein, dann noch mal rechts, und da sah sie von der anderen Seite in Fredis Straße. Die Polizisten standen bei Fredis Kastenwagen. Lissy drückte sich an die Backsteine des Eckhauses. Die Männer stiegen aus, der Große sagte etwas in sein Handy, der Chef mit der hässlichen Nase ging um Fredis Auto herum und musterte es aus verschiedenen Blickwinkeln.

Lissy holte ihr Handy aus der Tasche. Sie schaltete auf »Foto« und knipste den Kastenwagen schräg von hinten.

Sie wartete nicht ab, bis der Wagen abgeholt war, sondern schlenderte durch die Seitenstraße bis zur Bushaltestelle. Sie fuhr zurück zur Heyestraße. Dort wohnte Tamara und sie war glücklicherweise zu Hause.

»Gerade war Baby Jane eingeschlafen«, sagte sie zur Begrüßung.

»Sorry«, meinte Lissy.

Tamaras Wohnung war winzig und kalt.

»Die Heizung funktioniert schon wieder nicht. Es ist so eine Kacke mit dem Vermieter.«

Lissy setzte sich in ihrer Jacke auf Tamaras Bett. Baby Jane lag dick eingemummelt unter der Decke. Ihre hellen Augen musterten Lissy.

»Na, Süße!« Lissy tippte an ihre Backe.

»Sie hat den ganzen Morgen nur genervt«, meinte Tamara.

»Warst du nicht beim Umzug?«

»Das ist zu laut. Baby Jane mag das nicht.«

Lissy kramte ihr Handy hervor.

»Wie ist die Farbe dieses Autos?«

»Rot, nein, warte mal. Weiß und Rot.«

»Weißt du, wem es gehört?«

Tamara blickte weiter auf das Handyfoto.

»Fredi«, sagte Lissy. »Stell dir vor, Fredi!«

»Nicht so laut! Sonst weint sie wieder.«

»Also, Fredi hält an und Franka steigt in seinen Wagen. Warum auch nicht?« Lissy bemühte sich, ihre aufgeregte Stimme leise klingen zu lassen. »Franka kennt ihn ja.«

Tamara musterte immer noch das Foto.

»Die Bullen suchen ihn auch. Das Auto wird gerade abgeholt.«

»Scheiße.«

»Und er war nicht in seiner Wohnung. Schon mehrere Tage nicht. Dazu hat er zu viele Briefe in seinem Briefkasten.«

»Das hast du alles gecheckt?«

Lissy nickte.

Baby Jane fing wieder an zu quengeln.

»Sie will auf den Arm«, sagte Tamara.

Gemeinsam schälten sie das Baby aus den Decken.

Einen Augenblick sagte keine mehr was.

»Ich müsste Can anrufen«, meinte Lissy dann.

»Die Hose hat sie auch schon wieder nass.«

»Aber ich trau mich nicht«, fragte Lissy. »Er legt bestimmt sofort auf.«

»So, Baby …« Tamara fuhr herum und sah Lissy über den Kopf von Baby Jane an. »Na, mehr als auflegen kann er nicht.«

»Ich möchte nur wissen, wann genau er das Video an Lumpis Handy geschickt hat.«

Tamara zog skeptisch die Augenbrauen nach oben.

»Ich kann mir nicht vorstellen, dass er den Film an Franka geschickt hat. Lumpi muss das Handy da schon gehabt haben«, erklärte Lissy weiter. »Dann wissen wir zumindest, zu welchem Zeitpunkt Lumpi das Handy hatte.«

Tamara ging mit Baby Jane ins Bad und Lissy folgte ihr.

»Echt, nur wegen dem Handy.«

Tamara knipste einen alten Heizstrahler an. Die Drähte glühten auf. Baby Jane starrte gebannt in die warme Röte.

Tamara nahm die letzte Windel, die im Badezimmerschränkchen lag.

»Scheiße«, sagte sie leise. »Ich bekomme erst nach Karneval wieder Geld. Ich versteh gar nicht, wo die ganze Kohle immer bleibt.«

»Hm«, machte Lissy.

»Lass mich jetzt mal die Hose wechseln«, sagte Tamara zu Baby Jane. Das Baby verzog unwillig sein kleines Gesicht.

Lissy ging in die Küche und wählte Cans Nummer.

Er war sofort am Apparat.

»Hallo«, sagte Lissy mit gepresster Stimme. »Bitte leg nicht auf!«

»Wollte ich gar nicht«, sagte Can.

Seine Stimme haute Lissy um. Sie fühlte, wie die Blicke von Tamara und Baby Jane auf ihren Backen brannten.

»Also, weshalb ich eigentlich anrufe ... Können wir uns sehen?«

»Ach Lissy!« Cans Stimme war rau.

»Bitte, es geht nicht um uns. Ich muss nur ...«

»Lissy, es tut mir echt leid. Okay? Ich kann das alles doch nicht ...«

»Bitte!«

»Es würde nichts ändern.«

Lissy holte tief Luft.

»Ich weiß«, sagte sie. »Ich muss mit dir reden. Über Lumpi und das Video.«

Can schwieg. Tamara ging mit Baby Jane auf dem Arm im Zimmer hin und her. Sie mied Lissys Blick.

»Ich muss einfach nur genau wissen, wann du ihm das Video geschickt hast.«

Can schwieg noch immer.

»Sag mir das und dann lass ich dich in Ruhe.«

»Ich habe Lumpi in der Altstadt getroffen. Sie haben Flaschen gesucht.«

»Wer? Mein Papa auch?«

»Nein, Lumpi, Hulle und der, der so komisch redet.«

»Zwei-Neunzehn«, warf Lissy ein.

»Lumpi hatte ein Handy. Hatte er angeblich gefunden.«

»Wo?«, fragte Lissy aufgeregt.

»Weiß ich doch nicht. Also, er hat mich angerufen und so habe ich die Nummer gesehen. Dahin hab ich es dann geschickt.«

»Wann war das?«

»Oh Mann, Lissy! Was soll das?«, fragte Can verständnislos.

»Sag's mir einfach. Wann?«

»Kurz nachdem ich … Na ja, als du und Fatih …«

»Hm«, machte Lissy. »So gegen vier?«

»Kann sein. Ich war so sauer auf dich.«

Sie schwiegen.

»Stimmt es, dass du die Haare abhast?«, fragte Can nach einer Weile.

»Ja.« Lissy schaute auf Baby Janes Hinterkopf. Er erschien ihr sehr zart. Ihr fiel nichts ein, was sie Can noch fragen könnte.

»Dann mach's gut«, sagte Can.

»Du auch«, sagte Lissy. Das Handy hielt sie weiter am Ohr.

»Wie geht's?«, fragte Tamara.

»Keine Ahnung«, sagte Lissy. Sie wusste es wirklich nicht.

»Wir müssen rauskriegen, wann und wo genau Lumpi das Handy gefunden hat. Vielleicht finden wir dann auch Fredi.«

Tamaras Nase näherte sich Baby Janes Köpfchen. Sie sog den Duft ihres Kindes ein.

»Das hat die Polizei auch schon überlegt«, sagte Tamara mit geschlossenen Augen.

»Und ich bin mir sicher, dass die Bullen das Handy haben. Genau wie jetzt das Auto.«

»Wir sollten was essen«, unterbrach Tamara Lissys Überlegungen. Sie gab Baby Jane an Lissy weiter.

In ihrem Kühlschrank waren ein Päckchen Fertigfrikadellen und ein halbes Glas mit Kartoffel-Möhren-Eintopf für Babys. Tamara machte den Brei heiß und schnippelte eine Frikadelle hinein.

Die restlichen Frikadellen stellte sie auf den Tisch.

»Ich will nichts, danke«, sagte Lissy.

Mit einem Plastiklöffelchen schob Tamara kleine Portionen in Baby Janes gespitztes Mündchen. Das Baby drückte mit seiner rosa Zunge dagegen.

Tamara balancierte ein neues Fleischstückchen in Baby Janes Mund. Sie wirkte sehr konzentriert.

»Also, eigentlich hast du den Bullen ja schon zweimal geholfen. Sie haben Frankas Handy und vielleicht können sie damit mehr anfangen, als wir wissen. Und zweitens bist du auf Fredis Wagen gekommen«, sagte sie nachdenklich.

Lissy grinste. Sie umarmte Tamara.

Über die Heyestraße fuhr die Drei. Der Umzug war also zu Ende. Lissy konnte die Liveband, die auf der Bühne am Alten Markt spielte, hören. Die Heyestraße selbst lag still da.

Sie hatte Hunger. Sie wollte nach Hause und über alles nachdenken. Sie lief auf der Sonnenseite der Straße, am Gefängnis und den zurückgesetzten Neubauten vorbei.

Da vorn im Schatten zwischen den Autos bewegte sich etwas. Lissy sah sich um. Auf der Straße war niemand außer ihr, kein Fahrrad, kein Fußgänger. Alle feierten am Alten Markt. Hier schien es nur geparkte Autos und tote Fenster zu geben.

Lissy musste schlucken, aber sie hatte keine Spucke im Mund.

Doch da war tatsächlich etwas, gerade hatte es sich bewegt.

Sie wechselte auf die Straßenseite gegenüber. Das Tier in ihr regte sich, ängstlich und kampfbereit zugleich.

Jetzt war sie auf gleicher Höhe. Sie warf einen Blick zwischen die Autos. Etwas Zusammengerolltes, Schwarzes kauerte an der Stoßstange eines grünen Golfs.

Die langen Haare hingen über die Schultern und das Gesicht, die Füße waren nackt und blutig.

»Zwei-Neunzehn!«, rief Lissy. Sie rannte über den Asphalt.

Das Menschenbündel drehte sich noch mehr ein, wie ein Embryo.

Lissy hockte sich an die Füße des Mannes.

»Zwei-Neunzehn? Alles klar?«

Das Bündel bewegte sich nicht.

»Ich weiß, dass du mich hörst.«

Das, was Lissy für das übliche Haarfett gehalten hatte, schimmerte dunkelrot. Sie streckte die Hand aus. Zwei-Neunzehn musste das aus dem Augenwinkel gesehen haben, denn er zuckte zusammen.

»Du kennst mich doch. Ich bin's, Lissy!«

»Hulle«, flüsterte der Penner.

»Ich will dir helfen.«

»Hulle, Hulle, Hulle!«

Zwei-Neunzehn flüsterte den Namen seines Freundes.

Lissy blieb neben ihm, versuchte nicht mehr, ihn zu berühren. Sein Flüstern schien ihn zu entspannen.

Ein Auto fuhr langsam an ihnen vorbei. Es bremste ein paar Schritte von ihnen entfernt. Sofort rollte Zwei-Neunzehn sich enger zusammen.

»Hau ab!«, schrie Lissy, als die Fahrertür sich öffnete. »Wir kommen schon klar!«

Die Frau im Wagen riss erschrocken die Augen auf. Dann fuhr sie an.

Das Auto hatte Zwei-Neunzehn aus seiner Schleife gebracht. Er hob den Kopf und Lissy hätte am liebsten gekotzt.

Sein Gesicht war zerschnitten. Blut lief aus einer tiefen Wunde an seiner Schläfe.

»Wer war das?«, flüsterte Lissy. »Wer?«

»Allein, war allein.«

Lissy versuchte zu verstehen.

»Habt ihr euch mit den anderen gekloppt?«

»Allein, allein, allein!«, flüsterte Zwei-Neunzehn. Er wollte sich wieder einrollen, aber Lissy war schneller. Sie packte ihn unterm Arm, obwohl alles voller Blut war, und zog und stemmte sich gegen seinen Oberkörper, so lange, bis er selbst die Anstrengung machte aufzustehen.

»Du kommst jetzt mit zu uns, klar? Das sind nur ein paar Meter. Und da wäschst du dich und wir besorgen dir neue Schuhe.«

Zwei-Neunzehn wagte nicht zu atmen.

»Los!«, knurrte Lissy.

Zwei-Neunzehn tat, was sie sagte. Sie kamen langsam voran, weil er immer wieder stehen blieb und sich kleine Steinchen aus den blutigen Fußsohlen pulte, aber endlich erreichten sie die Wohnung.

Lissy schloss auf. Ihre Mutter und Birgit hatte sie ganz vergessen.

»Scheiße, wen schleppst du denn an?«, fragte ihre Mutter entsetzt.

»Er braucht Hilfe.«

Zwei-Neunzehn hingen die Haare ins Gesicht. Ihre Mutter schaute auf die blutigen Füße.

»Was hast du gemacht?«, fragte sie. Zwei-Neunzehn versuchte, sich hinter seinem Haarvorhang zu verstecken.

Mama beugte sich vor und sah von unten in sein Gesicht.

»Gott!«, sagte sie leise.
»Er muss sich waschen.«
»Er muss ins Krankenhaus.«
Zwei-Neunzehn wurde ganz starr, als er das hörte.
»Das wird nicht klappen. Da hat er Angst vor.«
Lissy sah zu ihm hin. Er stand mit einem Rücken wie ein Brett im Flur. Nur seine Pupillen wanderten von rechts nach links, so als suche er einen Ausgang.
»Willst du dich erst mal waschen?«, fragte Lissys Mutter. Zwei-Neunzehns Kopfbewegung nahm sie als Nicken.
»Das Bad ist hier.« Sie machte die Badezimmertür weit auf und knipste das Licht an.
Zwei-Neunzehn ging zögernd hinein. Lissys Mutter wollte die Tür schließen, aber Lissy hinderte sie daran.
»Er hat Angst. Klaustrodings. Hulle hat mir das mal erzählt.«
»Kann ich die Tür zumachen?«, fragte ihre Mutter über ihren Kopf hinweg.
»Ja, bitte«, sagte Zwei-Neunzehn mit normaler Stimme. Er war bereits dabei, seinen Pullover auszuziehen.
Sie hörten, wie er am Waschbecken planschte, dann lief der Hahn der Badewanne.
»Ich suche ihm frische Sachen raus.«
Lissy fühlte sich plötzlich richtig erleichtert.
Im Wohnzimmer waren die Vorhänge vorgezogen. Birgit lag auf der Couch und schlief. Das Kaninchen saß an ihrem Kopf und nagte an der Rückenlehne. Lissy betrachtete Birgits halb geöffneten Mund und ihr Doppelkinn.
Dann zog Lissy die Tür wieder zu. Sie machte sich ein Brot mit Marmelade. In ihrem Zimmer, mit gekreuzten Beinen auf dem Bett sitzend, verschlang sie es.
Noch immer hungrig, ging sie zurück in die Küche, machte sich noch zwei weitere Brote und fand ganz hinten im Kühl-

schrank einen Joghurt, der erst gestern abgelaufen war. Sie aß alles im Stehen.

Die ganze Wohnung roch nach Fichtennadelextrakt. Aus dem Bad hörte man, wie Zwei-Neunzehn Wasser nachlaufen ließ.

Kurz darauf klingelte es und Lissy riss die Wohnungstür auf. Ihr Vater. Er schob sie zur Seite.

»Sonja!«, schrie er.

»Verdammt noch mal!«, hörte Lissy ihre Mutter rufen. »Was willst du?«

»Sag mir, dass es nicht wahr ist!«, brüllte ihr Vater. »Du verlogene Schlampe!«

»Wie nennst du mich? Du versoffenes Schwein kommst hierher, um ...«

»Du betrügst mich! Du verlogene Schlampe! Wen lässt du alles über dich drüber, hä?« Er hatte seine Exfrau am Arm gepackt und schüttelte sie. Lissys Mutter hatte eine tiefe Falte auf der Stirn. Sie versuchte, ihren Arm loszumachen, doch Lissys Vater war stark.

Lissy wollte sich am liebsten Augen und Ohren zuhalten.

»Du hast sie nicht mehr alle! Am besten verpisst du dich, bevor ich die Bullen rufe!«

»Von denen weiß ich das doch! Die haben mir erzählt, dass du was mit einem anderen hast!«, brüllte ihr Vater.

Die Gesichter ihrer Eltern waren eng beieinander. Ihre Lippen berührten sich fast.

»Na, dann werden sie dir bestimmt auch erklärt haben, dass wir geschieden sind, oder? Was du hier machst, ist Hausfriedensbruch und ... und Gewalt!«

»Ich zeig dir gleich Gewalt!« Er ließ den Arm seiner Exfrau los und sah sich nach etwas um, das er kaputt machen konnte. Er trat gegen das kleine Schränkchen, in dem Schals und Handschuhe aufbewahrt wurden. Es kippte um.

»Hör endlich auf, du Spinner!«, fauchte Lissys Mutter.

Da ging die Wohnzimmertür auf und Birgit stand im Türrahmen, Goethe auf dem Arm. Ihre Augen waren rot.

»Was glotzt du so?«, schrie Lissys Vater Birgit an. Dann riss er die Wohnungstür auf und ließ sie mit einem Knall hinter sich zufallen.

Lissy nahm ihre Jacke und ihren Schlüssel.

»Bin noch mal kurz weg.«

»Was ist mit dem da?« Ihre Mutter deutete mit dem Kopf zur Badezimmertür.

»Ich brauche nicht lange.«

Sie war durch die Tür, bevor ihre Mutter noch etwas sagen konnte.

Am Alten Markt lungerten Betrunkene in Trauben am Bierrondell, die Schminke verschmiert, die Verkleidung unvollständig. Die Musik kam inzwischen vom Band. Zwischen den Buden knutschten Pärchen. Lissy meinte, Milenas Schmetterlingsflügel zu sehen, aber es war ihr egal. Ein herrenloser Cowboyhut lag an einer Kübelpflanze. Lissy kickte dagegen. Er flog ein Stück weiter auf den nassen Teer.

Sie ging weiter durch die kalte Abendluft und im Rhythmus ihrer Schritte fielen ihr Wörter ein, die sie sonst nie benutzte, es war, als höre sie Frankas Stimme, als sie das Gedicht von Heine im Bus vorlas.

Sie zog die Jacke enger um sich. »Mein Herz, mein Herz ist traurig«, sagte sie vor sich hin.

Papa saß mit rundem Rücken an der Haltestelle und starrte auf seine Schuhspitzen. Ihre Mutter hatte ihn wohl ziemlich schnell aus der Wohnung geworfen. Neben sich hatte er einen

Tetrapak Wein und eine rote Friedhofskerze aufgebaut. Die Kerze brannte flackernd.

»Was machst du hier?«, fragte Lissy.

»Bei den Bullen haben sie mich die ganze Zeit nach dem Freund deiner Mutter gefragt.«

»Papa, bitte!«

Lissy schob die Kerze beiseite und setzte sich.

Er nahm einen Schluck von dem Wein.

»Ich verstehe das alles nicht. Wieso?«

»Was wieso?«, fragte Lissy.

»Wir hatten doch ein gutes Leben. Wieso setzt sie mich so plötzlich vor die Tür?«

Lissy schwieg. Sie nahm die Kerze in die Hand und ließ das heiße Wachs an den roten Plastikwänden hochlaufen.

»Kennst du den Mann?«, forschte ihr Vater weiter.

»Der Freund heißt Manfred und wohnt in Flingern«, sagte Lissy.

»Was für ein Manfred?«

»Das ist doch scheißegal!«

Ihr Vater schwieg. Er schob die Lippen vor und zurück, so als würde er nachdenken.

»Sie hätte doch sagen können, wenn sie das Trinken stört«, meinte er nach einer Weile.

»Jetzt fang nicht so an.«

»Das ist doch das Einzige, oder? Aber ich muss trinken.«

»Wieso?«, fragte Lissy.

Sie ließ sich Wachs auf die Handfläche tropfen. Es tat weh.

»Soll ich dir was erzählen? Was ich noch nie erzählt habe?«, fragte er und nahm noch einen Schluck Wein.

Lissy nickte.

»In mir wohnt etwas. Wie ein Tier. Es ist mal so und mal so. Es tut mir oft weh. Also nicht, dass ich das nicht aushalten könnte.«

Er schwieg mit einem nachdenklichen Gesichtsausdruck.

»Aber irgendwann habe ich festgestellt, dass das Tier einfach nur Durst hat, riesigen Durst. Und wenn ich ihm etwas gebe, dann bläst es sich nicht so auf, dann ist es ruhig und zahm.«

»Und wenn du nicht trinkst?«, fragte Lissy. »Was macht das Tier dann?«

Ihr Vater stieß den Atem laut durch die Nase aus.

»Dann wird es irgendwann wild.«

Lissy blieb noch ein Weilchen sitzen und spielte mit der Kerze herum.

»Was macht das Tier dann?«

Ihr Vater sah sie lange an. Lissy erwiderte seinen Blick so ruhig sie konnte.

»Das verstehst du nicht, hm? Das mit dem Tier«, fragte er.

»Doch, Papa, das verstehe ich«, sagte sie.

»Gut«, meinte er und legte seine Hand mit den schmutzigen Fingernägeln auf ihre. »Wenn ich mal nicht mehr da bin, dann ist es gut, wenn du das weißt.«

Lissy wurde ganz schlecht.

»Papa, du willst dich doch nicht umbringen? Weil Mama einen Freund hat?«, fragte sie.

»Ich sage nur, dass ich irgendwann nicht mehr da bin. Irgendwann sind wir alle nicht mehr da.«

Lissy nahm seine Hand.

»Versprich mir, dass du keine Dummheiten machst«, sagte sie.

»Lissy, ich habe schon so viele gemacht in meinem Leben.« Er grinste und erwiderte den Druck ihrer Hand.

»Und ich habe noch was für dich«, sagte er. Er zog seine Hand weg und fing an, in seiner Jacke zu suchen.

»Ist fast wie neu«, meinte er. Er gab ihr eine Karnevalsperücke. Es war eine kinnlange Frisur aus silbernem Lametta. Die metallisch glänzenden Streifen waren ein bisschen durcheinandergeraten, aber das konnte man aufkämmen.

»Super! Danke!«

Lissy saß eine Weile neben ihm, genoss seine große Hand, die wieder ruhig und warm in ihrer lag, von der roten Totenkerze beschienen. Sie schloss die Augen in unerwartetem Frieden.

»Hau?« Zwei-Neunzehn schob sich langsam heran.

Sein langes Haar lag ihm feucht auf seinen Schultern und das Blut von den Schnitten in seinem Gesicht war verkrustet. Er trug einen alten Pullover von Lissys Mutter, in Rosa mit einem sportlichen Aufdruck, und seine eigene verschmierte Hose. Seine Füße steckten in Pantoffeln, die Fredi gehörten. Unter dem karierten Filz konnte Lissy Verbände erkennen. In seiner Hand baumelten alte Turnschuhe an ihren Schnürsenkeln.

Ihr Vater erhob sich, als hätte er auf seinen Kumpel gewartet.

»So, dann woll'n wir mal«, sagte er.

Lissy sah ihnen nach, wie sie langsam – anscheinend taten Zwei-Neunzehn die Füße immer noch weh – davongingen.

Sie stieg die Treppenstufen hinauf. Sie fühlte sich ruhig, so als könne sie jetzt schlafen. Dann durchzuckte sie etwas. Sie hätte ihren Papa nach Lumpi fragen müssen!

Lächeln kann ich und lächelnd morden, dachte er. Das ist Shakespeare. Er ging mit langen Schritten durch die Dämmerung. Der silberne Mantel umwehte seine Schultern, wenn er so ging. Seine Krone hielt er in der Hand. Er fühlte sich leicht. Seine Kopfschmerzen waren verschwunden. Er genoss den sanften Regen auf der Gesichtshaut. Nun, er hatte dem Sabberheini nur einen Denkzettel verpasst. Aber was machte das schon! Er hatte gesehen, was er konnte. Das ganze Blut!

Die Menschen wichen ihm und seinem wehenden Mantel aus. Sie wissen nichts, dachte er und dieser Gedanke machte ihn froh.

Er schob sich an den Betrunkenen vorbei und leichter Ekel überkam ihn. Doch sogar darin, dass er sich ekelte, konnte er sehen, dass er anders war. Aber das hatte er ja immer gewusst. Und sie würde es auch wissen. Es war heute ein guter Morgen mit ihr gewesen.

Er stellte sich vor, dass sie nun seine Musik hörte und seine Texte las. Und dass sie begriff. Langsam.

So wie er das alles langsam begriffen hatte. Der Engel war böse gewesen. Es hatte sich angefühlt, als würden Stücke aus seinem Fleisch gerissen. Nein, es gab kein Wort dafür. Seine Schritte wurden langsamer. Lächelnd morden, dachte er, ja.

»Wo warst du denn so lange?«, fauchte ihre Mutter Lissy an. »Immer wenn ich mal Hilfe brauche!«

»Was ist denn los?«, fragte Lissy.

In der Wohnung war es hektisch. Birgit föhnte ihre Haare. Ihre Mutter schrubbte in der Küche über die Arbeitsflächen, versteckte eine gebrauchte Pfanne im Backofen, drückte Lissy einen Stapel gelesener Wochenblätter in die Hand.

»Das Fernsehen kommt«, sagte sie. »Schau mal, wie es hier aussieht!«

»Das Fernsehen?«

»Hilf Birgit, sich ein bisschen zurechtzumachen.«

Lissy ging ins Badezimmer. Birgit saß auf dem Rand der Badewanne und drehte an einem Lippenstift.

»Ich soll dir helfen«, sagte Lissy.

In Birgits verquollenem Gesicht zogen sich die Mundwinkel

nach oben. Lissy nahm ihre Schminkutensilien aus dem kleinen Wandschränkchen und baute sie vor dem Spiegel auf.

»Okay, zuerst brauchen wir eine gute Grundierung«, sagte sie zu Birgit. Sie verstrich Make-up auf Birgits Wangen. Ihre Haut fühlte sich so trocken an, als sei sie aus Papier. Lissy puderte die dunklen Schatten unter den Augen heller.

»Warum kommt das Fernsehen?«, fragte sie.

»Sie haben eben angerufen.« Frankas Mutter zuckte mit den Schultern.

Lissy musterte die großen Poren auf Birgits Nase. Sie nahm Make-up auf ein Schwämmchen und wischte damit über den Nasenrücken.

»Vielleicht können sie uns helfen«, setzte Birgit hinzu. Ihr Gesicht verzog sich schmerzhaft, so als könne sie Lissys Berührungen nicht ertragen.

»Und woher haben sie unsere Nummer? Von der Polizei?«, forschte Lissy weiter. Sie umrahmte Birgits Lippen mit einem rosenholzfarbenen Lip-Liner.

»Nein, die Polizei ist bestimmt dagegen. Harald hat sie ihnen gegeben.«

Lissy tupfte Rouge auf Birgits Lippen. In der Unterlippe hatte sie zwei Kerben, die von ihren Schneidezähnen zu stammen schienen.

»So, jetzt musst du schön stillhalten«, sagte Lissy.

Sie umrahmte Birgits Augen mit braunem Kajal und tuschte die oberen Wimpern. Dann trat sie einen Schritt zurück und musterte das geschminkte Gesicht von Frankas Mutter mit einem zugekniffenen Auge.

»Halbwegs okay«, sagte Lissy zweifelnd.

»Das wird schon gehen«, erwiderte Birgit.

Die Türklingel war zu hören.

»Das werden die Fernsehleute sein«, sagte Lissy.

Es waren zwei Männer, die Lampen und eine Kamera in die Wohnung schleppten.

Der eine trug eine schwarze Lederjacke und darunter nur ein T-Shirt und er machte sich sofort mit der Lampe zu schaffen. Er hatte seine schwarzen Haare zu einem Zopf gebunden und rauchte, während er das Licht zurechtrückte.

Der andere sprach leise mit Birgit. Auch er hatte einen schwarzen Zopf, jedoch war sein Haar dichter und er hatte ganz normale Wintersachen an.

»Können wir?«, fragte er nach einer Weile.

Birgit saß auf dem Sofa, ein Kissen umarmend, und schaute unsicher in die Kamera. Ihre Schminke bemerkte man im grellen Licht gar nicht. Sie sah alt und ziemlich fertig aus.

Der Mann, der mit ihr geprobt hatte, setzte ihr das Kaninchen auf den Schoß. Der Mann hinter der Kamera nickte beifällig.

Dann stellte er ihr nochmals die gleichen Fragen, während die Kamera lief.

Sie antwortete nun stockend, sich hektisch über die Lippen leckend.

»Und am Donnerstag, dem Tag, als Ihre Tochter verschwand, sagte die Polizei wirklich nur, dass Sie in den Krankenhäusern anrufen sollen?«

Birgit nickte.

»Sag, wie's war!«, meinte Lissys Mutter halblaut. Sie stand hinter der Kamera.

»Ja, gekümmert hat sich die Polizei erst am Freitag«, bestätigte Birgit. Dann begann sie zu weinen. Sie hatte ein Tempo in den Händen und hielt es vor die Augen. Goethe erschrak wegen der heftigen Bewegung und sprang von ihrem Schoß.

Lissy machte eine Bewegung zu ihm hin, aber der Mann mit der Kamera hielt sie fest.

»Jetzt nicht«, flüsterte er. »Das ist eine Supereinstellung!«

Der Mann blieb sitzen, das Mikrofon in der Hand, und schaute bedeutungsvoll in die Kamera.

»Und da war es vielleicht schon zu spät!«, jaulte Birgit auf. Sie nahm ihr Gesicht aus dem vollgeweinten Taschentuch und schaute vorwurfsvoll in die Kamera.

Lissy hatte genug gesehen und sie hatte noch etwas vor. Sie schlich in den kleinen Flur, nahm die Karte von der Videothek und den Personalausweis ihrer Mutter. Sie selbst hatte noch gar keinen. Dann zog sie die Jacke an und schlich hinaus.

Die Straßenlampen brannten schon, umgeben von einem schwach leuchtenden Schleier aus Nieselregen. Lissy stellte den Kragen ihrer Jacke hoch. Sie ging noch eine Weile durch die Straßen, überall waren Menschen unterwegs, verkleidet und unverkleidet, und deshalb ging sie zu Fuß. Sie kam an der Haltestelle Bertastraße vorbei. Auf dem lehmigen Boden des Baugrundstücks standen Pfützen, vom Licht der Straßenlaternen silbrig überzogen. Sie betrachtete den Imbiss, in dem sich ein Rest Fleisch auf dem Dönerspieß drehte, zählte die Fenster in den Häusern gegenüber und starrte dann wieder auf das schlammige Baugrundstück.

Sie ging weiter über die Dreherstraße, am Bordell vorbei, und stellte fest, dass dort in keinem Zimmer Licht brannte. Sie ging weiter, über den Hellweg. Bis jetzt war sie die Strecke immer mit dem Bus gefahren und sie war erstaunt, wie lange sich die Straße bis nach Flingern zog. Sie kam zu dem Haus, in dem Fredi wohnte. Einige Fenster waren erleuchtet. Lissy sah sich um. Sie war jetzt allein auf der Straße.

Das Schloss an der Haustür war einfach zu öffnen, weil es nicht abgeschlossen war. Mit der Videothekskarte drückte Lissy die Falle zurück, und schon war sie im Hausflur.

Sie machte kein Licht. Mit angehaltenem Atem schlich sie die Treppe hinauf bis zur Wohnung von Fredi.

Dort wo sie sonst ein Herz schlagen fühlte, lief ein Hamster in seinem Rad.

Die Wohnungstür war abgeschlossen. Lissy ruckelte die Videothekskarte hin und her, dann versuchte sie es mit dem Ausweis ihrer Mutter. Aber es war sinnlos, das wusste sie.

Sie blieb noch einen Moment stehen, den Kopf gegen die Tür gelehnt, dann stieß sie sich davon ab, als müsse sie Schwung holen für den Heimweg.

Ihre Füße tasteten sich durch das dunkle Treppenhaus. Sie ging an den Briefkästen vorbei. Fredis Kasten, aus dem am Tag noch Reklame und weiße Briefumschläge geragt hatten, sah geleert aus. Lissy spürte ihr rasendes Herz.

Sie machte Licht. Sie spähte durch die Schlitze, die in das grüne Metall gefräst waren. Der Briefkasten war wirklich leer.

Auf ihrem Handy war es halb neun. Sie klickte sich durch ihr Protokoll, bis sie die Nummer der Gerresheimer Wache fand. Die Nummer legte sie auf ihr Display. Das Handy in der Hand, mit einem Finger an der grünen Taste, um sofort eine Verbindung herzustellen, schritt sie die Treppe hoch und klingelte bei Fredi.

Sie musste mehrmals klingeln, bis sie in der Wohnung Geräusche hörte. Dann wurde die Tür geöffnet und Fredis Gesicht erschien. Er war unausgeschlafen und trug nur eine gemusterte Unterhose.

»Was ’n?«, fragte er verschlafen. Dann machte er die Augen weiter auf und erkannte Lissy.

»Komm rein.«

Lissys Zeigefinger lag immer noch auf der Anruftaste und sie hätte nur eine Bewegung gebraucht, leicht wie ein Wimpernschlag, um mit der Polizei verbunden zu werden.

Sie sagte: »Weißt du, dass die Bullen dich suchen?«, und ging hinter ihm her in die Küche.

»Oh Gott!«, machte Fredi müde. Er setzte sich auf einen Stuhl. Sein dicker nackter Bauch lag auf seinen Oberschenkeln. Die spärlichen dunklen Haare, die auf seiner Brust wuchsen, zogen sich in einem Streifen seinen Bauch hinunter. Lissy schaute weg.

»Ist es wegen Franka?«, fragte Fredi.

»Was weißt du darüber? Du hast sie gesehen«, sagte Lissy. »Ist sie zu dir ins Auto gestiegen?«

»Ich hab sie nur gefragt, ob ich sie mitnehmen soll. Aber sie meinte, sie sei verabredet.«

»Und das ist alles?«

»Ich glaube schon.« Er strich sich nachdenklich den Bauch. »Und deswegen suchen mich die Bullen?«

»Wo warst du überhaupt?«

»In der Eifel. Mit zwei Kollegen, einer hat da eine Hütte. Bisschen saufen, mal was anderes sehen.«

Fredi stand auf. »Ich zieh mir was an und fahr dich dann nach Hause.«

Lissy schluckte.

»Ich glaube, dein Auto haben die Bullen sichergestellt«, sagte sie.

»Was?«

»Das Letzte, was man von Franka weiß, ist, dass sie in einen roten Lieferwagen gestiegen ist.«

»Scheiße, und das soll mein Auto gewesen sein?«

»Woher wusstest du überhaupt, dass sie weg ist?«, fragte Lissy.

Fredi erwiderte ihren Blick ganz ruhig.

»Beim Frühstück haben wir Fernsehen geguckt.« Er zuckte mit den dicken Schultern. »Und als ich das Bild von Franka sah, da …« Fredi brach ab.

Lissy wartete.

»Mein Kumpel hat mich zum Zug gefahren. Ich meine, vielleicht braucht deine Mutter mich ja.«

Lissy schaute ihn an, bis er wegsah.

»Ich musste erst mal pennen. Sonja flippt doch immer total aus, wenn ich gesoffen habe.«

»Wundert dich das denn?«

»Ich ziehe mir mal was an«, meinte er.

Lissy sah sich in der Küche um. Alles war sauber und ordentlich, sogar die Ecken des karierten Geschirrtuchs, das über dem Herd hing, trafen genau aufeinander.

Lissy öffnete den Kühlschrank. Darin waren ein Paket Eier, eine Margarinedose, ein angebrochenes Glas Aprikosenmarmelade und abgepackte Brotschnitten.

»Hast du Hunger?«, fragte Fredi. Er trug seine Jeans und ein blau gemustertes Flanellhemd. Seine Haare waren zurückgegelt.

Lissy nickte.

»Ich brate uns ein paar Eier«, schlug Fredi vor.

Lissy wehrte ab, aber gleichzeitig fühlte sie, dass sie großen Hunger hatte. Fredi stellte eine große Pfanne auf den Herd, schlug Eier hinein und verquirlte sie.

Sie aßen schweigend, nur die Geräusche ihrer Gabeln waren auf den Tellern zu hören.

Lissy fühlte, wie die Müdigkeit ihre Beine heraufkroch. Sie konnte kaum noch die Augen offen halten.

»Was machst du jetzt?«, fragte Lissy, als Fredi die Teller und die Gabeln vom Tisch räumte. Er gab ihr ein Stück Küchenpapier.

»Jetzt? Ich fahre zur Polizei und hole mir mein Auto zurück. Hoffentlich.« Er putzte sich mit Küchenpapier den Mund ab. »Morgen habe ich eine Baustelle.«

»Kann ich mitkommen?«

»Was willst du denn bei der Polizei?«

»Vielleicht gibt es was Neues.«

»Und das sagen sie ausgerechnet dir?« Dann musterte er Lissy, als sei ihm ein neuer Gedanke gekommen.

»Du versuchst doch wohl nicht selbst …«

»Quatsch, nein!«

»So schlimm wie das mit der Kleinen ist, Lissy, lass bloß die Finger davon.«

Sie versuchte ein unschuldiges Gesicht.

»Fahren wir jetzt zusammen oder nicht?«

Sie nahmen den Bus und mussten das letzte Stück zu Fuß gehen. Als sie ankamen, stand die Sager, den übellaunigen Mund gespitzt, vor der Polizeiwache und rauchte.

»Was willst du denn schon wieder?«, fragte sie, als sie Lissy sah. »Du machst in Gerresheim Ärger, seit du laufen kannst.«

Lissy schnitt ihr eine Grimasse.

»Was ist mit meinem Computer?«, fragte sie.

»Und wo ist mein Auto?«, fragte Fredi dazwischen.

Die Sager blinzelte durch den Rauch, der ihrem Mund entwich. »Sind Sie Manfred Müller?«

»Der bin ich. Und ich brauche mein Auto.«

»Sie kommen jetzt erst mal schön mit und machen eine Aussage«, sagte die Sager.

Fredis Mund blieb halb offen stehen.

»Und du hast hoffentlich die Füße stillgehalten? Oder gibt es noch etwas, was du mir sagen willst?«

Lissy versuchte, die Sager verachtend anzuschauen.

»Kann ich denn jetzt meine Aussage machen?«, mischte Fredi sich ein.

»Natürlich.« Die Sager hielt die schwere Tür der Polizeiwache auf. »Nach Ihnen, bitte«, sagte sie.

Lissy versuchte, sich an ihr vorbeizudrängen.

»Das ist nichts für dich.«

»Aber … haben Sie schon was rausgefunden?«, versuchte es Lissy.

Die Sager zog die Mundwinkel zu einem spöttischen Lächeln hoch.

»Du glaubst doch wohl nicht ernsthaft, dass ich ausgerechnet dir das sage«, meinte sie.

Dann schloss sich die Tür hinter ihr und Fredi.

Im Westen über den Gerresheimer Höhen war am Himmel ein halber Mond zu sehen. Lissy dachte an die Grundschulzeit, als sie gelernt hatten, von der Sichel abzulesen, ob der Mond gerade zu- oder abnahm, aber sie konnte sich nicht mehr an den Trick erinnern. Sie bekam gerade noch den Merksatz für die vier Himmelsrichtungen zusammen. »Nie ohne Seife waschen«, sagte sie halblaut. »Nie ohne Seife waschen.«

Ihre Beine fühlten sich schwer an, als sie die Treppenstufen zur Wohnung hinaufstieg. Sie schloss die Tür auf, fühlte sich verschlafen und wollte nur noch ins Bett.

»Bist du total bekloppt? Weißt du, was ich mir hier für Sorgen mache?«

Ihre Mutter riss ihr die Tür aus der Hand. Sie schubste sie gegen die Garderobe und schlug ihr ins Gesicht.

»Du dummes Stück! Wo kommst du jetzt her, hm?«

»Fredi, ich war bei Fredi.«

»Lass sie!«, meinte Birgit schwach. Sie trat zwischen die beiden und versuchte den nächsten Schlag abzufangen, aber ihre Bewegungen waren ungenau, so als sei sie in einem Traum.

»Dieses dumme Kind! Draußen rennt ein Mörder herum!«, schrie Lissys Mutter, als wolle sie sich verteidigen. Ihre Stirn war zerfurcht und von den Nasenflügeln zum Kinn zogen sich zwei tiefe Falten.

»Du machst mir nichts als Kummer«, sagte sie.

Lissy schloss die Augen. Ihre Backe brannte, aber merkwürdigerweise tat ihr der Schlag nicht wirklich weh.

»Ich wollte euch nur nicht wecken«, sagte sie lahm, die Augen immer noch geschlossen. Sie war so müde.

»Was heißt, nicht wecken? Wo treibst du dich rum, hm?«

Sie spürte, dass ihre Mutter wieder ausholte. Diesmal traf sie an der Schläfe.

Lissy hielt sich schützend die Hand vors Gesicht und drückte sich in Richtung Wohnungstür.

»Du gehst nirgendwo mehr hin! Weißt du, dass es mitten in der Nacht ist?« Ihre Mutter versuchte sie festzuhalten.

»Doch, verdammt!«, schrie Lissy.

Sie stemmte beide Arme gegen sie und drückte sie weg. Sie fluchte noch mal laut. Ihre Mutter versuchte, etwas von ihr zu packen, einen Arm oder ein Bein, doch Lissy schlug und trat. Sie hörte, dass sie schrie wie ein Tier, und ihre Faust traf den Kiefer ihrer Mutter mit einem dumpfen Klatschen.

Dann war sie im dunklen Treppenhaus und rannte. Ihre Mutter schrie ihr von oben etwas nach, das sie nicht verstand. Sie lief durch die mondhelle Nacht über die Heyestraße. Irgendwann stoppte sie und blinzelte nach oben.

Sei wach, flüsterte sie leise. Sie hoffte auf Baby Jane. Bitte, sei wach. Als sie tatsächlich den matten Schein der Nachttischlampe hinter den Gardinen sah, holte sie tief Luft.

»Tamara, ich bin's. Ich muss mit dir reden«, flüsterte sie ins Handy.

»Okay«, hörte sie Tamaras Stimme.

»Ich bin vor deiner Wohnung. Mach mir auf.«

Ein paar Sekunden später war Lissy oben. Sie nahm auf dem

Bett von Tamara Platz und erzählte, unterbrochen von Tamaras Fragen, alles, was sie von Fredi wusste.

»Ich will nur wissen, ob du die gleiche Idee hast wie ich.«

Tamara guckte müde über den Kopf ihres Babys hinweg.

»Das mit Fredis Wagen war nur ein dummer Zufall.«

Lissy nickte.

»Und warum ist sie dann nicht mit uns in den Bus gestiegen? Was sollte das mit der Verabredung?«, fragte Lissy.

Sie musste an das merkwürdige Treffen mit den Alkoholikerkindern denken. Hoffentlich sagte Tamara das, was sie auch dachte.

»Sie wollte einfach rumstreunen. Würde ich auch gerne.« Sie verschob Baby Jane auf ihrem Schoß.

Lissy spürte, wie sie lächelte. Genau das hatte sie auch gedacht.

»Die Düssel?«, fragte Lissy probeweise.

»Ich würde, wenn ich Zeit hätte, zu Fuß an der Düssel entlanggehen. Zur Grafenberger Allee«, meinte Tamara.

»Dann müsste sie am Staufenplatz herausgekommen sein.«

»Und da gibt es zumindest ein Café …«

»Und dort gehe ich morgen als Erstes hin«, sagte Lissy.

Sie stellte den Wecker an ihrem Handy. Dann zog sie ihre Sachen aus und schlüpfte zu Tamara und Baby Jane. Sie rollten sich zu dritt in Tamaras engem Bett zusammen.

Lissy lauschte auf Tamaras tiefe Atemzüge, auf das Glucksen des Babys und die ungewohnten Geräusche in der fremden Wohnung. Als der Handywecker klingelte, hatte sie das Gefühl, überhaupt nicht geschlafen zu haben.

## Rosenmontag

Seine Stimme, seine Schlüssel, sein Essen, seine Worte, seine Stunde, sein Geruch, seine Augen im Blau der Dämmerung, hab keine Angst, sieh her.
Jetzt, jetzt!
Sein unsichtbarer Mund, seine Bitten, seine Hand, seine Stimme, hab keine Angst!
Und jetzt, Jetzt, Jetzt. Jetzt Renn! Renn, renn!
Hab keine Angst, renn!
Und jetzt Renn!
Jetzt Renn!
Renn!
Seine Stimme, seine Schläge, seine Wut.
Renn!
Renn doch! Renn!
kein Laut mehr, nichts. Nur Dunkelheit.

Lissy ging im Dunkeln bis zur Haltestelle und nahm die Drei zum Staufenplatz. Es gab dort eine Bäckerei mit Cafébetrieb. Sie starrte durch die Scheiben auf eine Kellnerin, die gerade die Brötchen in eine Vitrine räumte. Ein merkwürdiger Treffpunkt.

Ein Glöckchen klingelte, als sie das Café betrat. Die Kellnerin sah sie an, vor sich ein Tablett mit Brötchen, die mit halben Tomaten und Salatblättern verziert waren. Sie hatte eine weiße Schürze mit dem Schriftzug des Cafés umgebunden. Volants liefen an den Schürzenbändern entlang. Sie hatte eine Brille, in der sich das Licht spiegelte, sodass Lissy ihre Augen nicht erkennen konnte.

Sie lächelte probeweise.

Die Kellnerin lächelte zurück.

»Was darf's denn sein?«, fragte sie.

Lissy kramte in ihrer Hosentasche. Sie hatte noch fünfzig Cent.

»Ich war mit jemandem verabredet. Am Donnerstag«, begann sie. »Ich wollte nur wissen, ob jemand am Donnerstag hier auf mich gewartet hat.«

Über der spiegelnden Brille zogen sich zwei Augenbrauen zusammen.

Lissy lächelte tapfer weiter.

»Das weiß ich nicht.« Das Tablett wurde angehoben und an seinen Platz in der Vitrine gesetzt.

»Ich weiß nicht mal genau, wie er aussieht. Er nennt sich Erlkönig.«

»Ich arbeite donnerstags nicht«, erklärte die Kellnerin spitz. »Sonst noch etwas?«

Lissy zuckte mit den Schultern.

»Dann danke«, brachte sie hervor.

Sie ging zur Haltestelle. Dort gab es ein Eiscafé, aber das hatte im Februar geschlossen.

Sie fror und sie fühlte sich allein. Das Tier drehte sich ratlos im Kreis. Lissy legte eine Hand auf ihren Bauch.

Er musste raus, musste Menschen beobachten, Wörter suchen und finden, um sich zu beruhigen.

Es ist eine Klammer, nein, eine eiserne Klaue, die sich um meine Schädeldecke schließt, dachte er. Die spitzen Enden der Eisenfinger bohren sich durch meine Schläfen.

So ist das also. Er konnte kaum etwas anderes denken. Er

spürte, wie es in seinen Augen unkontrolliert zuckte. Es flimmerte vor ihm. So ist das also. Sie wollte weg von ihm. Sie hatte ihn belogen, ihn mit ein paar Worten, die sie aneinandergereiht hatte, behext. Wie lieb sie gestern Morgen noch getan hatte, die kleine Schlampe.

Er schlüpfte vorsichtig in die Hose seines Kostüms. Zu schnelle Bewegungen verstärkten das Gefühl, eine eiserne Klaue zu tragen.

Er trat vor seinen Spiegel und begann, seine Schminke aufzutragen. Das Augenzucken, das er spürte, konnte er im Spiegel nicht beobachten.

Ich habe mir alles nur eingebildet, dachte er. Nichts von ihren Worten stimmte. Sie log, wollte sich nur wichtig machen. Aber was war sie in Wirklichkeit schon? Ein dummes kleines Mädchen.

Sie würde genauso wie die anderen werden, wenn er nicht eingriff. Billig, grob, hässlich, so wie die anderen, mit denen er sie schon beobachtet hatte.

Er meinte, das Zucken wieder zu spüren, doch noch immer konnte er es im Spiegel nicht entdecken.

Seit gestern weiß ich, wozu ich fähig bin, dachte er. Das Blut, der Körper, der unter ihm zuckte. Er musste mehr mit ihr reden, doch wenn er bei ihr war, gab es zu wenige Wörter in seinem Mund. Vielleicht musste er ihr mehr Zeit lassen. Vielleicht.

Er würde seinen Mund nahe an die vollkommene Rundung ihres Ohrs bringen und mit ihr sprechen.

Oder er würde etwas anderes tun. Lächeln. Mörderisch sein. Er räumte die Schminke in den Badezimmerschrank. Es war Zeit zu gehen.

Lissy wusste, dass die Stimmungen ihres Vaters wechselten wie das Wetter im April. Und immer wieder zog es sie zu ihm. Gestern Abend, als er ihr die silberne Perücke geschenkt hatte, da war fast alles gut gewesen zwischen ihm und ihr. Sie biss sich auf die Lippen. Aber sonst war überhaupt nichts gut. Zwei-Neunzehn war verletzt, Franka immer noch verschwunden und sie selbst wusste überhaupt nicht mehr, wo sie weiter nachforschen sollte.

Die Kälte biss ihr in die ungeschützten Ohren, als sie über den Parkplatz ging. Der bewaldete Pfad, der zu den Gerresheimer Höhen führte, wurde steil und sie begann zu schnaufen. Sie stieg höher. Von hier aus konnte sie die Kleingärten am Pillebach sehen. Es roch nach modrigem Laub und Katzenpisse.

Ohne Zwei-Neunzehn war es schwierig, das Zelt zu finden.

Sie tapste durch die Bäume, krallte sich an Ästen fest, um nicht auszurutschen – ihre weiße Hose war schmutzig genug – und fluchte leise. Sie erreichte den Wanderweg und war sich nicht sicher, ob sie zurückmusste. Eine Brombeerranke riss an ihrer Jeans.

»Scheiße!«, sagte sie und befreite sich.

Da hörte sie ein leises Flaschenklappern.

»Papa?«, fragte Lissy.

»Nein, ich bin's«, sagte Hulle zwischen den Bäumen. »Warte da!«

»Ich weiß von eurem Versteck.« Lissy kletterte auf Hulle zu.

Hulles Weihnachtsäuglein waren freundlich zusammengezogen, die Haut drum herum lag in tausend Fältchen.

»Ist mein Vater auch hier?«

»Lumpi und er besorgen gerade was.«

»So früh?«, fragte Lissy.

»Deinem Vater geht's nicht so gut. Die Sache mit dem Freund deiner Mutter hat ihn tierisch aufgeregt.«

»Ich weiß.«

»Ach, das gibt sich wieder.« Hulle machte eine wegwerfende Handbewegung. »Du kannst ja auf ihn warten.«

Sie gingen nebeneinanderher zum Zelt. Mit einem Brett und zwei Bierkästen baute Hulle eine Art Bank.

»Warte, sonst bekommst du einen nassen Hintern.«

Hulle gab ihr eine Plastikplane, auf die sie sich setzen konnte.

Er drehte sich eine Zigarette. Seine gelben Finger machten das sehr geschickt.

»Hulle«, begann Lissy, »du hast doch mal studiert, oder?«

Hulle zuckte mit den Schultern.

»Ist ein halbes Leben her«, sagte er.

»Weißt du, was ein Erlkönig ist?«

»Ach, das ist ein altes Gedicht. Das lernt ihr heute nicht mehr.«

Zwei-Neunzehn kroch aus dem Zelt. Er stutzte, als er Lissy sah, dann verzog sich sein Gesicht zu etwas, das Lissy als Lächeln wertete. Er stützte sich auf die Hände und stand vorsichtig auf.

»Geht's?«, fragte Hulle.

»Gut«, stotterte Zwei-Neunzehn. Er humpelte zu ihnen und setzte sich auf die äußerste Kante der Bank.

Hulle zündete sich die Zigarette an. Einzelne Tabakfäden, die aus der Zigarette heraushingen, verglühten.

»Also, was ist mit dem Erlkönig?«, fragte Lissy ungeduldig.

»Der Erlkönig lockt Kinder in sein Reich. Alles ziemlich mystisch.«

Lissy sah ihn von der Seite an.

»Franka hat doch andauernd Gedichte gelesen. Meinst du, sie wusste, was ein Erlkönig ist?«

Hulle lachte bitter auf. »Klar. Ich meine, ihr Kaninchen heißt Goethe. Hat sie mir selbst mal erzählt.«

»Wie hängt das denn zusammen?«

Hulle lachte auf. »Na ja, und das weiß eigentlich jeder, der Erlkönig ist das bekannteste Gedicht von Goethe.«

Lissy verzog den Mund.

»Aber wenn sie weiß, dass er Kinder in seine Welt lockt, dann wird sie doch nicht zu ihm gegangen sein, oder?«

Hulle schüttelte den Kopf.

»Vielleicht war sie auch froh, jemanden zu treffen, der überhaupt ein Gedicht von Goethe kennt.«

»Meinst du?« Lissy schluckte.

»Na ja, fröhlich wirkte sie nur, wenn es um ihr Schreiben ging, oder?«

»Vielleicht«, stimmte Lissy zu. Sie überlegte weiter.

»Was genau ist dieser Erlkönig denn? Wie sieht er aus?«

Hulle zuckte mit den Schultern. »Neblig grau, er hat einen weiten Umhang und lange Äste als Arme. Jedenfalls stelle ich ihn mir so vor.«

Sie zog die Stirn kraus.

Hulle erwiderte ihren Blick. Lissy sah von ihm zu Zwei-Neunzehn. Die Zunge von Zwei-Neunzehn drängte sich zwischen seinen Lippen hervor. Die Spitze der Zunge zitterte.

»Na ja, ist nur eine Sagengestalt«, meinte Hulle.

Lissy blieb eine Weile stumm und beobachtete Zwei-Neunzehn von der Seite. Am liebsten hätte sie ihn geschüttelt, aber sie wusste, dass er Zeit brauchte.

Hulle rauchte seine Selbstgedrehte. Jedes Mal wenn er an der Zigarette zog, glühte die Spitze auf.

Lissy wartete.

Zwei-Neunzehns schwere Zunge wanderte über seine Lippen. Er atmete schwer.

»Du hast ihn gestern gesehen, nicht wahr?« Lissy hielt es nicht mehr aus. »Der hat dich so fertiggemacht.«

»Wen meinst du?«, fragte Hulle. »Das waren doch diese Scheißkerle, die unser Flaschenrevier wollen.«

»Los, Zwei-Neunzehn, sag's! Es war ein Mann mit einem grauen Mantel.«

Zwei-Neunzehns Zunge verschwand. Er nickte.

»Scheiße!«, sagte Lissy. »Ich glaube, ich weiß, wer das ist.«

Sie rannte. In ihrem Brustkorb lief der Hamster in seinem Laufrad. Sie stolperte über Wurzeln, fiel hin, rappelte sich wieder hoch. Sie hörte Hulle hinter sich rufen, hörte das Rauschen in ihren Ohren.

Sie rutschte die letzten Meter über dürres Laub, stolperte noch mal und schlug sich das Knie auf.

»Scheiße!«, fluchte sie. »Verdammte Scheiße!«

Sie lief weiter über den Parkplatz, der Hamster presste die letzte Luft aus seinen Lungen.

Sie wusste nicht genau, in welchem Haus er wohnte, und nicht, nach welchem Namen sie suchte.

Ein einzelner Altbau stand zwischen den Neubauten mit den gelben Marmorsockeln. Er sah heruntergekommen aus. Die Klingeln waren mit unterschiedlichen Schriften markiert. Lissy ging näher an die Tür, um besser lesen zu können.

Der Mann, der am Sonntag vor Kaiser's die Berliner gekauft hatte, kam die Straße entlang. In einer Hand hatte er eine Brötchentüte. Er trug wieder ein Karnevalskostüm, aber heute war er ein Clown. Der Hamster machte einen Satz und purzelte durch ihren Körper.

Denk dir was aus, dachte Lissy. Irgendwas, wie du mit ihm ins Gespräch kommst.

»Entschuldigen Sie«, sagte sie. Ihr Kopf war leer.

Lissy sagte einfach das Erste, was ihr in den Sinn kam: »Sie haben doch Franka mal ihr Buch zurückgebracht ...« Sie stotterte.

Er sah Lissy weiter an.

»Und?«, fragte er desinteressiert, als Lissy nicht weitersprach.

»Also Franka, das Mädchen, dem das Buch gehörte ... sie ist verschwunden.«

Sein Blick suchte ihre Augen.

»Dann ist es also wahr? Sie ist das Mädchen, nach dem die Polizei jetzt sucht?«

»Ja, es hängen überall die Plakate«, nickte Lissy.

»Ich war mir nicht ganz sicher, als ich das Foto sah.«

Er hielt seine Haustürschlüssel in der Hand und spielte damit.

Lissy überlegte, was sie noch sagen könnte.

Sie tat, als spähe sie auf die Klingelschilder.

»Hier wohnen aber viele Italiener«, sagte sie.

Sein Gesicht wurde noch unfreundlicher. »Hast du was dagegen?«, fragte er. »Außerdem sind es nur zwei.«

»Ich meine ja nur.« Lissy zuckte mit den Schultern.

»Na dann ...« Er nickte ihr zu und ließ die Tür vor Lissys Nase ins Schloss fallen. Durch die geriffelte Scheibe sah Lissy undeutlich, dass er die Treppe hochstieg.

Sie musterte nochmals die Klingelschilder. Im dritten Stock rechts wohnte di Battista.

Lissy machte ein paar Schritte rückwärts und gegen den Nieselregen anblinzelnd sah sie, wie sich im dritten Stock die Gardine bewegte. Er beobachtete sie.

Lissy musste nach Hause. Sie brauchte einen stillen Ort, um über alles nachzudenken.

Ihre Mutter hörte den Schlüssel und war im Flur, bevor Lissy in ihr Zimmer schlüpfen konnte.

»Ich ...«, begann ihre Mama. Die Hände, mit denen sie Lissy

fassen wollte, zitterten. Lissy sah wieder auf die abgekauten Fingernägel.

»Es war wegen Franka, Mama, wirklich.«

Harald kam hinter ihr her.

»Ich hatte solche Angst um dich«, sagte ihre Mutter vorwurfsvoll. Sie packte Lissy an den Schultern und schüttelte sie.

»Sonja, lass nicht alles an Lissy aus«, sagte Harald.

»Es tut mir leid, Mama. Echt«, sagte Lissy.

Ihre Mutter machte den Mund auf, als wollte sie wieder loslegen wie gestern Abend.

»Schon gut«, sagte sie dann, so als nähme sie eine Entschuldigung an. Sie suchte nach einem Taschentuch und putzte sich die Nase.

»Mama, wirklich … ich muss auch sofort wieder weg«, fügte sie hinzu.

Ihre Mutter schlurfte zurück ins Wohnzimmer. Lissy war sich nicht sicher, ob sie den letzten Satz gehört hatte.

»Wohin musst du denn? Ich könnte mitkommen«, schlug Harald vor.

»Nein, hat nichts mit Franka zu tun«, log Lissy.

Sie merkte, dass Harald ihr nicht glaubte.

»Es geht um meinen Papa. Er ist in Schwierigkeiten.« Zumindest der zweite Satz war nicht gelogen, dachte Lissy. In Schwierigkeiten war ihr Vater eigentlich immer.

Sie schloss die Tür ihres Zimmers hinter sich und zog ihr Handy hervor. Sie wählte Tamaras Nummer.

Tamara hob nach dem zweiten Klingeln ab, ihre Stimme klang verschlafen.

»Hey!«, sagte Lissy. »Hast du Zeit?«

»Der Vermieter wollte gleich wegen der Heizung kommen.«

»Heute? Ist doch Rosenmontag.«

»Er kommt jedenfalls.«

»Ich habe herausgefunden, wer der Erlkönig ist. Glaube ich jedenfalls.« Sie erzählte Tamara von ihrer Begegnung vorhin.

»Und ich bin sicher, dass er mich beobachtet hat«, endete Lissy.

Tamara schwieg. Glaubte sie ihr nicht?

»Und noch was. Er hat letzte Woche diese braune Kladde von Franka zurückgebracht.«

»Und?«, fragte Tamara.

»Überleg doch mal. Sie hatte sie im Bus liegen lassen.«

»Versteh ich nicht.« Im Hintergrund hörte Lissy Baby Jane plärren.

»Was hast du jetzt vor?«, fragte Tamara.

Lissy überlegte.

»Er hatte ein Kostüm an. Vielleicht geht er zum Rosenmontagszug.«

»Es tut mir leid, aber ich muss mich um Baby Jane kümmern.«

»Ist schon okay.« Sie legte auf.

In der Jackentasche fand sie die Karte von der Videothek und den Personalausweis ihrer Mutter. Ihre Hand ballte sich darum.

Lissy ging, die Hand um die Karte gelegt, an der Haustür von di Battista vorbei und musterte den Beschlag. Tür und Rahmen schlossen bündig ab. Sie ging bis zur Ecke und beobachtete die Straße. Zwei Piraten und ein Seemann verließen eines der neuen Häuser, wahrscheinlich auf dem Weg zum Rosenmontagszug.

Sobald sie verschwunden waren, näherte sich Lissy wieder der Haustür. Aber da bogen schon die nächsten Verkleideten um die Ecke – eine Gruppe von Frauen, die nachtblaue Gewänder trugen, mit aufgenähten Schaumgummisternen und am Kopf Gummiplaneten, die mit Draht befestigt waren.

»Scheiße«, sagte Lissy halblaut.

Sie ging an der Haustür vorbei. Dann wartete sie wieder, bis die Straße leer war. Sie wollte sich gerade erneut in Bewegung setzen, als die Tür geöffnet wurde.

Lissy trat rasch einen Schritt zurück und spähte um die Ecke.

Der Italiener verließ in seinem Clownskostüm das Haus, rote Perücke mit Halbglatze, blaue Jacke.

Lissy spürte, wie das Tier in ihr sich aufrichtete. Sie drückte eine Hand gegen ihren Bauch, dort, wo sie das Tier am besten spüren konnte, und lief gebückt, im Schutz von parkenden Autos, hinter ihm her.

Er drehte sich um und für einen Moment war Lissy sicher, dass er sie gesehen hatte. Sie überlegte schon, dass es vielleicht besser war, sich aufzurichten und ihn anzusprechen, da betrat er den Kiosk an der Haltestelle.

Lissy mischte sich unter die zahlreichen Kostümierten, die in die Stadt wollten. Einer hatte ein Fässchen Alt in einem Handwagen dabei, ein anderer eine dicke Trommel. Beide trugen rote Ringelshirts, die ihnen bis an die Knie reichten, rote Nasen und Clownsperücken. Zwischen diese beiden quetschte Lissy sich, ohne die Kiosktür aus den Augen zu lassen. Jedes Mal wenn auf die dicke Trommel geschlagen wurde, vibrierte Lissys Zwerchfell.

Der Italiener in seinem Kostüm trat aus dem Kiosk. Er blieb einen Augenblick stehen und musterte die Menge, die auf die Straßenbahn wartete. Ein leichtes Lächeln umspielte seine breit geschminkten Lippen. Lissy überlegte, ob er sie entdeckt hatte oder nicht.

Im nächsten Moment kam die Bahn und die Leute stiegen

ein. Lissy hielt die Hand vor Nervosität auf ihren Bauch gepresst und wartete ab.

Der Wind hatte aufgefrischt, es sah aus, als würde er Regen bringen. Der Italiener zupfte an seiner Perücke, dann ging er mit großen Schritten auf die Bahn zu.

Lissy sprang durch die sich schließenden Türblätter. Sie bekam fast keine Luft mehr. Den Clown konnte sie nicht entdecken, es war zu voll im Waggon.

Am S-Bahnhof sah sie ihn endlich, in einer Traube von Menschen, die sangen. Sie versteckte sich in der Unterführung, in der es scharf nach Urin roch. Müll lag auf dem braun gekachelten Boden verstreut. Sie hörte die Durchsage für die S-Bahn zum Hauptbahnhof, rannte die Treppe hoch und sah den Clown in den vorletzten Wagen einsteigen. Sie sprang in den am Schluss und drängelte sich vor zu dem kleinen Fenster, von dem aus man in den nächsten Wagen gucken konnte. Durch die schmutzige Scheibe – irgendjemand hatte dagegengespuckt und die Spucke war zu einem weißen Klecks getrocknet – konnte Lissy ihn ausmachen. Sein Blick war über die Leute hinweg aus dem Fenster gerichtet. Besonders viel Spaß schien ihm der Karneval nicht zu machen.

Sie fuhren in den Hauptbahnhof ein. In der Halle tönten Gesänge und Schreie, die durchdringenden Schläge der dicken Trommeln und das Klirren von Bierflaschen. Lissy folgte dem Clown nach draußen, hielt jedoch Abstand. Er ging, wie alle anderen, die den Umzug sehen wollten, über die Immermannstraße Richtung Kö.

Die Leute standen hier dicht gedrängt und hatten sich warm eingepackt, sodass von ihren Kostümen fast nur die Kopfbedeckungen sichtbar waren. Sie schunkelten sich warm und tranken. Der Wind kam in starken Böen zwischen den hohen Häusern der Innenstadt hindurchgefegt und brachte den Regen mit. Die ersten Schirme wurden aufgespannt, aber der Wind erfasste die dünnen Stoffe der Schirmstangen und knickte sie nach außen.

Diese kleine Wichtigtuerin. Klug kombiniert hatte sie, hielt sich für eine ganz Schlaue. Würde ihr aber nichts nützen.

Wie leicht so ein Gesicht zu zertrümmern war! Wie dünn die Grenze war, die er gestern schon überschritten hatte. Er wusste es nun. Dieses Stück Dreck, das hinter ihm herlief, aber noch nicht.

Er fühlte sich besser, als er gedacht hatte. »Erstaunt« war das richtige Wort. Genau, und er überlegte kurz, wann er zum letzten Mal erstaunt über sich selbst gewesen war.

Er genoss den scharfen Wind, der an seiner Perücke zerrte.

»Befreit« war ein gutes Wort, um seinen Zustand zu beschreiben. Das traf es genau. Er war endlich da, wo er immer sein wollte: jenseits aller Grenzen. Grenzenlos. Die Wörter kamen wie eine Flut über ihn und sie fühlten sich alle richtig an.

Seine Schritte wurden langsamer, dann wieder schneller. Er spürte, wie sie näher kam, wie sie ihm im Nacken hing. Er würde mit ihr spielen. Katz und Maus, so hieß das.

Er tat einen großen Schritt über eine Pfütze. Er musste nur aufpassen, dass sie ihn nicht verlor. An der nächsten Kreuzung blieb er stehen, reckte sich sogar etwas, damit sie ihn sehen konnte. Er freute sich. »Freude« war das Wort.

Sie wusste gar nichts und er wusste alles. Und er würde ihr eine Lektion erteilen.

Lissy drängelte sich an den bretterverschlagenen Schaufenstern der Kö entlang, immer die rote Perücke mit der halben Gummiglatze und den blauen Rücken vor sich.

Dann waren sie in der Altstadt an den Ehrentribünen. Sie meinte zu sehen, dass der Clown sich umdrehte, doch sie war sich nicht sicher. Er verließ den Zugweg, hielt auf den Rhein zu. Lissy folgte ihm durch die verwinkelten Gassen der Altstadt: Alle Kneipen waren offen und auf den Straßen wurde getrunken und getanzt, obwohl der Wind inzwischen dicke Tropfen vor sich hertrieb. Das Flussufer tauchte auf. Hier waren wenige Menschen unterwegs und der Clown ging dicht am Geländer entlang.

Lissy ging ihm nach, im Schutz der Häuser, sodass er sie nicht sehen konnte – so hoffte sie zumindest, denn sie hatte mehrmals das Gefühl, er würde langsamer werden, so als warte er auf sie.

Dann wandte er sich wieder der Innenstadt zu und trat in die erste lärmende Kneipe an der Ecke.

»Scheiße«, sagte Lissy halblaut. Sie zupfte an ihrer nassen Perücke. Dann quetschte sie sich hinter ihm in den Laden. Es war laut und verraucht. Durch die Feuchtigkeit waren die Scheiben von innen beschlagen. Der Clown schob sich Richtung Toiletten. Lissy wartete. Zwei Kostümierte hängten sich grölend bei ihr ein und sie musste mitschunkeln, um nicht aufzufallen.

»Dreckswetter!«, schrie die Frau an ihrem rechten Arm ihr ins Ohr. Sie trug eine Latzhose aus künstlichem Rasen und hatte sich Plastikblumen in die Zöpfe gesteckt.

»Ja, voll der Sturm!«, schrie Lissy zurück.

Der Clown kam von den Toiletten zurück und Lissy machte sich los.

»Hey, bleib doch noch«, meinte die Frau. Aber Lissy schüttelte nur den Kopf.

Sie ging rückwärts zum Ausgang, sah, wie die Lücke sich schloss, die sie in den Reihen der Schunkelnden gelassen hatte. Sie drängte sich hinter zwei ältere Männer mit Pappnasen, die ihre Biergläser schwenkten. Der Clown ging an ihr vorbei. Die Perücke war sorgfältig über seine Locken gezogen. Unter seiner Schminke wirkte er blass. Sie hätte nur den Arm ausstrecken müssen, um ihn zu berühren. Sie wartete, zählte im Kopf bis zehn, dann ging sie ihm nach.

Draußen konnte sie ihn nicht entdecken. Sie lief bis zur nächsten Ecke, schaute in die abgehenden Gassen, aber er blieb verschwunden.

Lissy ging zurück zum Rhein und stützte sich mit beiden Händen auf das stählerne Geländer. Regentropfen fielen auf ihre Handrücken. Lissy versuchte Ordnung in ihren Kopf zu bringen.

Der Fluss spiegelte den grauen Himmel. In dem fließenden Wasser waren winzige Wirbel zu sehen.

Was jetzt?, dachte Lissy. Was soll ich jetzt tun?

Der Regen lief unangenehm kalt in ihren Nacken.

Da zuckte sie zusammen.

»Warum verfolgst du mich?« Sein Gesicht war ihr so nah, dass sie die im Winter verblassten Sommersprossen auf der Nase sehen konnte.

»Sie sind der Erlkönig, nicht wahr?« Lissy war geschockt. »Sie haben Franka!«, platzte es aus ihr heraus. Sie wollte nach seiner Kostümjacke greifen, aber er wich ihr aus.

Für den Bruchteil einer Sekunde wurden seine Augen enger, dann zog er die Augenbrauen zusammen und spitzte spöttisch den Mund.

»Ich weiß nicht, wovon du redest.« Sein Gesichtsausdruck blieb spöttisch.

»Du bist doch nur eine billige Schlampe«, sprach er weiter. Sein

Mund verzog sich. Lissy sah, dass er sie hasste. Sie musste weg. Doch er hielt sie an beiden Schultern, blickte sich hektisch um, so wie Lissy es von sich selbst kannte, kurz bevor sie zuschlug.

Plötzlich jagte der Hamster in seinem Rad. Sie hörte ihr rauschendes Blut in den Ohren und ihr Keuchen. Die Zeit raste, zu schnell, als dass sie irgendetwas tun konnte. Gleichzeitig nahm sie Kleinigkeiten wahr wie den losen Faden von einer verlorenen Paillette an ihrem Schuh, die dunklen Flecken auf ihrer weißen Hose und ihre nassen Hände.

»Du glaubst doch wohl nicht, dass dich jemand vermisst«, flüsterte er. Er hielt mit einer Hand ihren Hosenbund und bemühte sich, sie über das Geländer zu stemmen.

»Du bist nichts wert. Abschaum!«, sagte er durch die Zähne. Sie ruderte mit den Armen, trat mit den Beinen, und doch – ein Knie von ihr hatte er bereits über das Geländer gebracht.

Lissy brüllte, so laut sie konnte. Sie meinte zu fühlen, dass tief in ihrem Hals etwas riss, aber sie brüllte weiter. In dem Versuch, ihr den Mund zuzuhalten, ließ er ihre Schulter los und sie brachte ihr Bein zurück auf die sichere Seite.

Doch er gab nicht auf, riss sie herunter auf den Boden, drückte ihren Kopf auf das Pflaster und sie spürte, wie sein Daumen nach ihrem Kehlkopf tastete. Sie brüllte trotzdem weiter und trat nach oben. Er kniete auf ihrem Brustkorb und drückte mit seiner Hand fest in den weichen Bereich unterhalb ihres Kiefers.

Schweiß von seiner Stirn tropfte auf Lissys Gesicht. Schaumige Spucke sammelte sich in seinen Mundwinkeln und vermischte sich mit der roten Schminke. Lissy starrte auf die Zähne, die mit der roten Schminke wie blutig aussahen, spürte, wie er ihren Kopf anhob, um ihn auf das Pflaster zu schlagen. Aber er konnte in ihrem kurzen Haar nicht richtig zugreifen.

Ruckartig schoss Lissys Kopf nach vorn und sie biss in die Clownshand. Gleichzeitig trafen ihre gespreizten Finger seine

Augen. Er schrie wütend auf. Sie wälzte sich herum und kam auf die Beine. Er versuchte, ihre Kniekehle zu umklammern, doch sie trat mit aller Kraft auf seine Hand. Lissy spürte ein winziges Nachlassen seiner Kraft und trat noch einmal zu. Zugleich drehte sie ihr Bein und konnte sich so von ihm befreien.

Sie rannte davon, so schnell sie konnte. Sie lief über das Kopfsteinpflaster der Altstadt, rutschend und Leute anrempelnd, wie blind und in Panik.

Irgendwann kam sie am Sambique vorbei. Sie zögerte, aber dann drängelte sie sich in den Club. Es war laut und voll, tausend Münder – so kam es Lissy vor – sangen durcheinander im trüben Licht der elektrischen goldenen Fackeln. Sie warf einen Blick in die wogende Menschenmenge. Es war heiß. Ihr brach der Schweiß aus.

»Hey!«, schrie ihr ein Junge, der als rosa Hase verkleidet war, ins Ohr. »Regnet wohl draußen?«

»Halt's Maul!«, gab Lissy zurück.

»Biste als Arschloch verkleidet oder was?«, meinte der Hase.

Lissy drängelte sich durch die Tanzenden. Irgendjemanden musste sie doch kennen.

Da sah sie Fatih und Can ganz hinten bei den Boxen stehen. Sie drückte sich durch die Party.

»Fatih!«, rief sie halblaut. »Can!«

Die beiden hörten sie nicht.

»Fatih! Du musst mir helfen!«, schrie sie und hängte sich an seinen Arm. Als er sie erkannte, grinste er. Er spitzte seinen Mund, um sie zu küssen, aber sie wich ihm aus.

»Du musst mir helfen!«, schrie sie in sein Ohr. »Draußen ist ein Irrer hinter mir her!«

»Was?« Die Musik war zu laut. Fatihs Mund kam wieder nah an ihr Gesicht.

»Ein Irrer!«, brüllte Lissy. »Draußen ist ein Irrer!«

»Was für ein Irrer?«, schrie Can jetzt neben ihr zurück.

»Ich glaube, er hat Franka!«

Was Can antwortete, konnte Lissy nicht verstehen. Sie zog ihn am Arm von den Musikboxen weg.

»Er hat Franka!«

»Bist du sicher? Ruf die Bullen!«

»Nein, nicht völlig!«

Can verdrehte die Augen. »Dann lass es!«

»Du musst mir helfen. Fahr mit mir ... nein, lass uns die Klamotten tauschen!«

»Was?«

Lissy zog ihn in Richtung Männerklo.

»Los, zieh meine Hose an und die Jacke.« Sie drückte ihn an dem Pissoir vorbei in eine der Kabinen.

»Mach schon!«, sagte sie und zog sich den klammen Stoff ihrer weißen Hose von der Haut.

Can zog seine Jacke aus und dann seine Jeans.

»Ich muss nur halbwegs sicher nach Gerresheim kommen«, erklärte Lissy. Sie versuchte, nicht auf Cans nackte Beine zu sehen. Sie waren schlank und trainiert vom Fußballspielen. Dunkle Haare ringelten sich auf seinen Oberschenkeln, dort wo die Boxershorts aufhörten.

»Lissy, das ist doch total idiotisch!«

»Nein, ist es nicht!«

Sie zog Cans rote Lederjacke an. Dann griff sie in ihre Jackentasche und holte die Wertsachen ihrer Mutter hervor, Plastikkarte und Ausweis.

»Ich ruf dich später an«, sagte Lissy. Sie setzte die Kappe von Can auf und rückte sie zurecht.

Der Wind hatte nachgelassen, als sie zur U-Bahn-Station ging. Der Regen kam in regelmäßigen langen Strichen vom Himmel und ließ die Menschen unter Regenschirme geduckt über die Straßen gehen. Lissy zog Cans rote Jacke eng um sich.

Im Bauch zitterte ihr Tier, die Augen weit aufgerissen, die Hinterläufe gespannt, bereit wegzuspringen.

Ruhig, sagte Lissy zu ihm, hab keine Angst. Es ist gar nichts passiert.

Manchmal sah sie Clownsperücken mit Glatze und roten Haaren, aber es war nicht der Italiener.

Er wird nach mir suchen, dachte Lissy, er kommt so schnell nicht nach Hause. Sie drückte auf ihren Bauch, dort wo sie einen stechenden Schmerz spürte.

Vor dem Altbau von di Battista war niemand. Lissy sah hoch zu den Balkonen. Überall ausgeleerte Tontöpfe und vermoderndes Grün vom letzten Jahr.

Jetzt, sagte sie sich selbst. Nun mach schon!

Sie klingelte, aber alles blieb still. Dann schob sie die Scheckkarte zwischen Tür und Rahmen. Sie fand die Schließerfalle und drückte mit dem steifen Plastikteil dagegen. Hinter ihr waren Schritte auf dem Asphalt zu hören, aber sie verbot sich, sich danach umzuschauen, und machte einfach weiter.

Die Tür öffnete sich. Sie schlüpfte hinein, die Schritte hallten in ihrem Kopf nach, als sie schon in dem Treppenhaus mit schwarz-weiß gesprenkeltem Terrazzoboden stand.

Sie schloss die Tür und lauschte. Es war ganz still. Die Steinstufen, die nach oben führten, waren grau und ausgetreten. Der hölzerne Handlauf war dunkelrot gestrichen.

Sie schlich mit angehaltenem Atem bis zum ersten Treppenabsatz und spähte nach oben. Dann bückte sie sich und streifte ihre Converse-Fakes von den Füßen. Sie lief los, immer zwei Stufen auf einmal nehmend, bis in den dritten Stock.

Vor der Wohnungstür mit dem Klingelschild von Gianluca di Battista stellte sie ihre Schuhe ab und musterte die Tür.

Der Rahmen der Wohnungstür machte es schwierig, an die Drückerfalle zu kommen. Lissy nahm den Personalausweis ihrer Mutter, weil er biegsamer war. Für einen Moment lächelte das Foto ihrer Mutter sie an, dann verschwand es zwischen Tür und Rahmen. Die Tür sprang auf. Lissy trat ein und schloss sie leise hinter sich. Sie schlüpfte wieder in ihre Schuhe und band sie zu. Dann sah sie sich um.

Es gab einen hellen Flur, von dem vier Türen abgingen. Der Duft eines würzigen Rasierwassers hing in der Luft.

»Franka?«, flüsterte sie halblaut.

Dann öffnete sie entschlossen die erste Tür. Es war eine Wohnküche. Schmutziges Geschirr stand in der Spüle. Ein Teller, eine Tasse. Lissys Augenbrauen zogen sich zusammen. Der Tisch und die Arbeitsflächen waren sauber. Sie zog an der Tür des hohen Küchenschranks. Sie rollte ihr entgegen, wie es die Regale in der Apotheke tun.

Der nächste Raum war das Bad, weiß gefliest und genauso sauber wie die Küche. Hinter dem Duschvorhang war niemand.

Lissy wurde langsam klar, dass sie allein in einer fremden Wohnung war. Sie betrat das nächste Zimmer. In einer Ecke war ein Schreibtisch mit Laptop, die Wände vollgestellt mit Bücherregalen. Auch auf dem Boden lagen Bücherstapel. In der anderen Ecke standen ein Fernseher und ein Regal mit DVDs, daneben, auf einem weißen Schränkchen, ein Abspielgerät für MP3-Player. Gegenüber davon war ein Sofa.

Im letzten Zimmer standen ein Kleiderschrank voller Hosen und Hemden, ein ausgeklapptes Bügelbrett und ein ungemachtes Bett. Das Fenster war gekippt und die kalte feuchte Luft, die von draußen hereinkam, machte Lissy eine Gänsehaut. Sie sah unter das Bett, ohne Hoffnung, dort etwas zu entdecken.

Da hörte sie das Klirren eines Schlüsselbunds vor der Wohnungstür. Für einen halben Atemzug war ihr Kopf ganz leer, dann schlüpfte sie unter das Bett zu den Wollmäusen.

Die Wohnungstür ging auf und leichte Schritte waren im Flur zu hören. Sie bewegten sich in die Küche. Lissy meinte, das saugende Geräusch zu erkennen, das ein Kühlschrank macht, wenn er geöffnet wird. Kurz darauf hörte sie das Klirren eines Glases und eine blubbernde Flüssigkeit, die eingeschenkt wurde. Danach war es still. Lissy stellte sich vor, dass di Battista trank.

Dann näherten sich die Schritte dem Schlafzimmer. Das Stück Tür, das Lissy sehen konnte, bewegte sich. Sie sah den Saum der Clownshose, vollgesogen mit Matsch und Wasser. Sie vernahm, wie ein Reißverschluss aufgezogen wurde, dann fiel die Hose in sich zusammen. Helle Beine mit dunkelblonden Härchen, in schwarzen Socken steckend, stiegen aus den Hosenbeinen. Lissy sah, dass die Sohlen der Socken nass waren. Di Battista setzte sich aufs Bett. Lissy presste sich, ohne zu atmen, gegen den Fußboden, ihre Hand ertastete irgendetwas Quadratisches aus Plastik. Sie krallte ihre Finger um den kühlen Kunststoff, um nicht atmen zu müssen.

Die Socken fielen so nah an ihrem Gesicht auf den Boden, dass sie meinte, den Geruch von Nässe und leichtem Schweiß in der Nase zu haben. Dann stand di Battista auf und ging zum Schrank. Er zog eine Jeans an und frische Socken, alles im Stehen. Lissy sah, wie die besockten Füße zur Tür gingen, dann aber kehrten sie zurück. Lissys Bauchmuskeln zitterten vor Anstrengung. Sie musste dringend atmen.

Plötzlich kam seine Hand so nah an ihr Gesicht, dass sie die abgerissene Nagelhaut seines Mittelfingers sehen konnte. Di Battista hob die nassen Socken auf.

Lissy hörte, wie er ins Bad ging. Sie meinte, das Geräusch einer Klobrille zu erkennen, wenn sie aufgeklappt wurde. Sie holte Atem, während sie sich am Bettrahmen unter dem Bett hervorzog, unterdrückte ein Niesen und schlich an der Badezimmertür vorbei. In dem Moment, als ein plätscherndes Geräusch im Bad einsetzte, öffnete sie die Wohnungstür und schlüpfte nach draußen. Die Tür ließ sie angelehnt. Sie rannte auf Zehenspitzen die Treppe hinab, das Plastikquadrat, das sie unter dem Bett gefunden hatte, fest in ihrer Hand.

Es war eine CD.

Sie lief auf die Straße und um die Ecke. Sie holte tief Luft. Dann schaute sie sich die CD an.

Auf dem Cover war eine blonde Frau in einem weißen Wollkleid zu erkennen. Ihre Augen waren mit viel Lidschatten und Wimperntusche betont. Sie war etwa fünfzig. Mit ihrem Hintern lehnte sie an einem schwarz lackierten Flügel und schaute, die Arme über der Brust verschränkt, spöttisch lächelnd in die Kamera. *Schubert* stand in sauberer Schreibschrift am unteren Rand. Es sah so aus, als sei es eine Amateurfotografie.

Lissy öffnete die Hülle. Die CD darin war selbst gebrannt.

Sie schaute noch einmal zurück in die Straße, dann steckte sie die CD samt Hülle in die innere Jackentasche.

Ihr Vater und Hulle waren am Gerresheimer Rathaus. Sie saßen, eine Flasche in der Hand, in der Haltestelle. Ihr Vater summte vor sich hin, den Blick trübe auf seine Schuhe gerichtet, und schaukelte mit dem Oberkörper hin und her.

»Papa«, sagte Lissy leise.

Er hob kurz die Augenlider. Lissy sah, dass sie rot waren und entzündet.

Sie langte nach seiner Hand. Sie war kalt. Ihr Vater wandte ihr kurz das Gesicht zu, dann drehte er sich weg.

»Lass ihn«, sagte Hulle. »Es geht ihm nicht gut.«

»Er erkennt mich nicht«, sagte Lissy.

»Doch, das tut er«, sagte Hulle. Er fingerte zwei abgebrannte Kippen aus seiner Jackentasche, dann ein Zigarettenpapier, das er sorgfältig auf seinem Knie platzierte. Er riss das weiße Papier der Kippen auf und streute die Tabakreste auf das Blättchen. Vorsichtig drehte er eine sehr dünne Zigarette, dann klopfte er seine Taschen nach einem Feuerzeug ab.

Lissy sah noch mal zu ihrem Vater hin, noch immer blickte er unbeteiligt und schaukelte hin und her. Da erzählte sie Hulle die ganze Geschichte. Hulle sah sie lange mit seinen Weihnachtsmannäuglein an. Lissy wartete darauf, dass er sagen würde, was sie als Nächstes tun solle, aufhören herumzuschnüffeln oder zur Polizei gehen oder sonst irgendetwas. Aber Hulle sagte kein Wort.

Sie endete so: »Ich war in seiner Wohnung. Und habe das hier gefunden.«

Sie gab Hulle die CD.

»Ich glaube, dass das wichtig ist.«

Er nahm die CD in seine schmutzigen Finger, drehte sie herum, sah dann wieder auf die Vorderseite.

»Er hat keinen CD-Player, nur MP3, aber diese CD«, erklärte Lissy.

»Schubert«, sagte Hulle jetzt. Er betrachtete das Foto auf dem Cover genauer. Seine Augen wurden ernst.

»Ich kenne den Raum, in dem das Foto aufgenommen wurde. Warte mal, das ist …« Hulle leckte sich hektisch über die Lippen.

»Was? Du weißt, wo das Foto gemacht wurde?« Lissy starrte ihn an.

»Das ist die Aula vom Heine-Gymnasium, bestimmt. Ich bin da ein paarmal gewesen.«

»Weißt du das ganz genau?«, fragte Lissy. »Kennst du die Frau auf dem Cover?«

»Keine Ahnung, nein.«

»Vielleicht hat er deshalb die CD aufgehoben. Das Foto ist wichtig, bestimmt!«

»Oder die Musik«, wandte Hulle ein.

»Die hätte er auf MP3-Format überspielen können.«

»Die Musik ist auch wichtig. Es gibt eine Schubertvertonung vom Erlkönig. Hast du schon reingehört?«

Lissy schnappte sich die CD und starrte wieder in das spöttische Gesicht der Frau. Die blonden Haare hatte sie zurückgebunden, an ihren Ohren hingen schwere goldene Ohrringe.

»Vielleicht weiß sie mehr«, überlegte Lissy laut. Dann lächelte sie Hulle an. »Danke! Und pass auf Papa auf!«

»Du?«, fragte Milena.

»Zum Glück bist du zu Hause.«

»Was hast du denn für Klamotten an?« Milena sah sie von oben bis unten an. Sie stand immer noch an der Wohnungstür.

»Komm, lass mich rein!«

Milena zog die Lippen über ihren Hasenzähnen hoch.

»Ist es wegen dem Computer?«, fragte sie. »Ich musste die Bullen anrufen, dass sie ihn abholen. Du warst ja sonst nicht zu bremsen …«

»Ist egal«, sagte Lissy. »Ich kann das verstehen.«

Milena trat einen Schritt zur Seite und Lissy schlüpfte in den vollgestellten Flur.

»Ich hatte was herausgefunden, über den Erlkönig«, sagte Milena. »Da musste ich einfach die Polizei anrufen.«

Der dicke Mirko saß an seinem Computer.

»Pass mal auf!«, sagte er. Dann las er vor: »Der goethesche Erlkönig basiert auf einer dänischen Vorlage. Der dort genannte …«

»Verstehst du? Eller!«, redete Milena dazwischen.

»… meint eigentlich den Elfenkönig!« Mirko sah Lissy an, als erwarte er einen bewundernden Ausruf.

»Und hier, der Eintrag unter Elfen: … sind mythologische Gestalten, die Menschen in ihre Welt entführen. Kommen die Menschen in ihre Welt zurück, sind oft hundert Jahre vergangen und keiner kennt sie mehr«, las Mirko vor.

Lissy spähte an seiner Schulter vorbei auf den Bildschirm. Sie betrachtete die spitzen Ohren eines Elfen auf einer Zeichnung, die Mirko anklickte.

»Eller! Denk an die tote Jessica. Der Erlkönig hat bestimmt etwas damit zu tun.«

»Ja, das glaube ich auch«, sagte Lissy. »Und ich weiß auch, wer der Erlkönig ist.«

»Was?« Mirko und Milena sahen sie an. Ihre Augen waren groß wie Untertassen.

»Glaube ich zumindest.« Lissy erzählte ihnen kurz, wie sie di Battista gefolgt war, in seine Wohnung eingebrochen war und was sie von Hulle erfahren hatte.

»Dann gehen wir jetzt zur Polizei«, sagte Milena bestimmend.

»Kann ich vorher noch was nachschauen? Ich habe ja keinen Computer mehr.«

Milena ging auf den versteckten Vorwurf nicht ein.

»Ich muss sowieso mal aufs Klo«, sagte Mirko. Er stemmte seinen massigen Körper aus dem Bürostuhl.

Lissy fand die Homepage des Heine-Gymnasiums. Sie klickte sich durch die Fotogalerien. Hulle hatte sich gut erinnert. Es konnte tatsächlich die Aula sein, die auf dem CD-Cover abgebildet war. Lissy sah sich das Kollegium an, aber die Frau mit den blonden Haaren unterrichtete dort nicht.

»Was machst du?«, fragte Milena.

»Ist nicht so wichtig.«

Auf USE waren fast fünfhundert Schüler des Heine-Gymnasiums eingetragen. Lissy suchte, bis sie den richtigen gefunden hatte.

»Justus Vanheyen«, sagte Lissy halblaut.

»Der sieht gut aus. Hast du was mit dem?« fragte Milena.

»Hm«, machte Lissy. »Vielleicht.«

Sie suchte im Telefonbuch. Es gab eine Veronika Vanheyen, deren Nummer sie in ihrem Handy speicherte.

»Und er hat dir nicht mal seine Nummer gegeben?«, neckte Milena sie.

»Gehen wir jetzt zur Sager?«, fragte Lissy.

Die Sager war nicht auf der Polizeiwache, aber der junge Polizist, der Lissys Computer mitgenommen hatte.

»Ihr könnt genauso gut mit mir reden«, meinte er. Er bot ihnen etwas zu trinken an.

»Haben Sie schon Frankas Mails untersucht?«, fragte Lissy.

»Dazu darf ich nichts sagen«, antwortete er und schüttelte den Kopf.

»Und Fredi? Ist der noch hier?«, forschte Lissy weiter.

»Wollt ihr beiden eine Aussage machen?«, fragte der junge Polizist zurück. Lissy schielte nach seinem Namensschild. Er hieß Dennis Berthold.

»Okay«, lenkte Lissy ein. »Wir glauben zu wissen, wer der Erlkönig ist. Er hat sich jedenfalls am Sonntag als Erlkönig verkleidet. Di Battista heißt er. Er wohnt bei uns um die Ecke.«

»Und Erlkönig, das hat mit einer dänischen Sage zu tun. Der Eller-König. Verstehen Sie? Wie Eller«, setzte Milena hinzu. »Dort, wo Sie Jessica L. gefunden haben.«

»Was genau hat das zu bedeuten?«

»Verdammt, Sie wissen so gut wie ich, dass Franka mit dem Erlkönig verabredet war. Sie müssen die Mail doch gelesen haben.« Lissy holte Luft.

Dennis Berthold blickte Lissy an.

»Und er kannte Franka. Er hat ihr ihre Gedichte zurückgebracht.«

Lissy hörte selbst, wie idiotisch das alles klang. Sie wollte erzählen, wie er versucht hatte, sie in den Rhein zu werfen, und was für eine Angst sie vor ihm gehabt hatte, aber sie konnte es nicht.

»Er hat Franka gekannt. Er wusste von ihren Gedichten, verdammt!«, fluchte sie.

»Weißt du, die Kripo ermittelt die Absender von Mails per IP-Nummern, die auf den Servern der Anbieter gespeichert werden«, erklärte der junge Polizist. Er zog einen Block zu sich heran. »Aber vielleicht wird Herr Peters dich dazu noch mal befragen wollen. Sei so nett und gib mir deine Handynummer.«

Er notierte sorgfältig die Ziffern, die Lissy ihm diktierte.

»Er wird sich bestimmt mit dir in Verbindung setzen.«

Berthold stand auf und Lissy und Milena taten es ihm nach.

»Ich wette mit Ihnen, dass der Erlkönig aus irgendeinem Internetcafé geschrieben hat.« Das sollte eine Frage sein.

»Ich werde Herrn Peters Bescheid geben«, erwiderte der junge Polizist langsam. »Der Computer wurde am Jürgensplatz untersucht. Ich weiß wirklich nicht, was es mit diesem Erlkönig auf sich hat.«

Lissy und Milena traten vor die Tür der Wache. Es regnete wieder.

»Jedenfalls weiß die Polizei nun, was wir wissen«, sagte Milena. »Was machen wir jetzt?«

Lissy spürte die Plastikhülle der CD in der Innentasche von Cans Jacke.

»Ich glaube, ich gehe nach Hause. Mich richtig ausschlafen«, log Lissy.

Milena blieb stehen. Auch Lissy stoppte in der Bewegung. Sie sah auf Milenas rotes Haar, auf ihre Hasenzähne und die hochgezogene Lippe darüber. Milenas Augen wich sie aus.

»Ich glaube dir kein Wort. Du willst mich nur nicht dabeihaben.«

Lissy verzog genervt das Gesicht.

»Du glaubst immer noch, dass du Franka allein finden kannst, nicht wahr?«, forschte Milena weiter.

Lissy blieb stumm. Sie drückte fest die CD.

»Du traust mir nicht, deshalb.« Milena machte einen großen Schritt von Lissy weg, und dann noch einen. »Und was du mit diesem Jungen vom Gymnasium wirklich hast, willst du mir auch nicht sagen.« Sie wandte sich ab und ging schräg über die Straße.

Lissy sah, wie sich Milenas langes rotes Haar im Regen auf ihrem Rücken kringelte. Dann ging sie langsam hinter ihr her.

Er war jenseits aller Grenzen, und das fühlte sich gut an. Das heiße Wasser rann über seinen Körper und wärmte ihn. Er seifte sich ein, besonders die Stellen, an denen ihn dieses eklige kleine Stück berührt hatte. Dann drehte er den Heißwasserhahn voll auf, bis die ganze Duschkabine voller Dampf war. Das heiße Wasser wusch alles weg.

Er war nicht böse, dass er sie nicht umgebracht hatte. Es wäre ihm möglich gewesen, davon war er überzeugt, und das reichte ihm zurzeit. Er würde es später tun. Er wusste nun, dass er es konnte.

Dass es leicht war.

Am Anfang hatte er gedacht, dass es ein Fehler gewesen war, das Buch zurückzubringen. Dadurch wusste diese hässliche Schlampe Bescheid. Aber seit heute war er froh darüber. Er würde es später zu Ende führen und dann – dieser Gedanke war erregend – würde er es richtig genießen können.

Die Hitze war kaum noch zum Aushalten. Er stellte das heiße Wasser ab und drehte den Kaltwasserhahn bis zum Anschlag auf. Er hielt seinen Kopf darunter, dann auch seine Schultern und seinen Rücken. Das eiskalte Wasser kühlte seine schmerzende Hand. Er fühlte sich frisch. Er hatte keine Kopfschmerzen. Er konnte in Ruhe nachdenken, was nun alles zu tun war.

Zu Hause lag Birgit auf dem Sofa, das Kaninchen auf der Brust. Sie streichelte das Tier in langen langsamen Bewegungen.

»Nichts Neues?«, fragte Lissy.

Birgit antwortete nicht.

Lissy sah sich nach Essen um, fand aber nichts.

»Wo ist meine Mutter?«, fragte Lissy. Sie erwartete keine Antwort.

Sie hörte die Klospülung und gleich darauf erschien Harald im Wohnzimmer. Er tätschelte ihr kurz den Arm, bevor er sich wieder neben das Telefon setzte. Harald zündete sich eine Zigarette an und inhalierte tief.

»Weißt du, wo meine Mama ist?«, fragte Lissy ihn.

»Ist nur mal eine Runde um den Block.« Er nahm noch einen tiefen Zug. »Wir sind alle ziemlich fertig.«

Lissy ging in ihr Zimmer und rief bei Vanheyen an. Es klingelte dreimal.

»Hallo?«, fragte die Stimme am anderen Ende der Leitung.

»Bist du es, Justus?«

»Wer spricht da?«, fragte der Junge.

»Ich bin's, Lissy. Wir kennen uns von der Samstagsgruppe.«

»Aha«, sagte er. Seine Stimme klang plötzlich freundlicher.

»Was gibt es denn? Ist was mit deinem Vater?«

»Nein, mit ihm ist so weit alles in Ordnung. Das Übliche eben«, sagte Lissy. »Du bist doch auf dem Heinrich-Heine-Gymnasium, oder?«

»Ja, und?«

»Kann ich dich treffen? Ich möchte dich etwas fragen«, sagte Lissy.

»Warum? Geht das nicht am Telefon?« Die Stimme wurde wieder abweisender.

»Nein, ich muss dir etwas zeigen. Vielleicht … Bitte!«

Am anderen Ende war Schweigen.

»Ginge es heute?«, fragte Lissy.

»Also, ich kann jetzt hier nicht weg.«

»Ist was mit deiner Mutter?«

Sie hörte, wie er laut ausatmete.

»Okay, du kannst kommen.« Er gab Lissy seine Adresse.

»Haltestelle Barbarossaplatz, dann sofort links«, erklärte er.

»Ich werde das finden, kein Problem.«

Birgit hielt Goethe immer noch im Arm. Sie drückte ihr Gesicht in das weiche Fell. Die Augen des Kaninchens weiteten sich. Mit seinen Hinterläufen strampelte es, als wolle es sich aus ihrem Griff befreien. Birgit schien es nicht zu bemerken.

»Es geht ihm gut«, sagte sie. »Nicht wahr, es geht dem kleinen Goethe gut?«

»Ja«, sagte Lissy. Sie legte ihre Hand kurz auf Birgits Schulter.

»Aber er sollte ein bisschen in seinen Käfig. Da kann er fressen.«

»Weißt du was von Franka?«, fragte Birgit.

Lissy wollte nicht zu viel sagen, um Frankas Mutter nicht weiter zu ängstigen.

»Ich weiß es nicht. Kann sein, dass ich etwas rausgekriegt habe. Hat sie jemals von einem Erlkönig gesprochen?«

Birgit setzte das Kaninchen in seinen Käfig.

»Von einem Erlkönig? Nein.«

»Denk mal nach«, sagte Harald.

»Ach, ich denke die ganze Zeit schon darüber nach«, sagte Birgit heftig. »Ob ich nicht irgendwas übersehen habe. Aber die neue Arbeit ... der ganze Stress mit den Ämtern ...«

»Klar«, sagte Lissy.

»Sie hat so viel von ihren Gedichten gesprochen. Wem sie was geschickt hat und so. Kann schon sein, dass da dieser Erlkönig dabei war.«

»Aber du weißt es nicht.«

Birgit schwieg, dann hob sie den Blick und ihre schwarzen Pupillen waren ganz klein vor Schmerz.

»Nein, Lissy, ich wünschte, ich wüsste irgendwas. Aber ich hab da nie zugehört. Ich wusste ja nicht, dass ... dass sie so bald nicht mehr da sein würde.« Sie weinte. Harald legte seine Hand auf ihren Arm. Lissy erwartete, dass Birgit die Hand abschütteln würde, aber sie schluchzte nur weiter.

»Ich muss noch mal weg«, sagte Lissy.

»Wegen Franka?«

»Ja«, sagte Lissy.

»Das ist gut«, sagte Birgit zu dem Kaninchen. »Das ist gut.«

Sie zog wieder Cans Jacke an. Sie tastete nach der CD und den Sachen ihrer Mutter, Karte und Ausweis. Dann ging sie die Treppe hinunter. Vor der Haustür lag eine Pfütze Erbrochenes. Tauben umkreisten es und stritten sich um die faulig riechenden Stücke auf dem nassen Asphalt. Lissy ging schnell weiter. Sie meinte plötzlich wieder, die Augen des Clowns in ihrem Nacken zu spüren, aber als sie sich umdrehte, sah sie nur zwei Frauen mit bunten Hütchen, die sich auf ihre Schirme aufstützten. Sie trugen große Plastiktüten, die wahrscheinlich voller Kamelle waren, die sie beim Rosenmontagszug gefangen hatten.

Lissy musste quer durch Düsseldorf, aber die Bahnen und Busse fuhren Sonderschichten, um die Feiernden durch die Stadt zu transportieren, und so kam sie schnell voran.

Das Haus, in dem Justus wohnte, war ein großer hellgrüner Altbau mit weiß gestrichenen Stuckverzierungen um die großen Sprossenfenster. Der Stuck stellte Blumen und Ranken dar. Dazwischen gab es Köpfe von Waldgeistern und Engelchen. Lissy ging die breiten Stufen zur Haustür empor. Bevor sie klingelte, blickte sie in die spiegelnden Messingbeschläge der geschnitzten Haustür und zupfte ihre Stoppeln zurecht. Die Haustür öffnete sich mit einem Summen, kaum dass Lissy den Klingelknopf losgelassen hatte.

»Zweiter Stock!«, rief ihr jemand von oben zu.

»Alles klar!«

Lissy stieg im Licht von bunten Scheiben, die an der Rückseite des Treppenhauses eingelassen waren, die Stufen empor. Die CD hielt sie fest in der Hand.

Justus stand in der Wohnungstür. Er sah größer aus, als sie ihn in Erinnerung hatte. Seine langen Haare hingen ihm in den Augen und er strich sie zur Seite, um Lissy besser zu sehen. Seine Augen waren dunkel, mit einem blauen Iriskranz. Lissy fragte sich, warum ihr das am Samstag nicht aufgefallen war.

»Komm rein«, sagte er.

»Danke«, sagte Lissy. Der Flur hatte dunkle Holzdielen und er war weiß verputzt. Die Türen, die von ihm abgingen, hatten bunt verglaste Oberlichter, ähnlich den Fenstern im Treppenhaus.

»Sie schläft. Wir müssen leise sein.«

Lissy ging hinter Justus her in ein riesiges Wohnzimmer. Eine Wand bestand nur aus Glasfenstern und gab den Blick auf einen halb verwilderten Garten frei, in dem große alte Obstbäume standen. Lissy trat an die Scheibe und blickte hinaus.

»Magst du einen Tee?«, fragte Justus. Er hatte anscheinend schon welchen aufgebrüht, jedenfalls roch es so. Lissy nickte.

»Zucker, Zitrone?«

»Nur Zucker.« Lissy setzte sich auf die Kante des lederbezogenen Sofas. Sie fuhr prüfend mit der flachen Hand über die glatte Fläche.

»Schön habt ihr es hier.«

»Danke«, sagte Justus. Er goss ihr Tee in eine Tasse aus dünnem Porzellan. Lissy konnte nicht anders, sie musste leicht mit dem Finger gegen den Rand klopfen.

Justus schob den Zucker näher.

»Also …«, begann Lissy.

»Also?«, fragte Justus und strich sich die Haare zurück.

Lissy zog die CD aus der roten Lederjacke, die neben ihr lag, und reichte sie Justus.

»Erkennst du irgendwas darauf?«

Justus betrachtete das Cover und grinste.

»Das ist die alte Arndt. Musik und Deutsch.«

Der Tee floss heiß in Lissys Mund und sie verbrühte sich den Gaumen. Sie würgte und hustete.

»Du kennst die Frau?«

»Klar, sie hat mich in der Unterstufe unterrichtet.« Er warf Lissy einen Blick zu.

»Und, wie ist sie so?«

»Na ja, irgendwie abgedreht.« Seine Lippen schoben sich nach vorn, als er nachdachte.

»Du meinst …?«

»Also, die war schon komisch.«

»Sie ist nicht mehr bei euch an der Schule?«

Justus schüttelte den Kopf.

»Nein, sie hatte einen Nervenzusammenbruch … oder, nein …« Seine dunkelblauen Pupillen waren auf etwas in der Ferne gerichtet. »Da war irgendwas anderes. Ich war da erst elf Jahre alt.«

»Was war mit ihr?«, fragte Lissy.

»Ich weiß es nicht mehr. Aber ich kann es herausfinden, wenn es dich interessiert.«

Lissy nickte. Sie schrieb ihm ihre Handynummer auf. Justus nahm den Zettel und steckte ihn in die Hosentasche.

»Sonst noch was?«, fragte er.

»Weißt du irgendwas über einen Erlkönig? Sagt dir der Name was?«

»Dieses ›Wer reitet so spät durch Nacht und Wind‹? Das mussten wir uns andauernd bei ihr anhören. Schubert.«

Er wedelte mit der CD. »Hier ist es bestimmt auch drauf.«

Er stand auf und legte die CD in den Player.

Klaviermusik erklang.

»Moment, das ist es nicht«, sagte Justus und klickte mit der Fernbedienung ein Stück weiter. »Hier, das ist es«, sagte er dann.

Lissy hatte den Kopf schief gelegt und lauschte. Das trillernde Klavier war sauber aus den Boxen zu hören.

»Hm, komisch«, meinte Justus. »Eigentlich müsste jetzt gesungen werden.«

Sie hörten zu, bis das Klavier geendet hatte.

»Warte mal! Ich bin sicher, dass das die Musik zum Erlkönig ist.«

Lissy blieb allein im Wohnzimmer zurück. Sie stand auf und ging an die Glaswand. Es regnete wieder und die Tropfen liefen in langen Streifen die Scheiben hinab.

Justus kam mit seinem Laptop zurück. Er fand eine Aufnahme bei *YouTube* und gemeinsam hörten sie dem dicken Sänger zu, der den Erlkönig intonierte.

Lissy versuchte, sich auf den Text zu konzentrieren. Sie spürte Justus' Bein nahe an ihrem und konnte seinen herben Geruch riechen.

»Der Junge stirbt zum Schluss, oder?«, fragte sie.

»Ja.« Justus ließ sein Laptop herunterfahren. »Auf deiner CD scheint eine Karaokeversion zu sein«, fügte er hinzu.

»Ja, scheint so.« Lissy betrachtete ihn von der Seite.

Er spürte ihren Blick und lächelte zurück.

»Willst du mir nicht auch mal was erklären?«, sagte er. »Wofür willst du das alles wissen?«

Lissy war müde. Sie dachte daran, wie schön es sein musste, sich hier auf dem Sofa hinzulegen, noch eine Tasse Tee zu trinken und dann einfach auszuruhen. Ein Ruck ging durch ihren Körper.

»Nein, heute nicht. Vielleicht sag ich dir's irgendwann mal«, erwiderte sie.

Sie stand auf und zog Cans Jacke an.

»Weißt du, wo sie wohnt?«

»Wer? Die Arndt?« Er schüttelte sich die Haare aus den Augen. »Nein, keine Ahnung.«

»Wirklich nicht? Oder nur, weil ich dir nichts erkläre?«, fragte Lissy.

»Ich würde es dir verraten, echt. Ich traue dir.«

»Warum? Du kennst mich doch gar nicht.«

»Wir haben gute Antennen. Wir wissen, mit wem wir es zu tun haben. Verlass dich drauf.«

»Wir? Wer soll das sein?«

»Wir Alkikinder.« Er grinste.

Er brachte Lissy zu Tür.

»Alles Gute«, flüsterte er ihr zu.

Lissy dachte an seine Mutter, die irgendwo in der Wohnung schlief, und sagte leise: »Vielen Dank.«

Sie spürte seine Hand an ihrem Oberarm, aber sie war zu schüchtern, um sich umzudrehen und ihn zu umarmen.

Verdammt, dachte sie, als sie am Barbarossaplatz auf die Bahn wartete. Sie hätte ihn so gern näher bei sich gehabt und seinen Duft eingeatmet.

Er ging mit federndem Schritt zum Versteck. Sie hatte die ganze Zeit die Fäden in der Hand gehabt. Das war ihm nun klar. Er war lieb gewesen, zu lieb, er hatte sich erklären wollen, wo es nichts zu erklären gab. Ob sie es verstand oder nicht, das war doch egal. Sein Haar war noch nicht ganz getrocknet und er liebte die kalte Luft an seiner Kopfhaut. Er brauchte ihre Worte nicht, ihr Vertrauen.

Er musste grinsen. Er brauchte nichts zu erklären, nicht zu bitten, nicht zu betteln. Warum denn auch? Die Angst, die er anderen machte, floss direkt in sein Rückenmark und linderte so seine Schmerzen.

Endlich hatte er das begriffen.

Er riss die Klappe hoch und zog sie aus ihrem Versteck. Ihre Hände waren um die Taschenlampe gekrampft. Er riss den Klebestreifen von ihrem Gesicht. Sie hatte an ihrer Unterlippe genagt. Er konnte den Abdruck ihres Zahns sehen.

»Willst du herumlaufen?«, fragte er. Sein Mund war plötzlich übervoll von Wörtern. Wieso hatte er denn gedacht, dass er die Wörter sorgfältig auswählen musste?

»Na komm«, sagte er und riss an den anderen Klebestreifen. »Geh aufs Klo.« Er befreite ihre Beine.

Sie sah ihn mit ihren großen dunklen Augen an.

»Und danach mach ein bisschen Gymnastik«, sagte er. Ein böses Lachen kam aus seinem Mund. Das war neu. Es war ja ganz egal, was sie tat.

Sie lief schnell hinter den Vorhang und kurz darauf hörte er, wie sie hinter der Nische pinkelte. Er konnte ihren Urin riechen. Die ganze Hütte roch nach ihrem Schweiß.

Sie kam wieder hervor. Diesmal sah er genau, dass ihre Augen die Tür in seinem Rücken fixierten.

Gut, dachte er und spürte, wie sein neues, böses Lachen in seiner Kehle kratzte.

»Na los, beweg dich mal!«, befahl er. Er war begeistert von all den Worten, die er aussprechen konnte. Sie hampelte unsicher herum. Sie schob sich, während sie die Beine ausschüttelte, unauffällig, wie sie meinte, in Richtung Tür. Er tat so, als drehte er ihr den Rücken zu, doch als ihr Körper sich näher an ihn und die Tür schob, streckte er die Hand aus und packte sie. Zuerst bei den Haaren, dann hielt er sie an ihrem Ohr fest. Ihre Gesichtshaut lag an seinem Hals. Er roch ihren stinkenden Atem. Mit nur einer Hand konnte er ihren Kopf zurückbiegen. Sie war so schwach und er war stark. Er betrachtete das Ohr, an dem er sie festhielt. Die Rundung, die ihn noch vor ein paar Tagen stumm gemacht hatte, war gar nichts Besonderes. Er presste das Ohr zwischen seinen Fingern, bis sie schrie.

Er lachte auf.

»Lauf doch!«, schlug er ihr vor und zog sie an ihrem Ohr durch die Hütte. Er konnte alles mit ihr tun.

Draußen waren Stimmen zu hören. Kam dieser Sabberheini etwa wieder zurück? Und brachte womöglich seine versoffenen Freunde mit?

Seine Hand legte sich über ihren Mund.

»Halt die Fresse!«, flüsterte er in ihre fettigen Haare. »Ich bring dich sonst um.«

»Verdammt, was ist los?« Cans Stimme klang wütend. »Du wolltest doch anrufen!«

»Can, bist du es?« Mist, dachte Lissy, für den habe ich jetzt gar keine Zeit.

»Ja, klar. Bringst du mir heute noch meine Sachen?«

»Wo bist du denn?«

»Bei Sebastian. Glaubst du, ich hätte Lust, ewig in deiner weißen Hose rumzulaufen?«

Als Lissy bei Sebastian ankam, lief dort laute Musik. Eine Shisha rauchte auf dem Boden. Es roch intensiv nach Gras und Alkohol.

Milena war auch da, mit ihren Schmetterlingsflügeln und viel Glitter im Gesicht. Lissy verzog den Mund zu einem schiefen Grinsen, aber Milena wich ihrem Blick aus.

Can kam auf sie zu und drängte sie zurück in den Flur. Er machte die Tür zum Badezimmer auf und drückte Lissy auf die geschlossene Kloschüssel.

»So, jetzt sag mir mal, was das alles soll!«

»Nichts!«, fauchte Lissy.

»Vielleicht aber doch. Was Milena erzählt, ist Wahnsinn! Und du wirst von ihm verfolgt.«

»Wir wissen gar nicht, ob er Franka hat. In seiner Wohnung war sie jedenfalls nicht.«

»Du warst wirklich in seiner Wohnung?«, fragte Can aufgeregt. »Das darf ja wohl nicht wahr sein! Ich rette dich, indem ich alberne Weiberklamotten anziehe …«

»Nicht so laut! Und außerdem hast du mir gar nichts zu sagen.« Lissy versuchte, sich an Can vorbeizudrücken. Aber er blieb vor der Tür.

»Du spinnst total!«

»Das geht dich nichts an. Du kannst zu deiner Verlobten gehen und ihr Vorschriften machen.« Lissy wurde rot. Das hatte sie nicht sagen wollen.

Can verdrehte die Augen. »Was hätte ich denn tun sollen? Mein Vater …«

Lissy spuckte vor ihm aus.

»Klar, dein Vater, dein Vater, da bist du ganz klein. Und was ist mit mir?«

Can breitete die Hände aus und zeigte Lissy seine Handflächen, um zu sagen, dass er machtlos gewesen war.

»Lissy, du verstehst das nicht.«

»Aber, verdammt, du hast dich immer nur verpisst! Versteckst dich hinter deinem Vater!«

Lissy versuchte wieder, sich an Can vorbeizudrängeln.

»Ich mache mir nur Sorgen.«

»Ach Quatsch. Du hast nicht mal den Arsch in der Hose, um mir zu sagen, dass Schluss ist. Stattdessen schickst du diesen Scheißfilm überall herum.«

Lissy zog die rote Lederjacke aus, entnahm ihr die Sachen ihrer Mutter und die CD und warf die Jacke Can vor die Füße. Sie öffnete die Jeans und zog sie sich an den Beinen herunter. Die roten Turnschuhe behinderten sie und sie zerrte an den Schnürsenkeln.

»Los, gib mir meine Hose wieder! Und dann will ich echt nichts mehr von dir hören.«

»Es muss ja gar nicht Schluss sein zwischen uns«, sagte Can in einem flehenden Ton. »Diese Verlobung hat doch nichts mit uns zu tun.«

»Ich soll mit dir rummachen, bis du deine türkische Jungfrau heiratest? Du bist doch total behindert!«

Lissy hielt ihm seine Jeans hin.

Can seufzte. »Aber du verstehst, dass ich mir Sorgen um dich mache, oder?«

»Ich mache mir auch Sorgen. Jetzt um Franka, um meinen Vater immer. Sorgen machen allein reicht nicht.«

Sie riss Can ihre schmutzige Hose aus der Hand und schlüpfte hinein. Can stand immer noch vor der Tür. Sie sahen sich an.

»Hey, ich muss mal!«, rief Fatih von draußen und bollerte gegen das Holz.

Lissy spürte so etwas wie Mitleid. Sie lächelte ihn traurig an.

»Trotzdem danke. Für alles, auch für das mit den Klamotten«, sagte Lissy so leise, dass Fatih es nicht hören konnte, dann schob sie sich an Can vorbei und trat in den verrauchten Flur. Ihre Jacke hing auf dem Stuhl und sie zog sie über.

In der Abenddämmerung sah Lissy das letzte rote Licht über den Gerresheimer Höhen.

Irgendetwas an dem schwachen roten Leuchten kam ihr merkwürdig vor, aber sie war zu müde, um weiter darüber nachzudenken.

Die Luft roch nach brennendem Holz, ähnlich wie im Herbst, wenn in der Schrebergartensiedlung die Abfälle verbrannt wurden, und Lissy stellte sich das wärmende Feuer vor, in dem Kartoffeln gegart wurden. Herr Bach hatte die Klasse mal zu so einem Kartoffelfeuer eingeladen. Lissys Magen knurrte.

Als sie die Martinshörner hörte, war es, als rutschte plötzlich alles an seinen Platz. Die bewaldeten Höhen mit diesem Leuchten lagen im Osten, dort konnte die Sonne nicht untergehen. Und es war Februar, da gab es keine Kartoffelfeuer.

Lissy rannte los, mitten hinein in den Lärm der Feuerwehrautos, in den Rauch, der bald beißend in ihre Nase stieg.

Papa, dachte sie immer wieder im Takt ihrer müden Füße, die auf den Teer klatschten. Sie sah nun Lichter oben im Wald, dort lief ein geteerter Weg entlang, und die Feuerwehrautos fuhren auch von dort aus zur Brandstelle. Die ersten Bäume fingen an zu brennen. Die Feuerwehr sperrte den Parkplatz. Leute, viele kostümiert, standen herum und versuchten im Dunkeln etwas zu erkennen. Die blattlosen Bäume zeichneten sich gegen das orange Feuer ab. Der Wald war angefüllt mit den Rufen der Feuerwehrleute und Geräuschen der Löschschläuche. Lissy drängelte sich durch die Menschen, blickte um sich und versuchte, ihren Vater zu finden.

Da, endlich, entdeckte sie Hulle in der Menge.

»Hulle!«, schrie sie, den Hals voller Schnecken und Rauch. »Hulle, weißt du, wo mein Papa ist?«

Er streckte seinen Arm aus und drückte Lissy an sich.

»Ist ja gut«, flüsterte er an ihrem Scheitel. »Er war mit uns am Rathaus. Ist ja gut!«

Lissy fühlte, dass Hulles Kiefer gegen ihre Haarstoppeln zitterte. Sie hob den Kopf und sah, dass die Weihnachtsäuglein voller Tränen waren.

»Was ist los?«, fragte sie.

Hulle schüttelte den Kopf.

»Dein Papa ist in Sicherheit«, sagte er nochmals.

Lissy machte sich los.

»Erzähl mir keinen! Was ist? Brennt das Zelt?«

»Zwei-Neunzehn! Er hatte doch die Füße kaputt und ist heute

im Zelt geblieben. Zwei-Neunzehn ist da oben«, sagte Hulle. Sein Gesicht war verzogen vor Schmerz. Die Weihnachtsäuglein hatten allen Glanz verloren.

»Meinst du, er hat das Feuer gemacht?«, fragte Lissy.

»Quatsch. Das waren diese Idioten, die uns seit Tagen verfolgen«, antwortete Hulle. »Diese beiden Spinner, die unser Flaschengebiet wollen.«

»Oder der Erlkönig«, sagte Lissy probeweise. Der Hamster, der in ihrer Herzgegend wohnte, sprang in sein Rad und begann zu laufen. Sie musste an Zwei-Neunzehns zerschlagenes Gesicht denken.

»Ja, könnte sein«, sagte Hulle nachdenklich. »Aber warum?«

Seine Augen suchten den in blitzendes Blaulicht getauchten Platz ab.

Lumpi drängelte sich zu ihnen durch und warf Lissy einen gemeinen Blick zu.

»Sie bringen ihn ins Krankenhaus«, sagte Lumpi. »Komm schon!«

Hulle zögerte. Er musterte Lissy nachdenklich. Dann schien er einen Entschluss zu fassen.

»Du kommst auch mit«, sagte er zu Lissy und packte sie fest am Oberarm. Lissy ließ sich mitziehen.

Der Rettungswagen stand mit offenen Türen nahe am Waldrand. Ein Sanitäter richtete die Geräte. Einen Moment erwiderte er Lissys Blick, dann machte er mit seiner Arbeit weiter.

Mit großen Scheinwerfern wurde der Pfad zum lichterloh brennenden Zelt beleuchtet. Lissy konnte sehen, wie sich drei Männer mit einer Trage abmühten. Auf der Trage lag, eingehüllt in eine goldene Folie, eine zusammengekrümmte Gestalt.

Hulles Griff in ihren Oberarm wurde schmerzhaft fest.

»Wo bringen Sie ihn hin?«, fragte er. Der Sanitäter musterte Hulle und drehte sich weg, als würde er sich ekeln.

»Hey, wohin geht die Fahrt?«, fragte nun Lumpi. Seine Faust schlug gegen die geöffneten Türen des Wagens.

»Weg hier! Ihr stört hier nur«, meinte der Sanitäter.

»Verdammt, der Junge, der gleich in deinem Wagen liegt, ist mein Freund!« Hulles Stimme wurde laut.

Der Sanitäter wollte die Tür zuziehen, doch Hulle stemmte sich zwischen Tür und Auto.

»Sind wir keine Menschen? Glaubst du, wir hätten kein Gefühl?«, fragte er wütend.

»Wo soll's schon hingehen?«, fragte der Sanitäter da gelangweilt. »Ins Gerresheimer Krankenhaus natürlich.«

»Ich hab gefragt, ob wir keine Menschen sind!«, schrie Hulle. »Ob man uns verbrennen darf!«

Der Sanitäter hatte sich schon wieder abgewendet und gab keine Antwort.

Die Männer mit der Trage hatten nun den Parkplatz erreicht und kamen im Laufschritt auf den Rettungswagen zu. Sie drängten Hulle beiseite, schoben die Trage in den Wagen und schlugen die Türen hinter sich zu. Doch der Wagen startete nicht.

»Warum fahren sie nicht?«, fragte Lissy ängstlich.

»Sie machen die Erstversorgung«, meinte Hulle. »Das ist immer so.«

Lissy versuchte etwas durch die Milchglasscheiben zu erkennen. Doch sie sah nur Schemen.

»Komm, Lissy, wir gehen schon mal zum Krankenhaus.«

Lissy schüttelte den Kopf.

»Nein, ich will zu meinem Vater. Er weiß doch noch gar nichts.«

»Aber nicht jetzt. Wir müssen reden.« Hulle griff wieder ihren Oberarm und er fand eine Stelle an Lissys Muskeln, die ziemlich schmerzte. »Du kommst mal mit. Und wir werden uns dabei unterhalten.«

Lissy ließ sich mitziehen.

»Was hast du über den Erlkönig herausgefunden?«, fragte Hulle, sodass Lumpi es nicht hören konnte.

»Ich weiß, wer die Frau auf der CD ist. Außerdem kannst du mich loslassen.«

Hulles Griff wurde fester.

»Du weißt, dass mir gleich der Arm abstirbt? Woher kennst du überhaupt solche Griffe?«

»Vom Pausenhof der Berufsschule.« Hulle lachte bitter auf. »Allein gehst du nirgendwo mehr hin, jedenfalls nicht abends.«

»Du spinnst!«

»Ich möchte nicht, dass du heute Nacht nach Hause gehst. Das ist zu gefährlich.«

»Aber wo soll ich denn hin? Ich kann wohl kaum mit euch in die Notschlafstelle«, sagte Lissy.

»Du hast diese Freundin, diese dicke Rote.«

»Vergiss es! Da will ich nicht hin.«

»Dann geh zu der mit dem Kind. Hat der Erlkönig dich jemals mit ihr gesehen?«

»Nein, glaube nicht.« Lissy betrachtete Hulle von der Seite. Sein Gesicht wirkte sehr ernst.

»Dann ist das sowieso besser.«

Im Krankenhaus mussten sie vor der Intensivstation warten. Sie saßen alle drei auf Plastikschalen, die an die Wand geschraubt waren, und starrten auf den Fußboden. Der Raum war mit Neonröhren ausgeleuchtet. Das Licht tat Lissy in den Augen weh. Sie hätte gern etwas zu Hulle gesagt, das ihn getröstet hätte, aber sie wusste nicht, was.

Hulle war immer so etwas wie der ältere Bruder von Zwei-Neunzehn gewesen, er hatte auf ihn aufgepasst. Der Einzige, dem Zwei-Neunzehn vertraute. Und jetzt konnte Hulle nichts tun außer warten.

Neben dem Krankenhausgeruch konnte sie die beiden Penner riechen. Der Geruch war ihr eklig und vertraut. Sie dachte an Zwei-Neunzehn, der hinter einer dieser Türen lag.

Hulle kaufte Kaffee an einem Automaten und steckte sich eine Selbstgedrehte unangezündet in den Mund.

»Magst du auch einen Kaffee?«, fragte er Lissy.

»Nein«, sagte sie.

Hulle setzte sich wieder. Lumpi begann, sich im Schritt zu kratzen. Lissy schaute angestrengt in eine andere Richtung.

Endlich kam ein Arzt.

»Sind Sie Angehörige?« Der Mann war höchstens zehn Jahre älter als Lissy. Er betrachtete sie von oben bis unten.

»Freunde«, sagte Hulle.

»Ich kann Sie nicht zu ihm lassen. Sie sind ein zu großes Infektionsrisiko.« Er hatte kurze braune Haare und eine Brille mit dünnem Rand, den er jetzt mit dem Zeigefinger antippte.

»Ich dusche jeden Tag, falls Sie das meinen«, sagte Hulle zu ihm.

Der Arzt war jung genug, um rot zu werden.

»Darum geht es nicht. Ihr Freund hat schwerste Verbrennungen.«

»Wird er sterben?«, fragte Hulle direkt.

»Ich weiß es nicht«, sagte der Arzt leise. »Niemand weiß es. Kann sein, dass wir operieren können.«

Er tippte sich wieder an die Brillenfassung, so als gewänne er dadurch Sicherheit.

»Scheiße!«, sagte Lumpi. »Sie lassen ihn verrecken, hm? Weil er ein verwichster Penner ist!« Er ging drohend auf den jungen Mann zu, aber Hulle hielt ihn zurück.

»Nein, das tun wir nicht«, erwiderte der Arzt.

Er hatte einen kleinen Schritt rückwärts gemacht, als Lumpi sich ihm näherte.

»Lass gut sein«, sagte Hulle. Er legte seine Hand auf Lumpis Brust. »Wann wissen Sie mehr?«

»In zwei bis drei Stunden wahrscheinlich. Kommt drauf an, ob wir ihn stabil genug bekommen, um zu operieren.«

Hulle nickte. »Er wird hier warten.« Mit dem Kopf deutete er auf Lumpi. »Ich bin bald zurück.«

Der Arzt sah zu Lumpi und griff abermals nach seinem Brillengestell.

»Ich tu dir schon nix«, sagte Lumpi und ließ sich wieder auf die Plastikschale fallen.

»Na, komm schon! Ich bringe dich zu deiner Freundin«, sagte Hulle. Er packte Lissy wieder am Arm.

»Glaubst du, dass es der Erlkönig war, der das Feuer gelegt hat?«, fragte sie Hulle.

»Ich weiß es nicht, Lissy. In der Mathematik lernt man oft, dass nichts so ist, wie es scheint. Das Wichtige ist, dass man alles in Betracht zieht.«

»Wie meinst du das?«, fragte Lissy.

»Wir machen mal einen Test.«

Sie bogen in die Straße, in der Tamara wohnte. Eine Straßenlaterne war kaputt, deshalb gingen sie ein Stück im Dunkeln.

»Glaubst du, dass ich der Erlkönig bin?«, fragte Hulle. »Dass ich Franka irgendwo versteckt halte?«

»Nein, das glaube ich nicht«, sagte Lissy sofort.

»Kannst du auch eine Begründung angeben, die nach den Gesetzen der Logik funktioniert? Oder ist es nur dein Gefühl?«

»Du warst höchstwahrscheinlich dabei, als Lumpi Frankas Handy gefunden hat. Wenn du gewusst hättest, dass es ihres ist, hättest du es ihm abgenommen.«

»Und woher sollte ich das gewusst haben?«

»Ach, keine Ahnung, wenn du sie entführt hättest, dann wäre das Handy das Erste, was du irgendwie loswerden müsstest. Du hättest es doch wiedererkannt.«

»Zumindest ziehst du viele Dinge in Betracht.«

Lissy nahm es als Lob.

»Das Handy ist gar nicht mehr wichtig. Ich muss herausfinden, wo der Erlkönig Franka versteckt. Aber ich weiß nicht, wie.«

Ihr fiel noch etwas anderes ein.

»Kannst du mir Geld leihen?«, fragte sie.

»Kommt drauf an, wofür.«

»Also hast du Geld.«

»Wieder eine logische Meisterleistung«, meinte Hulle spöttisch.

Sie standen vor der Haustür. Aus dem Flur drang ein schwaches Licht durch die Scheiben. Lissy bemühte sich, Hulle ins Gesicht zu sehen. Die Falten um Nase und Mund warfen in diesem Licht tiefe Schatten.

»Gib mir fünf Euro, bitte«, sagte sie. »Ich will uns nur was zu essen kaufen. Tamara hat überhaupt kein Geld mehr.«

»Also gut.«

Hulle holte einen zerknitterten Fünfeuroschein aus seiner Jackentasche. Er strich ihn zwischen seinen Händen glatt und gab ihn Lissy. Sie steckte ihn in ihre Hosentasche.

»Gib nicht alles auf einmal aus, ja?«, versuchte er einen Witz. Dann wurde er wieder ernst. »Und, was immer du tust, halte dich vom Erlkönig fern. Vertrau deinem Kopf!«

»Danke, Hulle«, sagte Lissy.

»Klar, kein Problem!«

Lissy drückte auf den Klingelknopf.

»Komm rein«, sagte Tamara. Sie hatte ihre türkisfarbene Jacke fest um sich geschlungen. »Birgit kommt gleich im Fernsehen. Was war draußen überhaupt los?«

»Erzähl ich dir später«, sagte Lissy. »Lass mich erst mal den Bericht sehen.«

Sie setzte sich müde auf das Bett. In Tamaras Wohnung war es fast genauso kalt wie draußen. Lissy nahm die schlafende Baby Jane vorsichtig auf den Arm. Der Geruch, der von der Kleinen ausging, war so süß, dass sie ihre Nase ganz nah an ihr kleines Köpfchen hielt.

Nach der Ansage kam die Küche der Familie Winterhart ins Bild. Das angestoßene Regal, das hinter Birgit stand, sprang Lissy viel mehr ins Auge als sonst. Die orange Tapete war oben ein wenig eingerissen. Auf dem Regal stand allerhand Nippes, eine Vase aus Glas mit Trockenblumen, Korkuntersetzer, die an einem geschmiedeten Gestell baumelten, und ein hölzerner Fisch, den Lissy in der Grundschule geschnitzt und bemalt hatte. Man sah, dass Staub auf allem lag.

Die Salz- und Pfefferstreuer, die wie kleine braune Hunde geformt waren und wie immer auf dem Tisch standen, wirkten kitschig, genau wie das Wasserfallfoto neben dem Regal.

Birgit sah auf dem Bildschirm zwanzig Jahre älter aus. Die Kamera hatte nicht nur Birgit gefilmt, sondern auch die nicht besonders saubere Spüle. Eine Einstellung zeigte die Schlafcouch im Wohnzimmer, dazu die herumliegenden Anziehsachen von Birgit und Lissys Mutter. Eine Stimme sprach aus dem Off. Lissy biss die Lippen fest aufeinander. Irgendetwas an diesen Bildern stimmt nicht, dachte sie.

Dann kam die Stelle, an der Birgit weinte, als sie von dem Verhalten der Polizei am Donnerstagabend sprach.

Lissy starrte auf die Mattscheibe. Es sah alles so schmutzig und arm aus. So als seien wir selbst schuld, dachte Lissy.

Sie strich sich über die Stoppeln auf ihrem Kopf.

Ein Bild von Franka wurde eingeblendet. Sie saß an einem Küchentisch, die Unterarme vor sich übereinandergelegt, und lachte in die Kamera. Vor ihr auf dem Tisch waren ein Bücherstapel, einige Blätter mit Text darauf und Stifte zu sehen.

Birgit schniefte.

»Falls Sie etwas über den Verbleib der dreizehnjährigen Franka W. wissen, rufen Sie an!«, sagte eine ernste Frauenstimme.

Dann wurden die Telefonnummern eingeblendet, ganz oben, über der Nummer der Polizei, gab es eine Franka-Hotline des Senders. Die Frauenstimme las die Ziffern vor, dann war der Bericht zu Ende.

Lissy fror.

»Wollte der Vermieter nicht kommen?«, fragte sie.

»Ja, irgendwas stimmt mit der Elektrik nicht. Er hat die Handwerker bestellt.«

»Das ist doch gut.« Lissy rieb ihre Nase ganz leicht an der weichen Babyhaut.

»Und du? Du siehst ganz schön fertig aus.«

»Ach, ich …« Lissy fühlte sich nur noch traurig.

»Was war denn los? Von überall kamen Feuerwehrautos. Und die Sirenen. Baby Jane hat sich gar nicht mehr eingekriegt.«

»Irgendjemand hat den Pennern das Zelt angezündet, das sie oben im Wald haben. Zwei-Neunzehn liegt im Krankenhaus.«

»Und dein Vater? Ist ihm was passiert?«, fragte Tamara.

»Nein«, erwiderte Lissy. »Er war nicht da. Trotzdem …«

Lissys Hals war voller Schneckenschleim.

»Okay, okay«, machte Tamara. Sie schlang ihre Arme um Lissy und das schlafende Baby. »Erzähl mir doch, was du rausgefunden hast.«

Lissy berichtete von der Verfolgung des italienischen Clowns, von ihrem Fund in seiner Wohnung und von dem, was Justus ihr über die Klavierlehrerin erzählt hatte.

»Da hast du ganz schön was hinter dir«, sagte Tamara leise. Sie wiegte Lissy hin und her, als wäre sie ein kleines Kind. So blieben sie lange sitzen.

Irgendwann streckte Lissy ihre Beine von sich. Sie krümmte ein paarmal die Zehen in den Turnschuhen und betrachtete die Bewegungen, die durch den roten Stoff zu sehen waren.

Tamara hielt sie weiter im Arm.

»Ich bin so was von müde«, sagte Lissy.

»Dann bleib hier«, schlug Tamara vor. »Es ist spät. Draußen ist es dunkel und du kannst dich hier für ein paar Stunden mal langmachen.«

»Jessica ist tot«, meinte Lissy. »Ich muss Franka finden.«

»Ich weiß«, sagte Tamara.

»Wenn ich mich hier ausruhe, habe ich einfach kein gutes Gefühl.«

Tamara drückte sie fester.

»Und wenn er dich …?« Sie räusperte sich. »Er weiß doch jetzt, dass du hinter ihm her bist.«

Lissy nickte langsam.

»Hast du ein Telefonbuch?«, fragte sie.

Tamara seufzte und kramte in ihrem Zimmer herum.

»Hier, ist aber schon älter.«

Lissy stöberte darin herum.

»Da, ich glaube, das ist sie!«

Tamara warf einen Blick auf die eng beschriebene Seite. Lissys Finger lag auf einer eingerahmten Anzeige.

»Hier, Arndt, Elfriede. Klavierlehrerin.«

»Das könnte sie tatsächlich sein«, stimmte Tamara zu. »Und sie wohnt auch hier in der Gegend.«

»Echt?«

»Klar, das ist eine Seitenstraße von der Gubener. Da ist mein Kinderarzt.«

»Dann komm, wir fahren dahin! Kälter als hier drin ist es draußen auch nicht«, schlug Lissy vor. »Und Baby Jane nehmen wir mit.«

»Morgen!« Tamara blieb unnachgiebig.

Lissy telefonierte kurz mit ihrer Mutter, um zu sagen, dass sie bei Tamara übernachten würde.

Dann putzte sie sich mit Tamaras Zahnbürste die Zähne und hängte ihre feuchten Klamotten zum Trocknen auf.

Tamara hatte alles, sogar ein großes Badetuch, gegen die Kälte auf das Bett gelegt. Lissy kuschelte sich neben Baby Jane und Tamara. Bald hörte sie Tamaras leichtes Schnarchen. Auch Baby Jane schien tief zu schlafen.

Lissy machte die Augen zu, aber sie war unruhig. Sie warf einen Blick auf ihr Handy. Es war kurz nach eins. Eine neue Nachricht mit einer Nummer, die Lissy nicht kannte, wurde angezeigt.

»Ruf mich an! Wg. Arndt«, las Lissy.

Sie schälte sich vorsichtig aus den Decken und ging in die Küche. Dann drückte sie die Rückruftaste.

Zuerst war nur laute Musik zu hören.

»Lissy, bist du das?«, schrie jemand in ihr Ohr.

»Ja, was ist denn?«, rief sie.

»Also, ich bin hier auf einer Party …«

Es war Justus.

»Das hör ich! Und? Hast du was rausgefunden?«

»Ja, also nichts Genaues. Es gibt da so Gerüchte.«

»Sag schon!« Lissy tastete nach dem Lichtschalter.

»Also … Moment, ich geh mal aufs Klo!« Die Musik wurde leiser.

»Ein paar von den Älteren hier kannten die Arndt besser. Sie ist damals wohl geschasst worden, weil sie … na ja, wegen sexueller Belästigung, so nennt man das wohl.«

»Was?«, fragte Lissy nach.

»Ja. Sie hat da wohl mal den Falschen angefasst. Dafür musste sie gehen.«

Lissy sagte nichts.

»Bist du noch dran?«, fragte Justus.

»Ja, klar«, sagte Lissy. »Ich muss erst mal nachdenken.«

»Wieso kommst du nicht her, hm?«

»Ein andermal, ja?«, sagte sie. »Ich hab noch was zu erledigen.«

Justus lachte. »Was hat man denn nachts um eins zu erledigen?«

»Erzähl ich dir später. Tschüss!« Lissy schob das Handy zusammen.

Sie lag auf dem Rücken und zählte abwechselnd die Atemzüge von Tamara und Baby Jane. Wie hing das alles zusammen? Und wo war Franka? Sie durfte einfach nicht denken, dass Franka tot sein könnte. Sie musste weitermachen, immer weitermachen, immer weiter nach ihr suchen. Sie musste sie finden. Lissy war so müde, dass ihre Augen tränten. Sie drehte sich auf die Seite und schlief ein.

Vom dunklen Fenster aus hatte er verfolgt, wie die Feuerwehr ihre Arbeit tat. Er hielt noch die Plastikflasche mit der Grillflüssigkeit in der Hand. Nun verstaute er sie vor der Tür neben dem Rost, auf dem er sich im Sommer manchmal Würstchen grillte.

Ein Anflug seiner alten Kopfschmerzen war an den Schläfen spürbar. Doch er musste nur daran denken, dass er endlich auf dem richtigen Weg war, dann schmerzte nichts mehr. Er musste einfach nur seinen Gedanken Ausdruck verleihen, aber nicht mit Worten, sondern mit Taten.

Sie saß auf dem Stuhl, auf ihrem Schoß waren die Texte, die er ihr gegeben hatte. Er konnte kaum glauben, dass sie erst seit ein paar Tagen hier war. Ihr Haar stand voller Fett und Schmutz von ihrem Kopf ab. Ihr Gestank füllte die ganze Hütte.

Er nahm ihr gegenüber Platz.

»Glaubst du das?«, fragte er sie und deutete auf die zerknitterten Blätter. Sie konnte nicht antworten, denn ihr Mund war überklebt.

»Antworte mir!«, sagte er.

Ihre Augen waren auf den Tisch vor ihr gerichtet.

Er riss ihr das Klebeband ab.

»Los jetzt! Was hältst du von dem Text?«, fragte er.

Sie blickte weiter auf die hölzerne Tischplatte.

»Er ist gut, oder? Aber jetzt ist nichts davon mehr wahr.«

Er blickte auf ihren fettigen Scheitel.

»Ich wollte dich tatsächlich retten, kannst du dir das vorstellen? Wegbringen von diesem ganzen Schmutz, der dich umgibt.« Es war nicht mehr wichtig und er konnte es ganz einfach erklären. »Ich war ein Kind. Begabt und in schöne Worte ganz verliebt. Und ich hatte noch weniger Chancen als du. Du siehst deine Chance nicht mal. Du willst nur zurück in den Dreck kriechen.«

Sie schien die Luft anzuhalten.

»Weißt du, Worte bedeuten in Wirklichkeit gar nichts.« Er lachte auf. »Ich hätte dir helfen können.«

Sein Gesicht wurde ernst, als er sagte: »Und jetzt reden wir mal über deine Freundin.«

Ihre Augen unter den stumpfen Ponyfransen weiteten sich.

»Du weißt, wen ich meine. Diese billige Schlampe, die mir die Tür aufgemacht hat. Diese Hässliche.«

Sie blickte ihn an, ohne zu blinzeln.

»Weißt du, dass es gar nicht darauf ankommt, ob ich die richtigen Worte habe, um sie zu beschreiben? Es kommt darauf an, dass ich es ihr zeige.«

Es war so befreiend, ihr ins Gesicht zu lachen.

»Ich werde es diesem ekligen Biest zeigen. Vielleicht schon heute Nacht, wenn du wieder unter deiner Klappe bist.«

Sie flüsterte etwas. Ihre Stimme war rau.

Er verstand sie nicht und es war ihm auch egal. Er ging um den Tisch herum und schob ihre Haare zur Seite. Ihr geschundenes Ohr war blutverkrustet. Mit dem Zeigefinger fuhr er die Rundung nach. Er musste sich nur noch einmal vergewissern. An diesem Ohr war nichts Besonderes. Unter ihrem Ohrläppchen konnte er den Kieferknochen sehen. Er bewegte sich schnell, so als würde sie auf etwas kauen.

Er nahm ihr Ohr zwischen seine Finger und zog daran.

Sie schrie auf.

»Also, Schätzchen, wo könnte sie heute Karneval feiern?«

Ihre Zähne bohrten sich in ihre zerbissene Unterlippe. Er zog etwas fester an ihrem Ohr. Sie unterdrückte diesmal ihren Schrei.

»Als würde ich sie ohne deine Hilfe nicht finden!« Er lachte. »Ich will doch nur, dass du etwas zum Nachdenken hast.«

Lissy erwachte. In ihrem Traum war sie ihm gefolgt. Er war durch einen engen dunklen Tunnel gelaufen und sie hinter ihm her. Die Wände des Tunnels waren mit dem gleichen Stoff ausgekleidet wie sein grauer Umhang. Sie hatte Angst gehabt, grenzenlose Panik, und trotzdem war sie immer weitergelaufen, bis sie aufgewacht war.

Ihr Kinn zitterte und das alte T-Shirt, das Tamara ihr zum Schlafen geliehen hatte, war nass geschwitzt. Sie sah auf ihr

Handy. Es war kurz vor zwei. Tamara und Baby Jane lagen ineinander verschlungen und atmeten tief und langsam.

Lissy balancierte über die schlafenden Körper und tastete nach ihren Kleidern. Sie zog sich in der Küche an.

Auf der Rückseite eines Kassenzettels schrieb sie an Tamara: »Muss los! Mach dir keine Sorgen!« Daneben legte sie die fünf Euro, die sie von Hulle bekommen hatte.

Am Fenster sah sie, dass die Nacht über der Straße lag wie ein schwarzer Regenschirm. Sie nahm ihre Jacke und schloss die Tür ganz leise hinter sich.

Es war eisig kalt, als sie über die Heyestraße ging. Niemand begegnete ihr.

Sie bog in die kleine Seitenstraße ein, in der di Battista wohnte. Die Kälte prickelte auf ihren Wangen und biss sich in ihren Zehen fest.

Das Fenster im dritten Stock war dunkel. Er schlief. Aber er würde herauskommen, irgendwann am Morgen, und dann würde sie ihm wieder folgen.

Lissy setzte sich in den Treppeneingang des Hauses gegenüber. Die Kälte des Steins kroch ihr über Hintern und Rücken bis in ihren Nacken. Sie steckte die Hände in die Taschen. Der Ausweis ihrer Mutter fühlte sich glatt an. Sie holte ihn hervor, aber es war zu dunkel, um das Passfoto sehen zu können. Lissy strich mit dem Daumen darüber. Dann verstaute sie den Ausweis wieder in ihrer Jacke.

Sie lehnte ihren Kopf an die Wand und spürte, wie müde sie war.

Als sie das nächste Mal auf die Uhr an ihrem Handy sah, war es halb vier. Sie warf einen Blick auf das dunkle Fenster. Sie stellte sich vor, wie er in dieser Wohnung schlief. Aber wo hatte er Franka versteckt?

Lissy erhob sich. Ihre Beine waren steif. Sie reckte sich und kreiste ihre schmerzenden Schulterblätter. Rotz lief ihr aus der Nase. Sie wischte ihn mit dem Jackenärmel weg. Sogar die Jacke fühlte sich kalt an.

Dann sah sie plötzlich, wie im dritten Stock, in seiner Wohnung, das Licht anging. Das Tier in ihrer Brust wachte auf und drängte sich gegen ihre Rippen.

Sie drückte sich enger in den Hauseingang. Wenig später erlosch das Licht wieder. Lissy holte tief Luft. Aber da flammte das Licht im Treppenhaus auf und kurz darauf sah sie ihn auf der Straße. Er trug eine dunkle Jacke. Die Kapuze zog er sich über den Kopf, dann streifte er Handschuhe über. Er verschwand um die Ecke, in die Straße, in der Lissy wohnte.

Sie stieß sich vom Hauseingang ab. Sie spürte, dass kalter Schweiß in ihren Achselhöhlen klebte. Das Tier warf sich nach vorn und wollte los.

Sie hielt sich nahe an den Hausmauern und schlich vorwärts. Als sie um die Ecke spähte, sah sie ihn.

Er hatte die Straßenseite gewechselt und stand vor ihrem Haus. Die Kapuze hatte er in den Nacken geworfen. Er blickte zu ihrem Fenster hinauf. Dann sah sie, wie er im Hauseingang gegenüber Platz nahm.

Lissy zog ihren Kopf zurück. Er würde ihren Blick sonst spüren, da war sie sich sicher. So wartete sie.

# Veilchendienstag

Wir werden sterben!
Kann nichts mehr essen, nichts mehr denken, nichts hoffen, nichts mehr erinnern. Kaue an meinem eigenen Mund, bis der Geschmack von Blut an meinem Gaumen klebt. Bin ganz in mir drin.
Trotzdem sind die Wörter in meinem Kopf, in einem fort!
Ich muss hier weg, ich muss Leben, ich muss Atmen, ein und aus, ich muss!
Es kann nicht nicht sein. Dass wir nicht sind. Es kann nicht nichts sein, hier sein, hier bleiben, in einem Sarg.
In den Fesseln, jetzt. Nur noch Angst. Geschlagen, verprügelt, gedemütigt.

Lissy fuhr herum. Eine Gestalt kam die kleine Straße hoch, in der di Battista wohnte. Lissy erkannte ihren Vater.

»Verdammt!«, flüsterte sie. Sie warf einen schnellen Blick auf die andere Seite. Di Battista saß immer noch im Hauseingang. Sein Blick schien auf die dunklen Fenster ihrer Wohnung gerichtet.

Lissy stieß sich von der Hauswand ab und ging ihrem Vater entgegen.

»Was willst du denn?«, flüsterte sie. Ihr Vater sah aus, als sei er unterwegs gefallen. Seine Hose war an beiden Knien voller Dreck. Er packte sie und küsste sie auf ihr kurzes Haar. Lissy kam er immer noch ziemlich betrunken vor.

»Ich hatte solche Angst um dich. Hulle hat mir gesagt, dass du in Gefahr bist.«

»Papa, sprich leise«, machte Lissy. Sie befreite sich aus der heftigen Umarmung. Über die Schulter sah sie zurück.

»Ich hab einfach Angst gehabt«, sagte er.

Lissy betrachtete sein Gesicht. Das Zwielicht vertiefte die Falten um seinen Mund und machte ihn zu einem alten Mann.

»Komm weg hier!«, sagte Lissy. Sie zog ihn von der Ecke weg. »Und sei verdammt noch mal leise!«

Ihr Vater stolperte, doch Lissy hielt ihn fest.

»Los, beeil dich doch!«, trieb sie ihn an.

An der nächsten Biegung blieb sie stehen. Hier konnte di Battista sie bestimmt nicht mehr hören.

»Was ist passiert? Warst du im Krankenhaus?«, fragte Lissy.

Statt einer Antwort griff ihr Vater in seine Jackentasche und holte eine kleine Flasche hervor. Sein Blick ging von Lissy zu der Flasche, dann über Lissys Kopf hinweg, als sei dort etwas, was ihm weiterhelfen könnte. Er nahm einen Schluck von der klaren Flüssigkeit.

»Was ist mit Zwei-Neunzehn? Kommst du aus dem Krankenhaus?«, fragte Lissy.

»Was für ein Fusel!« Papa schüttelte sich, als bekäme er den Schnaps kaum hinunter.

»Sag es mir!«, flüsterte Lissy eindringlich. Sie spürte, wie das Tier hervorkam, nackt und wund, und wie es in ihrem Inneren schrie und heulte.

»Keine Ahnung!«, spuckte ihr Vater aus. »Wir werden doch alle verrecken.«

Sie packte seinen Arm und schüttelte ihn.

»Hör auf damit! Du kotzt mich an, klar?«, zischte sie. »Wir werden nicht … nicht verrecken.«

Lissy überlegte kurz. Sie musste ihn von di Battista wegbringen.

»Wir gehen zu Hulle.«

»Nein, nicht dahin«, weigerte ihr Vater sich. »Das Warten auf diesem Flur!«

»Komm schon, das sind doch deine Freunde«, sagte Lissy.

Sie zog ihn mit sich durch die Dunkelheit. Ihr Herz klopfte laut in dem Takt, den ihre dünnen Sohlen auf dem eisigen Teer machten.

Als sie am Krankenhaus ankamen, stand Hulle rauchend unter der Nachtbeleuchtung. Lumpi saß auf den Marmorstufen davor, die Arme eng um sich. Sein Gesicht war zusammengezogen, als könne er die Lampe nicht aushalten.

»Was machst du hier?«, fragte er Lissy. »Das ist nichts für dich.«

»Warum nicht? Ich kenne ihn auch«, sagte sie.

Hulle musterte die Glut an seiner Kippe.

»Wie geht es Zwei-Neunzehn denn?«, fragte Lissy leise.

»Nichts Neues«, murmelte Hulle. »Weißt du, Lissy, es ist komisch. Ich habe immer gedacht, mir würde nichts mehr was ausmachen.«

Lissy spürte, wie sie verlegen wurde.

»Ich hab gedacht, Kind tot, Frau weg, Haus weg, was soll danach noch kommen!« Hulle zog fest an seiner Selbstgedrehten. »Und jetzt stehe ich hier und …« Seine Stimme brach und Lissy hörte einen leisen Schluchzer, gefolgt von einem Husten.

»Dein Kind …?« Das Tier in ihr schien die Luft anzuhalten, so wie Lissy es gar nicht kannte.

Hulle warf seine Kippe weg und beobachtete, wie sie auf dem Teer verglühte. Lissy wagte nichts zu sagen.

»Ich gehe jetzt mal rein und frage, ob es was Neues gibt.«

Lissy setzte sich neben ihren Vater auf die kalten Treppenstufen. Lumpi rückte demonstrativ zu ihr hin.

»Jetzt nerv nicht!«, schnauzte Lissy ihn an.

»Schon gut, Prinzessin, schon gut!«

Ihr Papa nahm ihre Hand. Lissy wusste nicht, ob er getröstet werden wollte oder ob es ein Trost für sie sein sollte. Vielleicht ist es auch egal, dachte sie.

Das Gesicht von ihrem Vater sah klein und müde aus.

»Er hat immer Angst vor Krankenhäusern gehabt und jetzt stirbt er in einem«, sagte er.

»Nein, tut er nicht«, widersprach Lissy.

Ihr Vater lachte rau auf. Sie warteten.

Der Morgen würde klar und kalt werden, geradezu blank in seiner Neuheit. Er schüttelte den Kopf, als er bemerkte, dass er immer noch neue Wörter suchte. Wozu?

Das Schütteln schmerzte. Er bewegte seinen Kopf vorsichtig hin und her. Die Schmerzen waren wieder da.

Er musste einkaufen gehen. Er hatte nur noch einen Rest Klebeband und fast nichts zu essen? Brauchte er überhaupt noch neues Band? Er drückte mit den Fingerspitzen gegen seine schmerzenden Schläfen.

Wo war diese Schlampe nur? Lag sie im Bett und schlief, während ihre Freundin verschwunden war?

Sie sind keine Menschen, dachte er, nur Schmutz auf den Straßen. Nur Dreck, der aufgesammelt und entsorgt werden muss. Entsorgen, dachte er, ich bin ein Entsorger.

Aber die Spielereien mit den Wörtern konnten seine Schmerzen jetzt allein nicht lindern. Er musste sie finden!

Er stellte sich vor, dass er sie würgte, bis ihre Augen und ihre Zunge hervorquollen.

Ein Kind mit Rucksack ging an ihm vorbei und musterte ihn misstrauisch. Mit seinen Augen folgte er der kleinen Gestalt, und Mitleid überkam ihn. Sie erschien ihm so klein und schutzlos.

Er sah auf seine Uhr. Es war kurz vor sieben.

»Es ist vor ein paar Minuten zu Ende gegangen«, sagte Hulle leise. Lissys Vater nahm seine Flasche aus der Jacke und reichte sie wortlos Hulle. Der trank einen kleinen Schluck und schloss kurz die Augen.

Ein großes Tier lag wie tot in Lissys Bauch und machte das Stehen schwer.

Hulles Gesicht war sehr ernst.

»Ist er an den Verbrennungen gestorben?«, fragte Lissy.

»Sie konnten nichts tun. Sein Kreislauf hat sich einfach nicht stabilisiert.«

Lissy sah weiter in das ernste Gesicht. Eine lange Weile schwiegen sie.

»Das Schlimmste ist, dass er zum Schluss Angst gehabt haben muss. Weißt du, im Feuer«, sagte Hulle wie zu sich selbst. »Daran muss ich die ganze Zeit denken.«

Lissy wollte sich das nicht vorstellen.

»Er hat immer zu viel Angst gehabt. Einfach zu viel, um durchzukommen.«

»Ja«, sagte Lissy. Sie dachte daran, wie sie Zwei-Neunzehn einmal in einen Hauseingang gekauert getroffen hatte. Als er sie sah, hatte er – obwohl er sie ja kannte – die Augen zugekniffen. Als wäre er ein kleines Kind, das dann nicht entdeckt werden könnte.

»Papa konnte es hier nicht aushalten, nicht wahr?«, fragte sie. »Deshalb hat er so getan, als müsste er auf mich aufpassen.«

»Er hat ein weiches Herz, sieh es doch mal so.« Hulle blickte auf Lissys Vater, der sich wieder auf die Stufen gehockt hatte. Lumpi saß daneben. »Und er hat sich Sorgen um dich gemacht.«

»Du hättest ihm gar nichts erzählen dürfen«, sagte Lissy.

Hulle sah sie weiter ernst an.

»Du glaubst doch nicht, dass ich dich völlig ohne Schutz lasse?«, sagte er. »Wenn du recht hast und der Erlkönig das Feuer gelegt hat, dann hat er einen Menschen auf dem Gewissen!«

»Und er hat Franka.« Lissy spürte, wie ihr Körper gegen Hulle stieß. Sie packte ihn und wollte ihn schütteln.

Aber Hulle drehte mit einer behänden Bewegung ihren Arm auf den Rücken und presste sie gleichzeitig fest gegen sich.

»Ich kenne das alles. Glaub mir, ich kenne das.«

»Dann hilf mir!«, schnaubte Lissy und versuchte sich loszumachen.

»Ich versuche, dich zu beschützen.«

Er ließ sie langsam los. Sie standen eng beieinander und holten tief Luft.

»Wo willst du nun hin?«, fragte er.

»Nach Hause. Bei Tamara kann ich jetzt nicht klingeln, da wecke ich das Baby.«

»Dann bringe ich dich dorthin«, sagte Hulle.

»Okay«, sagte Lissy. Sie wollte Hulle nicht zeigen, wie erleichtert sie war.

In Lissys Bauch lag das Tier, das sich wie tot anfühlte. Es war schwer, mit diesem Gewicht zu laufen. Hulle, der neben ihr ging, schien es nicht anders zu gehen. Lissy fühlte seine Traurigkeit in jedem Atemzug, den er tat, in dem harten Geräusch, den seine schweren geschnürten Stiefel machten.

»Lass uns an seinem Haus vorbeigehen«, sagte Lissy und bog in die Seitenstraße an. Sie schauten an der verschnörkelten Fassade hoch. Vielleicht saß er noch vor ihrer Haustür und wartete auf sie. Mit Hulle fühlte sie sich sicherer. Aber vielleicht war er in seiner Wohnung, vielleicht stand er wieder hinter der Gardine und beobachtete sie.

»Du meinst immer noch, dass er Franka hat?«, fragte Hulle so leise, als könne di Battista sie hören. Sie wagten beide nicht, stehen zu bleiben.

Lissy nickte.

»Er versteckt sie irgendwo«, flüsterte Lissy. »Vielleicht hat er in Eller ein Versteck, vielleicht auch hier.«

»Hast du etwas über diese Frau Arndt herausgefunden?«

»Ja, aber ich weiß nicht genau, wie das alles zusammenpasst«, sagte Lissy. Sie erzählte Hulle von Justus' Anruf.

»Hm«, brummte Hulle. »Vielleicht müsste man sich diese Frau mal näher ansehen.«

Sie bogen um die Ecke und Lissys Augen suchten die Straße nach dem Italiener ab, aber er war nicht zu entdecken. Erleichtert schlüpfte sie in den Hausflur und schlich die Treppe hinauf. Sie gab sich Mühe, die Wohnungstür leise zu öffnen, aber sie wurde ihr aus der Hand gerissen. Ihre Mutter stand im Türrahmen, in Sweatshirt und Jeans.

Lissy ging in Deckung, bereit, den ersten Schlag entgegenzunehmen, doch ihre Mutter riss sie an sich.

»Komm rein, komm rein!«, rief sie und gab ihr einen dicken feuchten Kuss.

»Was ist los?«, fragte Lissy.

Die Sager saß in der Küche, daneben Herr Peters. Sie hielten Kaffeebecher in den Händen und blickten Lissy entgegen.

»Hallo, Lissy! Bist aber früh unterwegs«, meinte die Sager.

Herr Peters nickte ihr zu.

»Der Mörder von Jessica! Gestern Abend haben sie ihn endlich gefasst.« Ihre Mutter stopfte sich eine Zigarette.

Herr Peters und Lissy tauschten einen Blick.

»Der Stiefvater von Jessica ist es! Die perverse …« Lissys Mutter verstummte mit einem Blick auf Birgit.

»Sie kommt zurück. Ich spüre einfach, dass sie zurückkommt.« Birgits Bewegungen, die in den letzten Tagen schlafwandlerisch langsam gewesen waren, wirkten nun hektisch. Das Kaninchen saß in seinem Kasten und knabberte an einer Möhre.

»Und die Bullen suchen Franka bei ihm?«, fragte Lissy. Sie hielt ihre Schlüssel noch in der Hand.

»Natürlich. Er ist der Entführer. Wer denn sonst?«, meinte die Sager. Sie war aufgestanden und kam jetzt auf Lissy zu.

»Woher kannte er sie denn?«, fragte Lissy. Sie schüttelte den Kopf.

Die Sager hielt ihren Blick in die Augen von Lissy gerichtet.

»Können wir zu dritt in deinem Zimmer weiterreden?«, fragte Herr Peters.

Lissy zuckte mit den Schultern. Sie ging voraus, Herr Peters folgte ihr und die Sager schloss die Tür hinter ihnen.

»Also, Lissy, sag mir jetzt alles, was du weißt«, befahl Peters.

»Wieso lügen Sie meine Mutter an? Wieso Birgit?«, fragte sie leise und sah den Kripochef an.

»Weil sie … unzuverlässig sind. Dieser Fernsehauftritt! Das hatten wir anders abgesprochen. Sie hat uns bezichtigt, dass wir nicht rechtzeitig gehandelt hätten. Und wir haben wirklich Jessicas Mörder. Es ist also nicht gelogen.«

Lissy spielte mit dem Haustürschlüssel.

»Weißt du eigentlich, was für Leute sich beim Fernsehen wichtigmachen?«, fragte die Sager.

»Der Entführer ist für Franka weniger gefährlich, wenn er sich in Sicherheit glaubt«, sagte Herr Peters.

Lissy schluckte.

»Was ist mit dem Erlkönig? Haben Sie di Battista überprüft?«, fragte Lissy.

»Wir werden mit ihm sprechen«, sagte Herr Peters.

»Sie haben noch gar nichts gemacht!«, rief Lissy ungläubig.

Die Sager kniff den Mund zusammen.

»Jetzt sei nicht so bockig! Die Idee mit diesem Italiener! Das ist doch bescheuert.«

»Haben Sie ihn wenigstens überprüft?« Lissy sah die Polizistin an.

»Ja. Und da war nichts«, erklärte die Sager scharf.

»Bitte, Frau Kollegin. Lissy wollte uns nur helfen«, ging Peters dazwischen.

Lissy spürte, wie wenig sie die beiden mochte, besonders die Sager mit ihrem lippenlosen Mund. Sie bekam keine Luft, wenn sie mit dieser Frau in einem Zimmer war.

»Wissen Sie, dass Zwei-Neunzehn tot ist? Könnte das nicht auch ein Mord sein?«, fragte sie Peters über den Kopf von Frau Sager hinweg.

»Nein, davon weiß ich nichts. Wer ist das?«

Lissy zuckte mit den Schultern. Sie zog ihre weiße Hose aus. Herr Peters drehte sich zum Fenster.

Ihre enge Jeans lag als Knäuel vor ihrem Bett. Sie stieg hinein und hielt die Luft an, während sie den Reißverschluss nach oben zog.

»Ich muss los.«

Sie spürte die Hand der Sager, die sie festhalten wollte, aber sie war schneller. In ihrem Körper raste es, als wären tausend wilde Pfoten unterwegs, um die Treppe hinunterzukommen.

Sie rannte, bis sie das Haus, in dem Tamara lebte, sehen konnte. Dann blieb sie einen Moment stehen und hielt sich die stechende Seite. Um Luft japsend, klingelte sie bei ihrer Freundin.

»Pass auf!«, rief Lissy Tamara entgegen, kaum dass sie oben war. »Sag mir, ob ich richtigliege!«

Tamara nickte. Sie gingen ins Zimmer und setzten sich aufs Bett. Tamara zog ihr großes Schlafshirt über ihre nackten Beine.

»Wir wissen, dass Franka auf dem Weg zu einer Verabredung mit jemandem war, der sich Erlkönig nennt. Wir wissen, dass dieser Erlkönig Frankas Gedichte aus dem Internet kennt.« Lissy überlegte einen Moment, ob sie tatsächlich nur das zusammenfasste, was sie wusste.

»Wir wissen, dass der Italiener als Erlkönig verkleidet war und ebenfalls Frankas Gedichte kennt, weil er ihre Kladde zurückgebracht hat.«

Tamara nickte.

»Und er hat versucht, mich …« Lissy überlegte und wechselte dann das Thema.

»Nun, er hatte zumindest eine CD mit einer Erlkönig-Aufnahme in seiner Wohnung. Und seine Lehrerin hat ihn vielleicht … missbraucht«, setzte Lissy hinzu.

»Woher weißt du das?« Tamaras Augen wurden rund.

Lissy berichtete von Justus und dem, was er herausgefunden hatte.

»Aber sicher bist du nicht?«, fragte Tamara.

Lissy zögerte.

»Es wäre ein Motiv. Dass er selbst wiederholt, was ihm angetan wurde.«

»Du meinst, dass er Franka …« Tamara zog ihre nackten Beine enger an sich.

»Das weiß ich nicht. Aber es würde den Namen erklären. Erlkönig.«

»… der Kinder entführt?«, fügte Tamara fragend hinzu.

Lissy nickte.

»Und Jessica? Wie passt sie da hinein?«, fragte Tamara.

»Gar nicht«, sagte Lissy sofort. »Jessica und Franka sind zwei völlig verschiedene Fälle. Jessica hat ihren Mörder gekannt, und Franka …« Lissy war sich sicher. »Franka hat ihren Entführer auch gekannt. Aber die beiden haben nichts miteinander zu tun.«

Tamara zog ihre Beine unter dem Shirt hervor.

»Was tun wir jetzt?«

»Ich versuche, mehr über diese Arndt herauszukriegen. Dann sehen wir weiter.«

»Ich komme mit.«

»Nein, du bleibst bei Baby Jane. Ich rufe dich an, wenn ich mehr weiß.«

Draußen wurde es hell. Es würde ein klarer Tag werden. Obwohl es eisig kalt war, sangen einige Vögel, fast wie im Frühling. Lissy zog ihre Jacke fest um sich, tastete nach der CD und ging los.

Im Bus waren wenige kostümiert. Es war Veilchendienstag und die meisten mussten wieder arbeiten oder in die Schule. Die kahlen Bäume der Gubener Straße reckten sich ins helle Sonnenlicht.

An der Ecke, an der die kleine Seitenstraße abging, räumte jemand seine Garage auf. Ein Ständer für Winterreifen war im Vorgarten abgestellt, daran lehnten zwei Fahrräder. An der Hauswand waren alte, prall gestopfte Säcke und Farbdosen aufgetürmt. Ein alter Teppich war ausgerollt und auf ihm stand ein großes schwarzes Motorrad.

Lissy betrachtete den Rücken des Mannes, der das Motorrad polierte; er war in der Hocke, ein helles Fensterleder in der

Hand, neben sich ein gelbes Eimerchen. Zwischen Jacke und Hose war sein blanker Rücken sichtbar.

Ein roter Golf hielt neben ihr und hupte. Der Mann, der das Motorrad putzte, sah auf. Lissy zwang sich, geradeaus zu gehen. Das Auto rollte neben ihr weiter und hupte nochmals. Lissy blieb stehen und bückte sich, um den Fahrer erkennen zu können. Es war die Sager. Sie ließ die Scheibe auf der Beifahrerseite hinunter.

»Wo gehst du denn jetzt hin?«, fragte die Sager.

»Die Straße entlang.«

Die Polizistin fuhr in Schrittgeschwindigkeit neben ihr her.

»Was wollen Sie? Ist es verboten, hier lang zu laufen?«

»Komm, ich fahr dich nach Hause. Ist zu kalt zum Laufen.«

Lissy richtete sich auf. Sie ging weiter, so als hätte sie die Sager nicht gehört. Das Tier schien auf ihrer Schulter zu sitzen und die Straße hinter ihr zu beobachten.

Sie sah, wie die Warnblinkanlage des Autos aufleuchtete und in einen gleichmäßigen Rhythmus überging. Das Auto wurde gebremst und hielt. Die Sager stieg aus.

»Schluss jetzt mit dem Unsinn! Du sagst mir jetzt, wo du hinwillst, oder du steigst in das Auto!« Sie hielt Lissy am Oberarm fest.

»Was soll das?«, fragte Lissy. »Bin ich verhaftet?«

»Natürlich nicht! Frag nicht so dumm, steig ein!«

Die Sager schob Lissy in Richtung Beifahrertür.

»Haben Sie Franka inzwischen gefunden?«, fragte Lissy. Sie machte sich mit einem Ruck los.

»Wir arbeiten mit allen Kräften daran«, erwiderte die Sager. Sie hatte Lissy losgelassen. Ihre Mundwinkel, die sonst energisch nach hinten gezogen waren, schienen vor Müdigkeit erschlafft zu sein.

»Und Sie? Sind Sie nicht im Dienst?«

»Steig ins Auto!«

»Nein!«

Die Sager blickte in Lissys trotziges Gesicht. Lissy hatte das Gefühl, die Sager hätte ihr gern eine runtergehauen. Dann zuckte die Polizistin mit den Mundwinkeln, drehte sich auf dem Absatz um und stieg wieder ein. Lissy hörte, wie sie den Motor startete, den Gang einlegte und losfuhr. Sie sah dem roten Auto nach, bis es um die Ecke bog.

Das Grundstück von Frau Arndt sah sehr gepflegt aus. Die Nordseite des Hauses war mit Schiefer beschlagen und Efeu wuchs die übrigen Hauswände an Rankgittern hoch. Zwei Rosenbüsche umrahmten den Türeingang, sie waren gegen den Frost mit weißem Vlies abgedeckt. Einzelne Schneeglöckchen wuchsen an den Seiten des gepflasterten Weges.

Lissy klingelte an der Haustür. Sie versuchte, das wilde Tier mit den Läufen, die gegen ihr Zwerchfell trommelten, nicht zu beachten.

Sie hörte Schritte, die hinter der Haustür haltmachten, und glaubte zu spüren, dass ein Auge sie durch den Türspion fixierte. Lissy sah auf ihre halbwegs saubere Jeans. Sie spürte einen prüfenden Blick auf ihren Haarstoppeln.

Dann wurde eine Kette beiseitegeschoben und Lissy erkannte die Frau, die auf dem CD-Cover abgebildet war.

Sie war älter als auf dem Foto. Lissy schätzte sie auf über fünfzig.

Die Haut war milchig weiß und an den Augenwinkeln von feinen Linien durchzogen. Die Wimpern und Augenbrauen waren hell wie das Haar. Tatsächlich war sie für das Foto geschminkt gewesen. Das blonde Haar war streng zurückgesteckt und die feinen Härchen an den Seiten und der Stirn über den Ohren zusätzlich mit kleinen goldenen Klammern befestigt. Sie trug ein weißes Wollkleid, das ihre große schlanke Figur betonte, helle Strümpfe und Hausschuhe aus Filz. Lissy sah auf die unpassenden Pantoffeln.

»Ich hoffe, ich störe nicht«, sagte sie.

Es roch nach warmer Milch und Kaffee.

»Was willst du denn? Und um diese Zeit?«, fragte die Arndt. Sie sprach, als sei sie gewohnt, viel zu reden. »Geht es um Stunden?«

»Stunden?«

»Klavierstunden«, sagte die Frau erklärend.

Lissy zögerte.

»Ja, genau, ich interessiere mich für Klavierstunden«, sagte sie.

»Komm rein«, forderte die Arndt sie auf und trat zur Seite.

Lissys kalte Füße versanken in dem hochflorigen Teppich, mit dem der Flur ausgelegt war.

»Auch eine Tasse Kaffee?«, wurde sie gefragt.

Lissy nickte und sah zu, wie die Arndt ihr Kaffee in eine dünnwandige Tasse einschenkte. Es erinnerte sie an ihren Besuch bei Justus.

»Sehen Sie, diese CD … die hat mich darauf gebracht, Klavierspielen zu lernen.« Lissy zog die CD aus ihrer Tasche und hielt sie so, dass die Frau ihr Foto auf dem Cover sehen konnte.

Sie lächelte milde.

»Kennen Sie di Battista gut?«, fragte Lissy.

»Gianluca? Warum?« Die Arndt goss ihr ungefragt Milch in den Kaffee. »Zucker?«

»Ja, bitte«, sagte Lissy. »Woher kennen Sie Gianluca denn? Er tut immer so geheimnisvoll.«

Die Frau zuckte mit den Schultern.

»Ich habe einige Sachen ohne Gesang auf dem Klavier eingespielt, damit Gianluca üben konnte.« Sie hob eine Hand und führte sie zu ihrer Kaffeetasse.

»Ich begleitete ihn auf dem Klavier.« Sie trank einen Schluck und stellte den Kaffee wieder hin.

Der Mund der Lehrerin lächelte.

»Na ja, für eine Musikhochschule hat es nun mal nicht gereicht.« Sie sah aus dem Wohnzimmerfenster über den gelblichen Winterrasen. »Ist dann nur Übersetzer geworden, für irgendwelche technischen Sachen.«

Lissy betrachtete ihr Gesicht im Profil. Ihre Kiefer schienen fest zusammengepresst, so als hielte sie etwas zurück.

»Und er kümmerte sich lange Zeit um meinen Schrebergarten. Jetzt ist das nicht mehr nötig.« Sie wies mit dem Kinn auf den Rasen. »Hier habe ich genug Grün.«

»Aha«, machte Lissy. »Was wissen Sie über den Erlkönig?«, fragte sie weiter. Sie nahm den Kaffee und pustete hinein.

»Ach, das war immer sein Lieblingsstück«, sagte die Arndt. »Wahrscheinlich ist es das heute noch.«

»Ich glaube, dass er eine Freundin von mir entführt hat.« Lissy beobachtete sie genau. »Franka Witt, Sie haben sicher in der Zeitung davon gelesen.«

Die gepflegte Hand, die Lissy jetzt den Zucker entgegenschob, zitterte kurz. Lissy war sich ganz sicher.

»Ist das irgend so ein Narrenstreich?«, fragte die Arndt. Es sollte spöttisch klingen. Sie schlug die Beine übereinander und legte ihre Hände gefaltet in den Schoß.

»Er hat versucht, mich umzubringen«, machte Lissy weiter.

Die Arndt zuckte mit keiner Wimper. Sie stand auf.

»Ich glaube, du gehst jetzt besser.«

Lissy erhob sich ebenfalls, die Kaffeetasse noch in der Hand.

»Davon träumen Sie doch, oder? Sich im Internet kleine Jungs zu besorgen, hm? Ohne Schule ist das ja gar nicht mehr so einfach.«

»Soll ich die Polizei rufen oder findest du allein den Weg nach draußen?«, fragte die Frau. Sie gab sich gelangweilt, aber Lissy sah, dass ihr Fuß im Pantoffel kleine nervöse Bewegungen machte.

»Können Sie sich denn nicht vorstellen, wie das für Franka ist? Wenn sie noch lebt, dann hat sie fürchterliche Angst!«

Lissy stellte den Kaffee ab.

»Und wenn Franka stirbt … Überlegen Sie sich, ob Sie nicht doch etwas tun wollen.«

Sie ging langsam zur Haustür. Sie war sich sicher, dass die Arndt sie zurückrufen würde, aber hinter ihr blieb es still.

Lissy packte den Türknopf, drehte ihn langsam und öffnete die Tür. Die klare Kälte stieg ihr in die Nase. Sie ging langsam zum Gartentörchen. Vielleicht musste man der Frau Zeit lassen, dachte sie. Aber der Ruf, auf den sie hoffte, kam nicht.

Sie ging zurück bis zur Ecke. Der Motorradmann stand inzwischen neben seiner Maschine und putzte den verchromten Tankdeckel. Als er damit fertig war, nickte er Lissy zu und ging in die Garage. Vielleicht holte er etwas.

Lissy ging ein kleines Stück und behielt die Straßenecke im Auge. Und dann, genau wie sie gehofft hatte, bog die Arndt in die Gubener Straße ein.

Ihre Filzpantoffeln hatte sie gegen hohe beige Wildlederstiefel getauscht. In einem hellen Mantel saß sie auf einem Fahrrad und trat in schnellem Takt in die Pedale.

Lissy flankte über den niedrigen Jägerzaun, hinter dem die Fahrräder standen. Der Sattel des einen war zu hoch eingestellt, aber Lissy hatte keine Zeit, nach dem zweiten zu greifen, einem Damenrad, wie sie sah. Sie trat kräftig in die Pedale und fuhr im Stehen. Von der Arndt sah sie nur noch einen hellen Fleck, bevor sie unter der Bahnunterführung verschwand.

Lissy radelte langsamer, als sie die Frau auf ihrem Fahrrad wieder vor sich sah. Auf der rechten Seite befand sich nun die hohe Backsteinmauer, die die stillgelegte Glashütte begrenzte, links eine breite Straße, die genau wie der Radweg geradeaus führte. Ein Blick über die Schulter würde der Lehrerin genügen, um sie zu entdecken. An der nächsten Kreuzung bog die Arndt nach rechts, fuhr einen kleinen Fußweg hoch und musste so über eine stille Straße, in der es nur Wohnungen gab, die Heyestraße erreichen.

Lissy wählte den Umweg mit Autoverkehr. Sie dachte schon, ihre Überlegung sei falsch gewesen, aber da sah sie den hellen Mantel wieder vor sich. Hier auf der Heyestraße herrschte viel Verkehr. Sie fuhr auf dem Bürgersteig und wurde von den Auslagen bei Rossmann oder den hohen Büschen eines Blumengeschäfts verdeckt. Der helle Mantel verschwand hinter einem Lkw.

Lissy hängte sich über den Lenker und fluchte laut. Sie strampelte auf dem Fahrrad, ohne auf Passanten und Autos zu achten, überfuhr eine rote Ampel und hörte hinter sich einen Wagen mit quietschenden Reifen. Die Arndt verschwand hinter der Straßenbahn und Lissy musste warten, weil die Menschen, die aus der Bahn stiegen, ihr in den Weg traten. Sie versuchte, sich durch die Leute hindurchzuschlängeln.

Sie schrien Lissy etwas nach, aber sie hörte nur ein Rauschen in ihren Ohren und ihr laut schlagendes Herz.

Sie kam an den Alten Markt und wollte schon in die kleine Seitenstraße einbiegen, die zum Haus des Erlkönigs führte, als sie den hellen Mantel auf der anderen Seite des Platzes sah.

Die Lehrerin verschwand nach rechts, nahm die kleine Brücke über den Pillebach und fuhr über den Parkplatz, von dem aus man die Gerresheimer Höhen erreichte. Sie warf einen Blick – jedenfalls schien es Lissy so – auf die verkohlten Äste des Brandes von gestern Abend, die dort herumlagen.

Lissy spürte, wie das nackte Tier sich nach vorn drängte, wie es heulte und sabberte, so wie Zwei-Neunzehn es getan hatte. Nicht jetzt, sagte sie zu dem Tier, nicht jetzt.

Sie legte das Fahrrad neben einem alten Fiat auf den Boden und duckte sich hinter das Auto.

Frau Arndt bog noch mal links ab und kam vor dem Tor der Schrebergartensiedlung zum Halten. Sie nahm einen Schlüssel aus ihrer Manteltasche, schloss auf und schob das Fahrrad durch die immergrüne Hecke. Sie geriet aus Lissys Blickfeld.

Lissy rannte über den Parkplatz zum Eingangstor. Sie spähte durch die Holzlatten und sah, wie Frau Arndt an der zweiten Abzweigung nach rechts abbog. An den Querstreben fand Lissy genug Halt, um über das Tor zu klettern. Sie lief auf Zehenspitzen bis zur Abzweigung. Eine große Eibenhecke versperrte ihr die Sicht, und als sie die benadelten Äste zurückbog, sah sie, wie die Frau das kleine verdrahtete Tor zu einer Parzelle aufschloss.

Das nackte Tier wuchs weiter, es füllte sie ganz aus und Lissy wusste, dass es Angst war. Trotzdem ging sie auf die Parzelle zu, eng in die Eibenhecke mit ihren roten Beeren gedrückt. Nun konnte sie durch die lackierten Drähte des Tors Frau Arndt auf dem Grundstück sehen.

Die Frau schloss das kleine Schrebergartenhäuschen auf und verschwand darin.

Das nackte Tier zuckte in Panik, aber Lissy beobachtete weiter, sie wechselte nur die Seite des kleinen Törchens.

Mit angehaltenem Atem wartete sie, den Blick starr auf das Tor gerichtet. Irgendetwas musste dort sein! Oder machte die Lehrerin hier nur eine Besorgung, die überhaupt nichts mit dem Erlkönig zu tun hatte? Hatte nicht die Polizei schon am Samstagmorgen diese Schrebergärten abgesucht?

Jetzt, dachte Lissy. Ich muss sehen, was sie da drinnen macht. Sie duckte sich, doch eine Bewegung der Hüttentür ließ sie zurückspringen.

Die Arndt kam heraus und ging schnell über die Trittsteine, die, von Reif überzogen, im Gras glänzten. Sie nahm ihr Fahrrad und schob es auf das Gartentörchen zu.

Lissy drückte sich fest in die Aussparung der Hecke, die zum nächsten Grundstück gehörte, nur ein paar Meter von dem Törchen entfernt, das jetzt von einer gepflegten Hand geöffnet wurde.

Lissy wagte nicht mal, Luft zu holen, während die Frau das Törchen wieder abschloss und ihr Rad auf den Ausgang zuschob.

Lissy blieb noch einen Moment stehen, umgeben vom waldigen Duft der Eiben, dann überprüfte sie das Törchen. Sie entdeckte, dass das Schloss völlig abgenutzt war. Man konnte das kleine Tor, auch wenn es abgeschlossen war, aus den Angeln heben. Lissy stöhnte auf. Es war viel schwerer, als sie gedacht hatte, aber dann gelang es ihr. Sie lehnte das Törchen an einen Pfosten und schüttelte die schmerzende Hand.

Sie ging auf das Häuschen zu. Es stand weiß verputzt unter hohen Fichten. Die Fenster wirkten wie blind. Mehrere große Töpfe waren vor dem Haus zusammengeschoben und mit braunen Kokosmatten umwickelt. Ein paar Pflanzen, kleine Bäume, wie es Lissy schien, waren sorgfältig mit dem gleichen Vlies umhüllt, das Lissy auch an den Rosen des Hauses von Frau Arndt gesehen hatte.

Die Tür aus groben Bohlen hatte ein einfaches Schloss. Lissy fand einen rostigen Schraubendreher neben einer Spitzhacke, die an der Seitenwand lehnte, und versuchte es damit zu öffnen. Das Türschloss gab nach und Lissy trat in den Raum, der ihr nach der Helligkeit des Sonnentags sehr dunkel erschien. Es roch nach Erde. Ein Tisch stand darin, darauf mehrere Tontöpfe, mit zierlichen Mustern verziert. Auf der Bank dahinter stapelten sich Plastiksäcke mit Torf. Auf der anderen Seite des Raums standen mehrere Eimer, säuberlich in eine Zinkwanne gestapelt, und, auf einem tiefen Regal, ein Elektrokocher mit zwei Platten und eine Taschenlampe. Ein Gasofen befand sich mitten im Raum. Er hatte vor Kurzem noch gebrannt, denn es war ungewöhnlich warm. Hinter einem Vorhang gab es eine Toilettenschüssel und ein winziges Waschbecken.

»Franka?«, flüsterte Lissy. »Franka, bist du hier?«

Sie trat weiter in den Raum.

»Franka!«, rief sie laut. Dann noch einmal.

Sie lauschte. Niemand antwortete ihr.

»Franka!«, schrie sie nochmals. »Franka!«

Sie trat wieder vor die Tür und blieb von der hellen Sonne geblendet stehen. Tränen flossen ihr aus den Augen und in der eisigen Luft biss die Feuchtigkeit sie in die Wangen.

Da spürte sie, wie ihr Handy in ihrer Tasche vibrierte.

»Wo bist du? Ist alles in Ordnung?«, fragte Tamara.

»Tamara, kannst du kommen?«

»Hör zu, die Sager war hier und hat nach dir gefragt. Ich bin sie gar nicht mehr losgeworden.«

»Ich bin an der Schrebergartensiedlung in Gerresheim, hinter dem Parkplatz. Ich warte am Eingang auf dich.«

»Wie?«

»Frag nicht, du musst kommen! Ich weiß nicht weiter.«

Lissy wartete am Tor. Sie bewegte ihre frierenden Zehen, hauchte sich in die kalten Hände und sah in jeder Minute mindestens dreimal auf ihr Handy.

Endlich sah sie Tamaras türkisfarbene Jacke am Parkplatz auftauchen. Baby Jane saß in ihrem Kinderwagen. Lissy winkte den beiden.

Sie ließ sich Baby Jane über die Holzlatten reichen. Tamara kletterte hinterher.

»Ich weiß nicht genau, warum, aber ich muss dir das Häuschen zeigen.«

Zu dritt fühlte Lissy sich sofort besser. Sie drückte das Baby an sich und sog gierig den sanften Geruch ein. Sie roch so unschuldig. Baby Jane klammerte sich, die kleinen Händchen in gepolsterte Fäustlinge eingepackt, an ihren Hals und Lissy gab ihr einen Kuss auf den Ohrenschützer.

»Was hat die Arndt denn gesagt?«

»Ich habe ihr einfach erzählt, was ich glaube, und sie hat mir mit den Bullen gedroht.«

Tamara sah sich in der Hütte um.

»Und dann ist sie ganz schnell hierher gefahren, so als gäbe es hier irgendetwas Wichtiges«, erzählte Lissy weiter.

Tamara sah sich das Regal mit dem Elekrokocher an.

»Und die Sager? Was wollte sie wissen?«, fragte Lissy.

»Sie hat sich genauer nach dem Erlkönig erkundigt. Sie scheint gar nicht so doof zu sein.«

»Die wird uns nicht helfen.« Lissy schnaubte.

Tamara untersuchte die Kochplatten näher.

»Zumindest wurde hier vor ein paar Tagen noch gekocht. Sieh mal, die Tomatensoße«, sagte sie.

Lissy leckte an ihrem Finger und rieb über den dicken Soßenklecks. Er war in der Mitte klebrig feucht.

»Stimmt, das ist nicht vom Sommer«, gab sie Tamara recht.

»Wir durchsuchen einfach alles gründlich. Komm, hilf mir mit den Torfsäcken«, schlug Lissy vor und setzte Baby Jane auf dem Tisch ab.

Sie stapelten die Säcke auf dem Boden.

»Sieh mal, ein Scharnier! Die Bank lässt sich öffnen.«

Lissy fühlte, wie der Hamster in seinem Rad aufsprang. Sie

warf den letzten Torfsack zu Boden. Er platzte auf. Lissy gab ihm einen Tritt. Sie öffneten die Sitzbank. Darin war eine Rolle grünes Band, um die Blumen hochzubinden, eine rostige Gartenschere und ein Karton mit Blumenzwiebeln.

»Verdammt!«, zischte Lissy durch die Zähne.

»Was hat die Arndt hier gemacht?«, fragte Tamara.

»Konnte ich nicht so genau sehen. Sie ist nur rein und ziemlich schnell wieder raus.«

»Das ist alles?«

»Ja«, erwiderte Lissy ungeduldig. »Ich wollte ihr gerade hinterher, da kam sie schon wieder.«

»Okay, und sie ist sofort nach deinem Besuch hierher?«

Lissy nickte. Sie ging durch den Raum, befingerte nochmals den Klecks Tomatensoße.

»Irgendetwas übersehen wir«, sagte sie. Sie sah sich den Inhalt des Regals an. Samentütchen steckten alphabetisch geordnet in einem Karteikasten. Daneben stand eine große Tube Handwaschpaste. Sie fühlte sich feucht und kalt an. Sie stellte die Tube wieder zurück.

Tamara nahm Baby Jane auf den Arm.

»Lass uns hier verschwinden«, sagte sie.

Lissy zuckte mit den Schultern.

Sie traten aus der Hütte.

»Was sind das für komische Bäumchen?«, fragte Tamara. Sie musterte die eingehüllten Kübelpflanzen.

»Keine Ahnung. Wahrscheinlich ist das ein Kälteschutz.«

»Merkwürdig, oder? Das gibt es in den anderen Schrebergärten nicht.«

Lissy schloss mit dem Schraubendreher die Tür ab und warf ihn zurück neben die Spitzhacke und die Schaufeln, die an der Hauswand aufgereiht waren. Tamara mühte sich mit dem Gartentörchen ab.

»Wie hast du das Scheißteil denn ausgehängt?«, fragte sie stöhnend. Und setzte hinzu: »Und jetzt?«

»Vielleicht habe ich mir tatsächlich zu viel eingebildet«, sagte Lissy leise.

Sie musterte das Häuschen aus der Entfernung. Das Vlies der eingehüllten Pflanzen warf das Sonnenlicht zurück. Das Weiß brannte ihr in den Augen.

»Weißt du, was komisch ist? Hier ist überall Rasen. Und dann gibt es diese Pflanzen in den Kübeln. Aber hier sind zwei große Schaufeln und sogar diese riesige spitze Hacke. Die passen doch gar nicht in die Töpfe.«

Tamara starrte sie an.

»Oder?«, fragte Lissy.

»Du hast recht.« Tamara schleuderte das Gartentörchen in die Eibenhecke.

Mit zittrigen Fingern öffnete Lissy die Hütte zum zweiten Mal.

Wieder dieser Geruch nach Erde.

»Er hat hier drin gegraben!«, rief sie. »Hier irgendwo drin!«

Mit einem Satz war Lissy beim Regal und stieß es um. Der Elektrokocher ging mit einem lauten Knall zu Boden. Die Samentütchen wurden überall verstreut, die Handwaschpaste kullerte ein Stück weiter.

»Hier! Hier ist etwas!«, schrie Lissy. »Franka! Franka, kannst du mich hören?«

Im Boden unter dem Regal gab es eine kleine schmale Luke, die mit einem Vorhängeschloss gesichert war. Das Messing leuchtete ihnen im Dunkeln entgegen.

Lissy holte den rostigen Schraubendreher und stocherte an dem morschen Holz der Luke. Sie brach ein paar Splitter ab.

»Wir versuchen es damit!«, sagte Tamara. Sie hatte Baby Jane auf dem Tisch abgelegt und hielt nun eine Axt in der Hand.

»Gib her!« Lissy schwang die Arme nach oben und landete einen Treffer gleich neben dem blinkenden Messing. Mit dem nächsten Schlag traf sie das Schloss. Sie holte wieder aus und das Holz splitterte hell auf.

»Warte, hier ist eine Taschenlampe.« Tamara richtete das Licht auf das Messingschloss.

Lissy schlug wieder und wieder, sie keuchte, spürte, wie ihr der Schweiß kalt an den Armen entlanglief, und dann war das Loch groß genug. Mit dem Stiel hebelte sie das Schloss aus und riss die Luke auf. Darunter war ein Raum, so klein, dass ein Mensch dort nur gekrümmt wie ein Embryo liegen konnte.

»Oh Gott!«, sagte Lissy.

Im Licht der Taschenlampe leuchteten Frankas Augen zwischen ihren hellen Haaren. Ihr Mund, ihre Arme und Handgelenke, ihre Oberschenkel und ihre Füße und Fersen waren mit grauem Klebeband umwickelt. Ihr rechtes Ohr war blutverkrustet.

»Franka.«

Lissy beugte sich nach vorn und zog Franka durch die kleine Luke nach oben. Ein breiter grauer Streifen klebte die Oberschenkel an ihren Bauch. Lissy löste diesen zuerst.

»Ich rufe die Bullen!«, sagte Tamara. »Das hier glaubt uns sonst keiner.«

»Ja, mach!« Lissy streichelte unbeholfen Frankas Gesicht. »Mach dir keine Sorgen mehr. Es ist vorbei.«

Sie versuchte das Klebeband über Frankas Mund abzulösen. Frankas Augen verfolgten jeden ihrer Handgriffe.

»Ich mache es ganz vorsichtig.«

Auch Tamara, das Handy am Ohr, beugte sich zu Franka, und machte sich an ihren Fußfesseln zu schaffen.

Da wurde Frankas Blick plötzlich groß, sie schien schreien zu wollen und bewegte ihren Körper ruckartig auf und ab.

»Ist gut, Franka. Ich bin's doch«, flüsterte Lissy. Sie streichelte über Frankas Ohr. »Du musst keine Angst haben.«

Auch Tamara machte Gesten, als müsste sie ein Baby beruhigen.

»Alles gut, Kleines, alles gut«, murmelte sie.

Er wusste sofort, dass sie in seiner Hütte war. Wieso hatte er in der Kälte vor ihrem Haus gesessen, wenn doch alles so einfach sein konnte? Er musste nur abwarten.

Sie war nicht allein, aber das war nicht wichtig. Hier wird es also sein, dachte er und freute sich.

Er trat näher, hörte sie miteinander reden. Als ob Wörter wichtig wären! Besonders jetzt, wo er vor der Tür stand. Hier würde er eine Tat vollbringen!

Er schob sich leise in das dunkle Innere. Sie und ihre unbekannte Freundin drehten ihm den Rücken zu. Die Kleine trug noch ihr Klebeband. Sie konnte ihn sehen, aber sie konnte nicht sprechen.

Als ob Wörter wichtig wären, dachte er noch einmal.

Da bemerkte er, dass noch jemand im Raum war. Ein Baby. Sie durften sogar Babys mit in ihren Schmutz ziehen! Er japste auf.

Lasst die Toten die Toten begraben! Er wusste nicht, warum er das dachte. Er überlegte sogar aus Gewohnheit, ob es ein Zitat war. Er wusste nicht, warum er das Baby plötzlich im Arm hielt.

Er wusste nur, dass er das Baby von ihnen wegbringen musste. Lasst die Toten die Toten begraben, dachte er.

In Frankas Augen war Panik. Lissy drehte sich um.

Di Battista stand hinter ihr. Er hielt die kleine Baby Jane im Arm.

Er drückte das Baby an sich und gab ihm einen Kuss auf die kleine Mütze. Baby Jane fing an zu schreien.

Tamara sprang auf, doch er war schneller und schlug ihnen die Tür vor der Nase zu.

»Baby Jane! Mein Baby!«, schrie Tamara und warf sich dagegen. Die Tür gab nicht nach und Tamara trat in wilder Wut gegen die dunklen Bohlen.

Etwas wurde von außen vorgerammt, ein Rechen oder eine Schaufel. Aus Tamaras Mund kam ein lauter Schrei und sie sprang jetzt mit der Schulter gegen die Tür.

»Gib mir mein Kind!«, schrie sie und schlug wild auf das Holz ein. »Mein Baby!«

Etwas Vertrautes drang Lissy in die Nase, etwas, das sie an den schreienden Hulle und die letzte Nacht erinnerte. Vor der Tür brannte es.

Sie sahen sich hilflos an, dann blickten sie zu der wehrlosen Franka, die auf dem Boden lag, die Augen weit aufgerissen, als wolle sie mit ihnen schreien.

»Zuerst das Klebeband! Los!«

»Wo ist die Axt? Gib mir die Axt!«

Lissy riss Franka das Band vom Mund und Franka brüllte vor Schmerz. Dann zog Lissy die grauen Fesseln von Armen und Beinen.

»Komm, hilf mir!«, schrie Tamara. Sie hatte die Tür einen Spalt aufgehackt.

»Zusammen!«, rief Lissy.

Als sie sich gemeinsam gegen das grobe Holz warfen, sprang die Tür ganz auf.

Vor ihnen war eine Pfütze von brennendem Grillanzünder.

Die bläulichen Flammen waren im Sonnenlicht kaum sichtbar, aber Lissy spürte, wie ihr die Hitze die Beine hochkroch.

»Los, Franka, du musst da durch!« Lissy schob sie von hinten, aber die Beine des Mädchens waren wie im Boden festgewachsen. Sie blinzelte in das helle Licht des Tages, das blutige Gesicht nass von Rotz und Tränen.

»Bitte, Franka!«, schrie Tamara. »Komm schon!«

»Kann nicht! Zu grell!«, flüsterte Franka mit rauer Stimme. Sie kniff die Augen zusammen.

Tamara rannte los, ohne sich nach ihren Freundinnen umzusehen.

Lissy packte die Freundin in der Taille und da begannen Frankas Beine unkontrolliert um sich zu treten. Lissys Schienbein wurde hart getroffen.

Sie presste Franka an sich, verlagerte den sich wehrenden Körper nach rechts und hielt ihre linke Hand über die Augen des Mädchens.

»Hab keine Angst mehr! Ich bringe dich nach Hause«, flüsterte sie in die hellen Haarsträhnen, die ihr im Mund hingen.

»Ich bringe dich nach Hause.«

Lissy lief mit ihrer strampelnden Last durch das Feuer. Ihre Füße wurden heiß und die Sohlen schmolzen. Sie sprang auf das feuchte Gras. Sie rutschte und fing sich wieder, immer noch die strampelnde Franka in die Höhe haltend.

»Setz mich ab!«, sagte Franka mit ihrer rauen Stimme.

Lissy hielt die Hand immer noch so, dass Franka nicht geblendet wurde.

»Alles klar?«, fragte sie. »Ich nehme die Hand jetzt weg.«

Franka hob ihre eigene Hand und legte sie sich auf die Augen. Dann verschoben sich langsam ihre schmutzigen Finger, bis Lissy sehen konnte, wie ihre Augen zuerst das Gras, auf dem sie standen, dann alles Übrige wahrnahmen.

»Los! In den Wald!«, flüsterte sie.

»Warum?«

»Er läuft in den Wald, glaub mir!« Frankas Augen tränten vom Licht. »Lissy, komm schon!«

Franka machte ein paar humpelnde Schritte, dann lief sie los, stolpernd und mit dem Gleichgewicht kämpfend.

»Ich bring dich nach Hause. Warte!«

Lissy trabte hinter ihr her. Franka schaute geradeaus, so als hätte sie Lissy nicht gehört.

»Franka, du kannst nicht …«, versuchte Lissy es noch einmal.

Aber Franka schüttelte nur den Kopf. Sie kämpfte um jeden Schritt vorwärts.

Sie kamen an das Tor der Schrebergartensiedlung. Es stand offen.

»Moment!«, flüsterte Franka. Sie stoppte und hielt sich am Tor fest.

»Hä?«, machte Lissy.

»Warte! Wir müssen etwas holen.«

Franka machte kehrt und humpelte wieder auf die Hütte zu.

»Franka, nein!«, schrie Lissy verwirrt. »Geh nicht zurück!«

»Aber wenn das verbrennt … das ist sein Geständnis.«

Das Feuer vor der Hütte brannte heiß. Sie konnten die zitternde Luft über den hellen Flammen sehen. Auch am morschen Holz der Tür leckten kleine Flämmchen.

»Franka, bitte!«, flehte Lissy.

Aber Franka machte einen unbeholfenen Satz durch das Feuer. Lissy sah, wie ihre Haare sich ringelten. Sie sah, wie das Plastik der Steppjacke, die Franka trug, schmolz und die helle Füllung sichtbar wurde.

Dann war sie drin. Sie schlug mit der stumpfen Seite der Axt das kleine Fenster ein. Sie warf ein Bündel Papier heraus.

»Was soll das?«, schrie Lissy verständnislos. »Komm endlich!«

Franka tauchte wieder an der Tür auf. Sie hüpfte über die Flammen, stolperte dann und rollte durch das nasse Gras. Sie rutschte auf den Knien zu den Blättern, die sie aus dem Fenster geworfen hatte. An ihrer Jeans leckten Flammen.

Lissy riss sich ihre Jacke vom Leib und presste sie gegen die Beine von Franka.

»Hilf Tamara!«, flüsterte Franka. »Lauf schon! Ich komme zurecht.«

Lissy wusste nicht, was sie tun sollte.

»Los, mach schon!«, schrie Franka schrill.

Da rannte Lissy los. Sie lief auf die Gerresheimer Höhen zu. Sie spürte jeden Schritt, den ihre Beine machten, jeden Stein, auf den sie mit ihren dünnen, halb verschmorten Sohlen trat. Die Strecke bis zu den ersten niedrigen Bäumen erschien ihr endlos. Danach würde es bergauf gehen, über rutschigen Waldboden.

Bald kam sie bei den ersten Bäumen an. Sie hielt sich an den Ästen fest und balancierte so über die rutschigen Blätter.

Sie musste weiter, höher hinauf. Lissy nahm deutlich den Brandgeruch wahr, der zwischen den Bäumen hing.

Sie hastete weiter, mit angehaltenem Atem, und bald hörte sie das Weinen eines Babys. Sie meinte, auch Tamaras Stimme zu erkennen.

Beim nächsten Schritt trat Lissy auf einen Ast. Es gab ein lautes Knacken. Lissy spürte, wie sich ihre Haarstoppeln im Nacken aufrichteten. Sie verharrte mitten in der Bewegung.

»Nur das Baby! Und ich verrate Sie auch nicht«, hörte sie Tamara sagen. Dann sah sie Tamaras türkisfarbene Jacke schimmern.

Behutsam suchten Lissys Füße den Boden nach verräterischen Zweigen ab, bevor sie den nächsten Schritt machte. Nun waren zwei Gestalten zu erkennen. Lissy ging in die Hocke. So war sie vom dürren Unterholz notdürftig verborgen. Sie lauschte.

»Du bist die Falsche. Wo ist die andere?«, fragte di Battista.

»Aber Sie haben keine Chance. Sie werden mit dem Baby nicht weit kommen«, hörte Lissy Tamara sagen.

Baby Jane schrie lauter. Lissy spürte, dass ihr Herz sich zusammenzog.

»Wo ist deine Freundin? Die mit den Stoppeln?«, wollte di Battista wissen. »Die Schnüfflerin.«

»Geben Sie mir mein Kind!«, bettelte Tamara.

Lissy presste die Hand gegen ihren Bauch.

Das Tier, das in ihr wohnte, sprang in Panik zwischen ihren Rippen hin und her.

»Glaubst du, dass sie hier hochkommt?«, fragte di Battista.

»Ja, das wird sie«, sagte Tamara fest. »Sie wird kommen.«

Di Battista lächelte. Dann legte er langsam das Baby auf den Boden.

»Sag ihr, dass ich auf sie warte.«

Tamara stürzte sich auf ihr Kind.

Di Battista ging langsam zu der weinenden Tamara. Er beugte sich zu ihr hinunter und sagte etwas zu ihr, das Lissy nicht verstehen konnte.

Dann machte er ein paar Schritte rückwärts und lief los. Er schlug den Höhenweg zum Friedhof ein.

Lissy rannte hinter ihm her. Das ist eine Falle, dachte sie, aber es war ihr egal. Das Tier war so wütend. Sie spürte, wie die Hauer wuchsen. Es wurde ein wilder, schnaubender Eber. Sie achtete nicht mehr auf knackende Äste und das raschelnde Laub. Ihre Lungen schmerzten, aber sie schaffte es, dass der Abstand zu dem Mann sich nicht verringerte. An einer besonders dicken Buche bog er ab.

Lissy blieb stehen. Ein kleiner Trampelpfad kreuzte hier den Hauptweg, von wilden Brombeerranken zugewuchert, aber immer noch erkennbar. Sie konnte di Battista jetzt nicht mehr sehen, aber er musste irgendwo ganz in der Nähe sein. Sie lauschte auf ein verräterisches Knacken, einen lauten Atemzug. Sie hörte nichts außer einem leichten Wind in den Bäumen. Vorsichtig machte sie einen kleinen Schritt vorwärts.

Sie warf einen prüfenden Blick hinter die dicke Buche. Ihr ganzer Körper prallte zurück, als sie in das von Wut verzerrte Gesicht sah. Di Battista hatte sich hinter dem Baum versteckt.

Lissy fühlte seine harte Faust im Gesicht, noch bevor sie den Schlag kommen sah. Sie taumelte. Ihre Beine knickten weg und sie sank vor ihm auf die Knie.

»Du verfolgst mich also schon wieder«, kam ein Flüstern aus seinem verzogenen Mund.

Er stieß ihr das Knie ins Gesicht. Lissy schmeckte Blut. Der nächste Schlag traf sie am Ohr. Sie fiel auf den modrigen Waldboden. Er war über ihr und flüsterte: »Du bist ein Stück Dreck!«

»Du bist ein Mörder!«

»Ich werde dich jetzt entsorgen.« Das Lachen kam wiehernd aus seinem Mund.

Er hob seine Faust und schlug ihr auf das Nasenbein. Der Schmerz war so groß, dass Lissy es nicht fassen konnte. Sie fühlte sich blind. Es gab keine Geräusche mehr, nur noch dieses eisige Brennen in ihrem Gesicht.

»Mörder!«, zischte sie. Der Eber bäumte sich ihm entgegen. Sie spuckte ihm ins Gesicht.

Er schlug sie wieder. Der Schmerz wurde greller. Auf einem Auge sah sie nichts mehr. Mit dem anderen Auge nahm sie wahr, dass der Erlkönig etwas in der Hand hielt. Die Axt, dachte sie, er hat die Axt!

»Sieh nur hin! Sieh nur genau hin, was mit dir geschieht!«

Sie glaubte Bewegungen im Wald zu hören, Stimmen, die sich gegenseitig etwas zuriefen, das sie nicht verstand. Lissy wollte

Franka und Tamara zu verstehen geben, dass sie mit dem Baby wegbleiben sollten.

Aber sie konnte nicht mehr rufen, nahm verschwommen wahr, wie er wieder ausholte. Sie erwartete, dass nun das scharfe Eisen sie traf. Sie kniff die Augen zusammen. Aus ihrem Mund schrie ihr Eber in Todesangst.

Aber der Schlag kam nicht.

Stattdessen sprang etwas gegen di Battista. Lissy meinte, dass der Waldboden selbst zitterte. Als sie den Kopf hob, konnte sie eine bekannte Gestalt erkennen.

Di Battista lag auf dem Bauch und auf seinem Rücken hockte Hulle, fest und unbeweglich.

»Ruf die Bullen!«, zischte Hulle. »Oder ich bringe ihn um!«

Lissy strengte sich an, um das Display ihres Handys erkennen zu können. »Mein Akku ist leer«, sagte sie leise.

Hulle riss den Kopf des Mannes an den Haaren hoch.

Der Erlkönig schrie gellend auf. Seine Augen waren in Panik weit aufgerissen. Hulle nahm seinen Kopf und schlug ihn in den Boden.

»Du hast meinen besten Freund umgebracht!«, wütete Hulle. Dann sah er kurz zu Lissy.

»Lauf, Lissy! Lauf!«

Lissy kroch auf ihren Knien zu Hulle hin.

»Los! Hol endlich die Bullen!«, schrie Hulle.

Und dann rannte sie. Hinter ihr war Hulles Schreien und sein heiseres Schluchzen zu hören.

Lissy hörte die Sirenen. Ihr verletztes Auge war zugeschwollen.

Die Polizei fuhr unten auf den Parkplatz, mindestens zehn Wagen konnte Lissy zählen.

Auf ihren Händen und an ihrer Jeans war viel Blut. Lissy wusste nicht, woher es kam, aber die Schmerzen in ihrer Augenhöhle waren unerträglich.

Lissy sah einen roten Golf auf dem Parkplatz, der ihr bekannt vorkam. Auch die Stimme war vertraut.

Sie stürzte auf das Auto zu.

»Oh Gott!« Die Sager sog laut die Luft ein. »Was ist dir passiert?«

Lissys Beine zitterten. Frau Sager hielt sie an den Schultern fest.

»Ist gut jetzt, Lissy! Wir haben ihn!«

Lissy spürte, wie das große Tier in ihrem Bauch schrumpfte.

Die Polizistin sorgte dafür, dass sie sich auf die Rückbank ihres Autos setzte.

»Wo ist Franka? Und wo sind Baby Jane und Tamara?«, flüsterte Lissy.

Sie fühlte, wie die Sager ihren Kopf nach hinten drückte.

»Ruhig, Lissy. Du blutest aus der Nase«, meinte sie. »Lass den Kopf im Nacken.«

Lissy spähte mit dem gesunden Auge auf das Gesicht vor ihr.

»Mach auch das andere Auge zu«, gab die Polizistin weiter Anweisungen. »So, und jetzt halt die Kompresse fest.«

Lissy spürte, wie ihre Hand vorsichtig an das dicke Päckchen Zellstoff geführt wurde.

»Mir ist so komisch«, flüsterte Lissy, und noch einmal fragte sie: »Wo ist Franka?«

»Schon auf dem Weg ins Krankenhaus«, erwiderte die Sager ruhig.

»Sie müssen Ihre Kollegen rufen! Hulle ist mit dem Scheißkerl allein im Wald.«

»Alles längst erledigt«, hörte Lissy. »So, kannst du das hier selbst halten?«

»Ja«, sagte Lissy. »Das geht schon.«

Dann fuhren sie los. Die Schreie von Hulle, die knackenden und raschelnden Geräusche des Waldes waren Echos in ihrem Kopf, die sie wieder und wieder hörte, und die Pupillen des Erlkönigs brannten als ein glühendes Nachbild hinter ihrer Stirn, egal wie sehr sie die Augen zukniff.

Sie nahm die Kompresse vom Gesicht. Die Nase blutete nicht mehr. Vorsichtig setzte sie sich auf.

Durch die Windschutzscheibe blickte sie auf eine verschwommene Welt. Es war ein ganz normaler Veilchendienstag. Nur vereinzelt konnte sie Kostümierte sehen, aber die meisten Leute, die auf der Straße waren, trugen normale Winterkleidung und hielten ihre Gesichter in die Februarsonne.

Zwei Mädchen sah sie an der Bushaltestelle am Rathaus. Sie gingen bestimmt noch in die Grundschule und waren als rosafarbene Prinzessinnen verkleidet.

Dahinter, auf einem der Plastiksitze, saß ihr Vater, eine krumme dunkle Gestalt, die sich zu einem Lied hin und her zu wiegen schien.

»Das Nasenbein ist gebrochen.« Die kleine dicke Ärztin tastete über Lissys Gesicht. »Wahrscheinlich liegt auch eine Fraktur des Jochbeins vor.«

Sie nahm eine Taschenlampe und leuchtete in Lissys Augen. »Und sie hat eine Gehirnerschütterung. Wir müssen sie auf jeden Fall ein paar Tage hierbehalten.«

Der Pfleger, der sich bis jetzt Notizen gemacht hatte, sah auf.

»Also, erst mal zum Röntgen, dann stationär aufnehmen«, meinte die Ärztin.

Lissy machte ihr gesundes Auge zu. Sie war müde.

»Sie scheint Schmerzen zu haben. Vielleicht braucht sie ein schmerzstillendes Mittel«, hörte sie die Stimme von der Sager.

»Ja, aber erst, wenn die Untersuchungen abgeschlossen sind.« Lissy vernahm, wie sich die Ärztin auf leisen Sohlen entfernte.

»Sie können hier vorn warten. Ich hole Sie dann zum Röntgen.« Das war die Stimme des Pflegers.

Lissy hielt das Auge geschlossen. In ihrem Kopf war immer noch das helle Licht des Nachmittags, die Schreie von Hulle und der Blick, mit dem Franka sie aus ihrem Versteck angesehen hatte.

Die Sager führte Lissy zu den Stühlen vor dem Röntgenraum. Lissy blinzelte in das grelle Neonlicht, schloss ihr Auge aber wieder. Mit den Fingerspitzen tastete sie über ihr Gesicht. Der Schmerz war unter der Haut, in den Knochen.

»Ist mit Franka alles in Ordnung?«, fragte sie.

»Sie wird noch untersucht.« Die Hand von der Sager legte sich auf ihr Bein. »Du musst dir keine Sorgen mehr machen.«

»Ich weiß«, sagte Lissy. Sie rutschte in ihrem unbequemen Sitz nach unten und schlang die Arme um sich.

»Sind Sie mir gefolgt?«, fragte sie nach einer Weile.

»Ja«, sagte die Sager. »Aber ich wusste nicht, was du an der Gubener Straße gemacht hast. Ich bin zu Tamara. Die wollte mir auch nichts sagen. Ich bin zu di Battistas Wohnung gefahren, aber da war niemand.«

»Dann haben Sie ihn doch verdächtigt?«, fragte Lissy.

»Ehrlich gesagt, nein. Peters und Schuhen hielten das auch für Unsinn. Und wir hatten ja nichts in der Hand gegen ihn«, erklärte die Sager.

»Und wie sind Sie dann auf die Schrebergärten gekommen?«, fragte Lissy.

Die Sager schien zu zögern.

»Durch das Feuer gestern Nacht. Das war vielleicht die Tat

von jemandem, der sich bedroht fühlte. Also konnte das Versteck von Franka irgendwo dort sein. Die Schrebergärten waren da ja naheliegend.«

Die Sager schwieg einen Moment.

Lissy wollte noch etwas wissen: »Aber die Polizei war doch schon am Samstag mit Hunden in den Schrebergärten, oder?«

»Ja, dort hatte es einen unangenehmen Zwischenfall gegeben. Die Hunde haben an einer anderen Hütte tatsächlich angeschlagen. Wir haben dort alles auf den Kopf gestellt.«

Die Sager machte eine Pause.

»Dann stellte sich heraus, dass der Besitzer am Tag zuvor ein paar Kaninchen geschlachtet hatte. Das frische Blut und die abgezogenen Häute haben die Hunde verrückt gemacht.«

»Da hat der Erlkönig aber beinahe Glück gehabt«, meinte Lissy.

»Ja«, erwiderte die Sager. »So ein Fehler darf eigentlich nicht passieren.«

Lissy betastete vorsichtig ihr Gesicht.

»Weißt du, Lissy, du kannst stolz auf dich sein«, sagte die Sager.

»Danke«, meinte Lissy nach einer Weile.

Der Pfleger kam mit einer Bleischürze um den Körper aus dem Röntgenraum.

»So, Lissy, dann wollen wir mal!«

Sie lag geduscht und verbunden in einem Zimmer im Krankenhaus. Man hatte ihr ein Schmerzmittel gegeben. Draußen hüllte die Dämmerung alles in ein nebliges Blau.

Lissy sah auf das Bett neben sich. Eine ältere Frau ruhte dort, an mehrere Infusionen angeschlossen. Sie schien zu schlafen.

Über Lissys Kopf brannte eine kleine Lampe, sonst war alles dunkel. Sie tastete nach dem Becher mit dem Mineralwasser und trank einen Schluck. Dann legte sie sich wieder auf die Kissen zurück.

Später, als Lissy schläfrig wurde, kam ihre Mutter zu Besuch. Mit ihr schob sich Fredi ins Zimmer, und dahinter, mit rot geweinten Augen, Birgit. Auch an Haralds Wimpern schimmerte es feucht.

»Lissy!«, rief ihre Mutter und warf sich auf das Bett. »Meine Tochter!«

Lissy strich ihr über den bebenden Rücken.

»Jetzt ist ja alles gut«, sagte Lissy nahe an ihren Haaren. »Weck die alte Frau nicht auf.«

Lissy lächelte.

»Weißt man schon, wie es Franka geht?«, fragte sie dann.

»Sie hat eine Unterkühlung, haben die Ärzte gesagt.« Ihre Mutter richtete sich auf.

»Sie lebt«, fügte Birgit hinzu. Zwei Tränen lösten sich aus ihren Augen und rollten langsam über ihre Wangen.

»Kann ich sie sehen?«, fragte Lissy weiter.

»Morgen früh. Erst mal müsst ihr euch beide ausruhen«, sagte Mama.

Lissy nickte langsam.

»Aber sie ist hier im Krankenhaus, oder?«

»Ja, das ist sie. Sie liegt in einem Einzelzimmer.«

»Und … wird sie wieder werden? Ich meine, psychisch und so.«

Lissys Mutter wollte etwas darauf sagen, aber dann zuckte sie nur mit den Schultern. Sie blickte zu Birgit.

»Das weiß niemand«, sagte Birgit. »Wir müssen das Beste hoffen.«

Lissy biss sich auf die Unterlippe.

»Aber von Herrn Jung soll ich dir ausrichten, dass die Verhandlung verschoben wird. Er hat sich darum gekümmert«, wechselte ihre Mutter das Thema.

»Oh«, machte Lissy. Ihre Gerichtsverhandlung hatte sie ganz vergessen.

»Wenn der Richter erfährt, dass du Franka gefunden hast … vielleicht gibt das mildernde Umstände.«

Lissy nickte. Aber sie glaubte nicht daran.

»Und ich habe dir was Neues mitgebracht. Sieh mal!«

Lissys Mutter raschelte mit einer Plastiktüte und holte eine dunkelblaue Jeans hervor.

»War wirklich günstig. Ich hoffe, sie passt.«

»Danke«, sagte Lissy. Sie setzte sich auf und musterte die neue Hose.

»Und ich räume deine Waschsachen hierhin, ja?«, machte ihre Mutter weiter und stellte einen Kulturbeutel in die Waschecke.

Lissy legte sich zurück auf das Kissen.

Sie stellte sich Franka vor, wie sie weiterlebte, die Angst neben ihr wie eine stille dunkle Gestalt.

Plötzlich dachte sie an das Türkenmädchen, dem sie fünfzig Euro abgenommen hatte.

Sie sah ihre Mutter an.

»Hast du fünfzig Euro für mich?«, fragte sie.

»Was willst du denn jetzt mit fünfzig Euro?«

»Ich brauche sie eben«, sagte Lissy.

Ihre Mutter schüttelte den Kopf. »Ich hab überhaupt kein Geld. Gebhardt hat mir auch gekündigt. Wir können froh sein, wenn …«

»Schon gut«, sagte Lissy. »Ist nicht so wichtig.«

Kurz darauf schlief sie ein.

# Aschermittwoch

Eines Tages wird unsere Angst nicht mehr da sein, unsere Liebe nicht, nicht mal unsere Knochen. Unsere Wörter werden vergangen sein.
Aber nun sind wir hier, im Licht.

Ihr Vater und Hulle rochen frisch geduscht und darunter lag der übliche Geruch nach Zigaretten und Alkohol. Hulle trug einen neuen schwarzen Mantel, der ihm zu klein war. Die Säume an den Ärmeln waren ausgefranst.

Lissy lächelte. Die Männer setzten sich und Hulle nahm ihre Hand.

»Tut's noch weh?«, fragte er.

»Nein, nicht besonders.« Das verletzte Auge ließ sich wieder öffnen.

Die ältere Dame im Bett nebenan, die gestern Abend gedöst hatte, setzte sich auf und musterte die beiden angewidert.

»Guten Morgen!«, grüßte Hulle sie freundlich.

Sie blickte starr geradeaus.

»Nun, vielleicht doch kein guter Morgen?«, fragte Hulle.

»Für mich schon«, meinte Lissy.

»Und für mich auch«, sagte ihr Vater.

Lissy hielt ihn für ziemlich nüchtern. Sie lächelte ihn an.

»Und wie geht's dir?«, fragte sie und drückte Hulles Hand fester.

Hulle erwiderte ihren Druck.

»Weiß ich gar nicht genau. Irgendwie war es ein schönes Gefühl gestern. Als ich … als ich ihn schlagen konnte.«

Lissy grinste.

»Ich kam mir nützlich vor, du weißt schon.« Er grinste schief zurück. »Wie geht es Franka?«, wechselte er das Thema.

»Hm, sie wird wohl wieder, wahrscheinlich.«

Sie schwiegen eine Weile und Lissy spürte, dass sie alle an Franka dachten.

»Ich vermisse Zwei-Neunzehn«, sagte Hulle. »Ich mein, er war ja oft … du weißt schon.«

»Ja«, sagte Lissy.

»Er war immer anständig«, fügte ihr Vater hinzu.

Hulle hielt den Kopf gesenkt. Er rieb sich die Augen.

»Ich hätte ihn nicht Zwei-Neunzehn nennen sollen. Er war ein richtiger Freund. Zwei-Zwanzig wäre passend gewesen«, sagte er nachdenklich. »Die, um die wir uns kümmern, sind vielleicht wichtiger für uns als die, nach denen wir uns sehnen.«

Die alte Frau räusperte sich, so als wollte sie auf ihre Gegenwart aufmerksam machen.

Sie schwiegen eine Weile.

Dann wandte Lissy sich ihrem Vater zu: »Und wie geht es dir?« Ihr fiel auf, dass sie ihn das wahrscheinlich noch nie gefragt hatte.

»Ach Lissy«, wich er aus.

»Bist du noch sauer wegen Fredi?«

Ihr Vater machte ein nachdenkliches Gesicht. Dann sagte er: »Nein, eigentlich nicht.«

»Und die Scheele Christiane, ich meine, ist sie deine …«

»Quatsch«, machte ihr Vater. »Wir passen nur manchmal auf sie auf.«

»Ich hab geglaubt … und sie macht immer so komische Andeutungen«, sagte Lissy.

»Ach, die Christiane. Die bildet sich so viel ein. Ging es um ihr angebliches Kind?«, fragte Hulle.

»Hm«, machte Lissy.

»Nachdem sie mal mitbekommen hat, dass mein Toni gestorben ist, hat sie das überall herumerzählt. Mal war ihr Kind ein Mädchen, mal ein Junge. Sie saugt solche traurigen Sachen auf und behauptet das dann.«

»Sie braucht immer einen Grund, um traurig zu sein«, sagte Papa. »Aber sie meint das nicht böse.«

»Du bist müde, hm?«, fragte Hulle.

»Ja, sehr«, sagte Lissy. »Ich könnte tagelang nur schlafen.«

»Na, dann …«, meinte Hulle. Er erhob sich.

Aber Lissy fiel noch etwas ein. »Warum bist du eigentlich im Wald gewesen?«, fragte sie Hulle.

»Na ja, nachdem Zwei-Neunzehn tot war, wollte ich zuerst nur die Stelle sehen. Du weißt schon, unser Zelt. Um Abschied zu nehmen. Da habe ich plötzlich gehört, wie ein Baby weinte.« Hulle grinste. »Ich habe gedacht, das kommt vom Trinken. Dass ich mir einbilde, meinen toten Jungen zu hören. Hat ganz schön lange gedauert, bis mir klar wurde, dass das Weinen echt war. Und dann bin ich einfach gelaufen, bis ich euch sah.«

Hulle schüttelte mit ernstem Gesicht den Kopf.

»Ich hätte früher bei dir sein können. Aber …«

»Ach Hulle, du hast mich gerettet. Wirklich«, sagte Lissy.

»Nein, das war nur Zufall.«

»Trotzdem danke«, meinte Lissy. Sie zog ihre Bettdecke bis unter ihr Kinn und sah durch ihre halb geschlossenen Augen, wie sich hinter den beiden die Zimmertür schloss.

»Da bist du!«, sagte Justus.

Lissy nahm seine modisch geschnittenen langen Haare wahr und die tiefblauen Iriskränze um seine großen Pupillen.

Sie hatte tief und traumlos geschlafen. Nun krochen die Schmerzen wieder durch die Knochen in ihrem Gesicht.

»Schau dir die Schlagzeile in der *Bild* an.«

Lissy warf einen Blick auf die Zeitung.

»Sie lebt!«, stand dort in fetten Lettern. Daneben war ein Foto von Franka.

Lissy blinzelte.

»Schau, innen gibt es sogar ein Foto von dir. Hier steht etwas über dich.« Er las: »Ihre Freundin Lissy, 16 Jahre alt, fand das verängstigte Mädchen schließlich in einer Schrebergartensiedlung.« Justus strahlte Lissy an. »Und weiter unten: Lissys Mutter sagte dazu: ›Meine Tochter ist eine, die niemals aufgibt.‹«

Lissy lächelte schüchtern zurück. Wahrscheinlich war ihre Nase zu einem riesigen Kolben geschwollen. Sie fuhr sich mit der Hand durch die Stoppeln auf ihrem Kopf.

»Ja, nicht schlecht, was?«

»Leider werde ich nicht erwähnt.« Justus grinste. »Dabei habe ich auch einen Anteil an der Geschichte.«

»Stimmt«, sagte Lissy. »Das mit der Arndt war ein entscheidender Hinweis. Sie hat mich immerhin zu Franka geführt, wenn sie selbst es auch nicht wusste.«

»Echt?«, fragte er.

Lissy grinste. Ihr Gesicht tat ihr weh.

»Jedenfalls wollte ich dir zu deinem Erfolg gratulieren.« Justus musterte die Bettdecke. »Und vielleicht kommst du ja auch noch mal zu unserem Samstagsmeeting.«

»Ja, vielleicht.« Lissy grinste weiter, auch wenn es wehtat. »Bestimmt komme ich noch mal.«

»Ich lass dir die Zeitung da«, sagte Justus und legte die *Bild* auf die seitliche Ablage.

»So, dann muss ich mal wieder …«

»Warte mal!«, meinte sie. »Kannst du mir Geld leihen?«

Er machte ein verblüfftes Gesicht.

»Ich muss jemandem unbedingt etwas zurückgeben. Und ich verspreche dir, dass ich es dir wiedergebe, sobald ich …«

»Wie viel brauchst du denn?«

Lissy schluckte. Ihre Ohren brannten.

»Ich muss fünfzig Euro haben«, sagte sie zu ihrer Bettdecke.

»Kann ich morgen Abend vorbeibringen.«

»Ich weiß nicht, wann ich es dir wiedergeben kann«, warnte Lissy.

»Aber du gibst es mir wieder, da bin ich sicher.«

Er war ganz ruhig. Die Kopfschmerzen pochten gleichmäßig hinter seiner Stirn. Er dachte nicht viel. Vielleicht wegen der Schmerzmittel. Er hätte sie umbringen sollen, sie alle. Stattdessen war er schwach geworden, da in der Gartenhütte, hatte versucht, ein Kind, ein Baby vor den Schlampen zu retten. Und das hatte nur geschrien.

Wo ist man, wenn man jenseits der Wörter ist?

Er dachte die Worte, eins nach dem anderen: wegbringen, verurteilen, wegsperren.

Die Worte bedeuten im Grunde gar nichts. Sie sind nur Buchstaben, die aneinandergereiht werden. Wie können sie die Welt einfangen? Wie können sie Bedeutung haben? Sie deuten nur auf die Dinge. Aber die Dinge selbst sind unsichtbar.

Er spürte, wie diese Gedanken seine Kopfschmerzen verstärkten. Er wollte etwas tun, irgendetwas. Aber da gab es nichts mehr, das wichtig war.

Während Lissy im Krankenhaus schlief, ging ein Mädchen zum ersten Mal seit Langem wieder zur Straßenbahnhaltestelle. Sie hatte Augen, die an blanke Kastanien erinnerten. Ihr Bruder begleitete sie.

Sie sah sich um. An dieser Stelle hatte sie gewartet. Die beiden anderen hatten hier gestanden, wo sie jetzt stand. Sie waren zu ihr herübergekommen. Sie hatten sie beleidigt. Sie hatten sie bedroht. Dort, an diese Glasscheibe, war ihr Kopf geschlagen worden. Sie betrachtete die Menschen, die mit ihr auf die Bahn warteten. Keiner hatte ihr geholfen. Alle waren feige gewesen. Sie verzog ihren Mund.

»Sieh mal, das vermisste Mädchen ist tatsächlich gerettet worden«, sagte ihr Bruder.

Sie warf einen Blick auf die *Bild*-Schlagzeile.

Ihr Bruder kramte nach Kleingeld. Er nahm eine der Zeitungen aus dem Kasten, überflog die erste Seite und blätterte um.

Der Artikel war lang. Mehrere Fotos von Gerresheim waren zwischen den Texten verstreut.

Sie spähte über seine Schulter.

»Eine Freundin hat sie gefunden. Das ist doch unglaublich«, sagte er. »Ja, schau nur! Irgendwie kommt mir das Gesicht bekannt vor. Ist das nicht …«

»Nein, das meinst du bloß. Du hast sie doch nur im Dunkeln gesehen«, sagte sie.

»Meinst du nicht, dass sie das ist? Sie hatte doch auch das Handy«, sagte er.

»Ja, kann sein. Sie ist trotzdem eine …« Sie zuckte mit den Schultern.

Die Bahn kam. Sie stieg ein.

»Du musst nicht mitfahren. Ist alles in Ordnung«, sagte sie zu ihrem Bruder. Sie winkte ihm zu, während die Türen sich schlossen.

# Anmerkungen:

## Heinrich Heine:

Das von Franka im Bus vorgetragene Gedicht heißt »Die Heimkehr«.

Heinrich Heine, der berühmteste Sohn der Stadt Düsseldorf, schrieb es im Jahr 1823. Heine studierte zu dieser Zeit Jura in Berlin, hörte aber auch Vorlesungen an der philosophischen Fakultät und verkehrte in den literarischen Salons der Stadt.

Dieses Gedicht zeigt in besonderer Weise die Sonderstellung, die Heine in der deutschen Literatur einnimmt. Er gilt – anders als seine Zeitgenossen – nicht als Vertreter der Romantik. In »Die Heimkehr« macht er sich vielmehr über die romantische Weltsicht (»Mägde« usw.) lustig.

Als assimilierter Jude und wegen seiner politischen Ansichten blieb Heine während seines ganzen Lebens Außenseiter. Er verbrachte die literarisch fruchtbarsten Jahre in Paris, weit weg von seiner Heimatstadt, wo er nach langer Krankheit verstarb.

Heine wurde in der Bolker Straße geboren. Heute gehört die Straße zu den Amüsiermeilen der Düsseldorfer Altstadt.

Ein Heine-Gymnasium gibt es in Düsseldorf nicht.

## Befreundete Zahlen:

Zwei-Neunzehn erhält seinen Namen vom ehemaligen Mathematiklehrer Hulle.

Als befreundete Zahlen gelten in der Mathematik zwei natürliche Zahlen, deren Summen der echten Teiler jeweils die andere Zahl ergeben. Das bekannteste Paar befreundeter Zahlen ist die 220 und die 284.

Echte Teiler der 220 sind 1, 2, 4, 5, 10, 11, 20, 22, 44, 55, 110. Addiert ergeben diese Zahlen 284.

Die Zahl 284 hat die 1, 2, 4, 71 und 142 als echte Teiler. Addiert ergeben diese Zahlen die 220.

Das Phänomen der befreundeten Zahlen war bereits in der Antike bekannt.

DER ERLKÖNIG:

»Der Erlkönig« ist der Titel einer Ballade von Johann Wolfgang von Goethe (1749–1832). Goethe schrieb diese Ballade 1782, als er bereits in Weimar am Hof lebte. Es ist bis heute eines der bekanntesten Werke der deutschen Klassik. Der märchenhafte Stoff – typisch für eine Ballade – und der treibende Rhythmus des Versmaßes, in dem man das galoppierende Pferd zu hören meint, haben sicherlich viel zur Popularität beigetragen.

Der Erlkönig wurde häufig vertont. Die Vertonung von Franz Schubert (1797–1828) ist heute die am häufigsten aufgeführte. Schubert schickte die Noten an Goethe, erhielt aber nie eine Antwort.

Als »Erlkönige« gelten im Automobiljournalismus Prototypen neuer Automodelle. Sie werden meist an abgelegenen Orten getestet. Um Industriespionage zu verhindern, werden diese Prototypen oft aufwendig getarnt. Dieser Aspekt brachte mich darauf, Gianluca nach dieser Sagengestalt zu benennen.

JOSEPH VON EICHENDORFF (1788–1857):

Das Statement auf Frankas USE-Seite stammt aus dem Gedicht »Wünschelrute« (1838) von Joseph von Eichendorff.

Eichendorff ist ein Hauptvertreter der Romantik. Neben seiner Lyrik ist vor allem seine Novelle »Aus dem Leben eines Taugenichts« heute noch berühmt.

Die optimistische Weltsicht eines Dichters, die sich in dem Gedicht »Wünschelrute« ausdrückt, ist mir so sympathisch, dass ich es unbedingt mit Franka in Verbindung bringen musste.

ANDERE QUELLEN:
In di Battistas Gedanken und Texten sind Hinweise auf andere literarische Werke gegeben.

Seine Übersetzung vom mittelhochdeutschen »arbeit« mit »Mühe« bezieht sich auf die zweite Zeile des Nibelungenliedes. Das Heldenepos, das heute als das Nibelungenlied bekannt ist, verarbeitet mythologische und sagenhafte Motive, die wesentlich älter sind.

Entstanden in der Form, auf die di Battista sich bezieht, ist es wohl zwischen 1180 und 1210 im süddeutschen Raum. Der Name des Verfassers ist nicht bekannt.

Das Shakespeare-Zitat ist dem Drama Heinrich IV., dritter Teil, entnommen. Meist wird der englische Text mit »Kann ich doch lächeln, um im Lächeln zu morden!« übersetzt. Richard, der Herzog von Gloster, beschreibt so seine Verstellungskünste.

Das Zitat »Lasst die Toten ihre Toten begraben!« stammt aus dem Neuen Testament. Sowohl bei Matthäus (8,18) als auch bei Lukas (9,59) findet sich die Aufforderung Jesu an einen Mann, ihm sofort nachzufolgen, anstatt nach Hause zu gehen und seinen toten Vater zu beerdigen.

# Danke

Allen Menschen, die mich und den Text begleitet haben, möchte ich von Herzen danken:

Susanne Bertels, meiner Lektorin, die feststellen musste, dass ich überhaupt keinen Orientierungssinn habe, und dabei auch noch ziemlich nass geworden ist. Sorry! Sie hatte für den Text die wirklich entscheidenden Hinweise.

Burkhard Heiland, dessen Arbeit und Kompetenz dem Text sehr gutgetan haben.

Alexandra Legath, Lektorin bei der Agentur Weniger, die mir mit ihren klugen Kommentaren weitergeholfen hat.

Silke Weniger von der Agentur, die mich sehr gut berät und vertritt.

Besonderen Dank an Ursula Yanar, die bereit war, über unseren Vater und seinen Alkoholismus zu sprechen.

Ute Kuhn-Steinbach und Monika Bücker, fürs Lesen der ersten Fassung. Ihr seid die Besten in G-Home!

Olaf Drehsen fürs Lesen und Kommentieren von zwei Fassungen und die vielen, vielen Anregungen.

Andrea Kostolnik und Gerd Riesselmann, die immer voller Zuversicht für den Text waren.

Monika Labudda für ihre beflügelnde Vorhersage nach dem Lesen des Textes.

Josef Hammer und Annette Ebert, die einen unausgegorenen Anfang lesen und den Täter erraten mussten.

Claudia Schaurer, die mir besonders während der Entstehung des Erlkönigs im Urlaub zur Seite stand.

Meiner Familie für den wunderschönen verregneten Tag auf der Pferdrennbahn Grafenberg.